# 墳

經典新版

魯迅雜文精選 1

魯迅

魯迅——著

魯迅詩

萬家墨面沒蒿萊，
敢有歌吟動地哀；
心事浩茫連廣宇，
於無聲處聽驚雷。

# 墳

## 目錄

出版小引

# 還原歷史的真貌
## ——讓魯迅作品自己說話

陳曉林

中國自有新文學以來，魯迅當然是引起最多爭議和震撼的作家。但無論是擁護魯迅的人士，或是反對魯迅的人士，至少有一項顯而易見的事實，是受到雙方公認的：魯迅是現代中國最偉大的作家。

時至今日，以魯迅作品為研究題材的論文與專書，早已俯拾皆是，汗牛充棟。全世界以詮釋魯迅的某一作品而獲得博士學位者，也早已不下百餘位之多。而中國大陸靠「核對」或「注解」魯迅作品為生的學界人物，數目上更超過台灣以「研究」孫中山思想為生的人物數倍以上。但遺憾的是，台灣的讀者卻始終無緣全面性地、無偏見地看到魯迅作品的真貌。

事實上，魯迅自始至終是一個文學家、思想家、雜文家，而不是一個翻雲覆雨的政治人物。中國大陸將魯迅捧抬為「時代的舵手」、「青年的導師」，固然是以政治手段扭曲了魯迅作品的真正精神；台灣多年以來視魯迅為「洪水猛獸」、「離經叛道」，不讓魯迅作品堂堂正正出現在讀者眼前，也是割裂歷史真相的笨拙行徑。試想，談現代中國文學，談三十年代作品，而竟獨漏了魯迅這個人和他的著作，豈止是造成半世紀來文學史「斷層」的主因？在明眼人看來，這根本是一個對文學毫無常識的、天大的笑話！

正因為海峽兩岸基於各自的政治目的，對魯迅作品作了各種各樣的扭曲或割裂；而研究魯迅作品的文人學者又常基於個人一己的好惡，而誇張或抹煞魯迅作品的某些特色，以致魯迅竟成為近代中國文壇最離奇的「謎」，及最難解的「結」。

其實，若是擱置激情或偏見，平心細看魯迅的作品，任何人都不難發現：一、魯迅是一個真誠的人道主義者，他的作品永遠在關懷和呵護受侮辱、受傷害的苦難大眾。二、魯迅是一個文學才華遠遠超邁同時代水平的作家，就純文學領域而言，他的《吶喊》、《徬徨》、《野草》、《朝花夕拾》，迄今仍是現代中國最夠深度、結構也最為嚴謹的小說與散文；而他所首創的「魯迅體雜文」，冷風熱血，犀利真摯，抒情析理，兼而有之，亦迄今仍無人可以企及。三、魯迅是最勇於面對時代黑暗與人性黑暗的作家，他對中國民族性的透視，以及對專制勢力的抨擊，沉痛真切，一針見血。四、魯迅是涉及論戰與爭議最多的作家，他與胡適、徐志摩、梁實秋、陳西瀅等人的筆戰，迄今仍是現代文學史上一樁樁引人深思的公案。五、魯迅是永不迴避的歷史見證者，他目擊身歷了清末亂局、辛亥革命、軍閥混戰、黃埔北伐，以及國共分裂、清黨悲劇、日本侵華等一連串中國近代史上掀天揭地的鉅變，秉筆直書，言其所信，孤懷獨往，昂然屹立，他自言「橫眉冷對千夫指，俯首甘為孺子牛」，可見他的堅毅與孤獨。

現在，到了還原歷史真貌的時候了。隨著海峽兩岸文化交流的展開，再沒有理由讓魯迅作品長期被掩埋在謊言或禁忌之中了。對魯迅這位現代中國最重要的作家而言，還原歷史真貌最簡單、也最有效的方法，就是讓他的作品自己說話。

不要以任何官方的說詞、拼湊的理論，或學者的「研究」來混淆了原本文氣磅礡、光焰萬丈的魯迅作品；而讓魯迅作品如實呈現在每一個人面前，是魯迅的權利，也是每位讀者的權利。

恩怨俱了，塵埃落定。畢竟，只有真正卓越的文學作品是指向永恆的。

# 題記[1]

將這些體式上截然不同的東西，集合了做成一本書樣子的緣由，說起來是很沒有什麼冠冕堂皇的。首先就因為偶爾看見了幾篇將近二十年前所做的所謂文章。這是我做的麼？我想。看下去，似乎也確是我做的。那是寄給《河南》[2]的稿子；因為那編輯先生有一種怪脾氣，文章要長，愈長，稿費便愈多。所以如《摩羅詩力說》那樣，簡直是生湊。倘在這幾年，大概不至於那麼做了。又喜歡做怪句子和寫古字，這是受了當時的《民報》[3]的影響；現在為排印的方便起見，改了一點，其餘的便都由他。這樣生澀的東西，倘是別人的，我恐怕不免要勸他「割愛」，但自己卻總還想將這存留下來，而且也並不「行年五十而知四十九年非」[4]，愈老就愈進步。

其中所說的幾個詩人，至今沒有人再提起，也是使我不忍拋棄舊稿的一個小原因。他們的名，先前是怎樣地使我激昂呵，民國告成以後，我便將他們忘卻了，而不料現在他們竟又時時在我的眼前出現。

其次，自然因為還有人要看，但尤其是因為又有人憎惡著我的文章。說話說到有人厭惡，比起毫無動靜來，還是一種幸福。天下不舒服的人們多著，而有些人們卻一心一意在造專給自己舒服的世界。這是不能如此便宜的，也給他們放一點可惡的東西在眼前，使他有時小不舒服，知道原來自己的世界也不容易十分美滿。蒼蠅的飛鳴，是不知道人們在憎惡他的；我卻明知道，然而只要能飛鳴就偏要飛鳴。

我的可惡有時自己也覺得，即如我的戒酒，吃魚肝油，以望延長我的生命，倒不盡是為了我的愛人，大大半乃是為了我的敵人，——給他們說得體面一點，就是敵人罷——要在他的好世界上多留一些缺陷。君子之徒[5]曰：你何以不罵殺人不眨眼的軍閥呢[6]？斯亦卑怯也已！但我是不想上這些誘殺手段的當的。木皮道人[7]說得好，「幾年家軟刀子割頭不覺死」，我就要專指斥那些自稱「無槍階級」而其實是拿著軟刀子的妖魔。即如上面所引的君子之徒的話，也就是一把軟刀子。假如遭了筆禍了，你以為他就尊你為烈士了麼？不，那時另有一番風涼話。倘不信，可看他們怎樣評論那死於三一八慘殺的青年[8]。

此外，在我自己，還有一點小意義，就是這總算是生活的一部分的痕跡。所以雖然明知道過去已經過去，神魂是無法追躡的，但總不能那麼決絕，還想將糟粕收斂起來，造成一座小小的新墳，一面是埋藏，一面也是留戀。至於不遠的踏成平地，那是不想管，也無從管了。

我十分感謝我的幾個朋友，替我搜集，抄寫，校印，各費去許多追不回來的光陰。我的報答，卻只能希望當這書印釘成工時，或者可以博得各人的真心愉快的一笑。別的奢望，並沒有什麼；至多，但願這本書能夠暫時躺在書攤上的書堆裡，正如博厚的大地，不至於容不下一點小土塊。再進一步，可就有些不安分了，那就是中國人的思想，趣味，目下幸而還未被所謂正人君子所統一，譬如有的專愛瞻仰皇陵，有的卻喜歡憑弔荒塚，無論怎樣，一時大概總還有不惜一顧的人罷。只要這樣，我就非常滿足了；那滿足，蓋不下於取得富家的千金云。

一九二六年十月三十大風之夜，魯迅記於廈門。

## 注釋

1 本篇最初發表於一九二六年十一月二十日北京《語絲》周刊一〇六期，題為《〈墳〉的題記》。

2 月刊名，我國留日學生一九〇七年（清光緒三十三年）十二月創辦於東京，程克、孫竹丹等人主編。

3 月刊名，同盟會的機關雜誌。一九〇五年十一月在東京創刊，內容主要是宣傳資產階級民主革命的主張，共出二十六期。自一九〇六年九月第七號起由章太炎主編。章太炎（一八六九－一九三六），名炳麟，號太炎，浙江餘杭人，清末革命家、學者。他在《民報》發表的文章，喜用古字和生僻字句。這裡說的受《民報》的影響，即指受章太炎的影響。

4 語出《淮南子·原道訓》：「蘧伯玉年五十而知四十九年非。」

5 這裡的君子之徒和下文的所謂正人君子，指當時現代評論派的人們。《現代評論》周刊是當時一部分資產階級大學教授所辦的一種同人雜誌，一九二四年十二月創刊於北京，一九二七年七月移至上海出版，至一九二八年十二月停刊。它主要是刊登政論，同時也發表文藝創作、文藝評論。主要撰稿人是王世傑、高一涵、胡適、陳源（筆名西瀅）、徐志摩、唐有壬等，也採用一些外來投稿。其中胡適雖沒有參加實際編輯，但事實上是這個刊物的首領。作者在一九二五年至一九二七年之間，曾不斷發表文章，對這個刊物的反動言論進行鬥爭，揭穿了這派人物的假面目和反動本質。這些文章都收在本書和《華蓋集》、《華蓋集續編》、《而已集》中。「正人君子」，是當時擁護北洋軍閥政府的《大同晚報》於一九二五年八月七日的一篇報導中，吹捧現代評論派的話；魯迅在雜文中常引用它來諷刺這一派人。

6 這裡說的不罵軍閥和下文的「無槍階級」，都見於《現代評論》第四卷第八十九期（一九二六年八月二十一日）署名涵廬（即高一涵）的一則《閒話》中，原文說：

「我二十四分的希望一般文人彼此收起互罵的法寶，做我們應該做的和值得做的事業。萬一罵溜了嘴，不能收束，正可以同那實在可罵而又實在不敢罵的人們，鬥鬥法寶，就是到天橋走走，似乎也還值得些！否則既不敢到天橋去，又不肯不罵人，所以專將法寶在無槍階級的頭上亂祭，那末，罵人誠然是罵人，卻是高傲也難乎其為高傲罷。」

按當時北京的刑場在天橋附近。

7 應作木皮散人，是明代遺民賈鳧西的別號。賈鳧西（約一五九二－一六七四），名應寵，山東曲阜人。這裡所引的話，見於他所著的《木皮散人鼓詞》中關於周武王滅商紂王的一段：

「多虧了散宜生定下胭粉計，獻上個興周滅商的女嬌娃；……他爺們（按指周文王、武王父子等）晝夜商量行仁政，那紂王糊裡糊塗在黑影爬；幾年家軟刀子割頭不覺死，只等得太白旗懸才知道命有差。」

魯迅在這裡借用「軟刀子」來比喻現代評論派的反動言論。

8 一九二六年三月十二日，馮玉祥所部國民軍與奉系軍閥作戰，日本帝國主義出動軍艦支持奉軍，炮擊國民軍，並聯合英美法意等國，於十六日以最後通牒向北洋政府提出撤除大沽口國防設備等無理要求。三月十八日，北京各界人民激於愛國義憤，在天安門集會抗議，會後結隊赴段祺瑞執政府請願，要求拒絕八國通牒，段竟令衛隊開槍射擊，當場死、傷二百餘人。

慘案發生後，《現代評論》第三卷第六十八期（一九二六年三月二十七日）發表陳西瀅評論此案的《閒話》，誣蔑被慘殺的愛國群眾「沒有審判力」，是受了「民眾領袖」的欺騙，「參加種種他們還莫明其妙的運動」，「冒槍林彈雨的險，受踐踏死傷的苦！」又險惡地把這次慘案的責任推到他們所說的「民眾領袖」身上，說這些人「犯了故意引人去死地的嫌疑」，「罪孽」「不下於開槍殺人者」等等。參看《華蓋集續編》中的《「死地」》、《空談》等篇。

# 我之節烈觀[1]

「世道澆漓，人心日下，國將不國」這一類話，本是中國歷來的嘆聲。不過時代不同，則所謂「日下」的事情，也有遷變：從前指的是中事，現在嘆的或是乙事。除了「進呈御覽」的東西不敢妄說外，其餘的文章議論裡，一向就帶這口吻。因為如此嘆息，不但針砭世人，還可以從「日下」之中除去自己，所以君子固然相對慨嘆，連殺人放火嫖妓騙錢以及一切鬼混的人，也都乘作惡餘暇，搖著頭說道，「他們人心日下了。」

世風人心這件事，不但鼓吹壞事，可以「日下」；即使未曾鼓吹，只是旁觀，只是賞玩，只是嘆息，也可以叫他「日下」。所以近一年來，居然也有幾個不肯徒托空言的人，嘆息一番之後，還要想法子來挽救。第一個是康有為，指手畫腳的說「虛君共和」才好[2]，陳獨秀便斥他不興[3]；其次是一班靈學派的人，不知何以起了極古奧的思想，要請「孟聖矣乎」的鬼來畫策；陳百年錢玄同劉半農又道他胡說。[4]

這幾篇駁論，都是《新青年》[5]裡最可寒心的文章。時候已是二十世紀了；人類眼前早已閃出曙光。假如《新青年》裡，有一篇和別人辯地球方圓的文字，讀者見了，怕一定要發怔。然而現今所辯，正和說地體不方相差無幾。將時代和事實對照起來，怎能不教人寒心而且害怕？

近來虛君共和是不提了，靈學似乎還在那裡搗鬼，此時卻又有一群人不能滿足，仍然搖頭說道「人心日下」了，於是又想出一種挽救的方法；他們叫作「表彰節烈」[6]！

這類妙法，自從君政復古時代[7]以來，上上下下，已經提倡多年；此刻不過是豎起旗幟的時候。文章議論裡，也照例時常出現，都嚷道「表彰節烈」！要不說這件事，也不能將自己提拔，出於「人心日下」之中。

節烈這兩個字，從前也算是男子的美德，所以有過「節士」，「烈士」的名稱。然而現在的「表彰節烈」，卻是專指女子，並無男子在內。據時下道德家的意見來定界說，大約節是丈夫死了，決不再嫁，也不私奔，丈夫死得愈早，家裡愈窮，她便節得愈好。烈可是有兩種：一種是無論已嫁未嫁，只要丈夫死了，她也跟著自盡；一種是有強暴來污辱她的時候，設法自戕，或者抗拒被殺，都無不可。這也是死得愈慘愈苦，她便烈得愈好，倘若不及抵禦，竟受了污辱，然後自戕，便免不了議論。萬一幸而遇著寬厚的道德家，有時也可以略跡原情，許她一個烈字。可是文人學士已經不甚願意替她作傳；就令勉強動筆，臨了也不免加上幾個「惜夫惜夫」了。

總而言之：女子死了丈夫，便守著，或者死掉；遇了強暴，便死掉；將這類人物稱讚一通，世道人心便好，中國便得救了。大意只是如此。

康有為借重皇帝的虛名，靈學家全靠著鬼話。這表彰節烈卻是全權都在人民，大有漸進自力之意了。然而我仍有幾個疑問須得提出。還要據我的意見，給他解答。我又認定這節烈救世說，是多數國民的意思；主張的人，只是喉舌。雖然是他發聲，卻和四肢五官神經內臟都有關係。所以我這疑問和解答，便是提出於這群多數國民之前。

首先的疑問是：不節烈（中國稱不守節作「失節」，不烈卻並無成語，所以只能合稱他「不節烈」）的女子如何害了國家？照現在的情形，「國將不國」，自不消說：

喪盡良心的事故，層出不窮；刀兵盜賊水旱饑荒，又接連而起。但此等現象，只是不講新道德新學問的緣故，行為思想，全抄舊帳；所以種種黑暗竟和古代的亂世彷彿，況且政界軍界學界商界等等裡面，全是男人，並無不節烈的女子夾雜在內。也未必是有權力的男子，因為受了他們蠱惑，這才喪了良心，放手作惡。至於水旱饑荒，便是專拜龍神，迎大王，濫伐森林，不修水利的禍祟，沒有新知識的結果；更與女子無關。只有刀兵盜賊，往往造出許多不節烈的婦女。但也是兵盜在先，不節烈在後，並非因為她們不節烈了，才將刀兵盜賊招來。

其次的疑問是：何以救世的責任，全在女子？照著舊派說起來，女子是「陰類」，是主內的，是男子的附屬品。然則治世救國，正須責成陽類，全仗外子，偏勞主體，決不能將一個絕大題目都擱在陰類肩上。倘依新說，則男女平等，義務略同，縱令該擔責任，也只得分擔。其餘的一半男子都該各盡義務。不特須除去強暴，還應發揮他自己的美德，不能專靠懲勸女子，便算盡了天職。

其次的疑問是：表彰之後有何效果？據節烈為本，將所有活著的女子分類起來，大約不外三種：一種是已經守節，應該表彰的人（烈者非死不可，所以除出）；一種是不節烈的人；一種是尚未出嫁，或丈夫還在，又未遇見強暴，節烈與否未可知的人。

第一種已經很好，正蒙表彰，不必說了。第二種已經不好，中國從來不許懺悔，女子做事一錯，補過無及，只好任其羞殺，也不值得說了。最要緊的，只在第三種，現在一經感化，他們便都打定主意道：「倘若將來丈夫死了，決不再嫁；遇著強暴，趕緊自裁！」試問如此立意，與中國男子做主的世道人心有何關係？這個緣故，已在上文說明。更有附帶的疑問是：節烈的人既經表彰，自是品格最高。但聖賢雖人人可學，此事卻有所不能。假如第三種的人，雖然立志極高，萬一丈夫長壽，天下太平，她便只好飲恨吞聲，做一世次等的人物。

以上是單依舊日的常識略加研究，便已發見了許多矛盾，若略帶二十世紀氣息，便又有兩層：一問節烈是否道德？道德這事，必須普遍，人人應做，人人能行，又於自他兩利，才有存在的價值。現在所謂節烈，不特除開男子，絕不相干；就是女子，也不能全體都遇著這名譽的機會。所以決不能認為道德，當作法式。上回《新青年》登出的《貞操論》[8]裡已經說過理由。不過貞是丈夫還在，節是男子已死的區別，道理卻可類推。只有烈的一件事，尤為奇怪，還須略加研究。

照上文的節烈分類法看來，烈的第一種，其實也只是守節，不過生死不同。因為道德家分類，根據全在死活，所以歸入烈類。性質全異的，便是第二種，這類人不過一個弱者（現在的情形，女子還是弱者），突然遇著男性的暴徒，父兄丈夫力不能救，左鄰右舍也不幫忙，於是她就死了；或者竟受了辱，仍然死了；或者終於沒有死。久而久之，父兄丈夫鄰舍夾著文人學士以及道德家，便漸漸聚集，既不羞自己怯弱無能，也不提暴徒如何懲辦，只是七口八嘴，議論她死了沒有？受汙沒有？死了如何好，活著如何不好。於是造出了許多光榮的烈女和許多被人口誅筆伐的不烈女。只要平心一想，便覺不像人間應有的事情，何況說是道德。

二問多妻主義的男子，有無表彰節烈的資格？替以前的道德家說話，一定是理應表彰。因為凡是男子，便有點與眾不同，社會上只配有他的意思。一面又靠著陰陽內外的古典，在女子面前逞能。然而一到現在，人類的眼裡不免見到光明，曉得陰陽內外之說，荒謬絕倫；就令如此，也證不出陽比陰尊貴，外比內崇高的道理。況且社會國家又非單是男子造成，所以只好相信真理，說是一律平等。既然平等，男女便都有一律應守的契約。男子決不能將自己不守的事向女子特別要求。若是買賣欺騙貢獻的婚姻，則要求生時的貞操，尚且毫無理由。何況多妻主義的男子，來表彰女子的節烈。

以上，疑問和解答都完了。理由如此支離，何以直到現今居然還能存在？要對付這問題，須先看節烈這事何以發生，何以通行，何以不生改革的緣故。

古代的社會，女子多當作男人的物品，或殺或吃，都無不可；男人死後，和他喜歡的寶貝，日用的兵器一同殉葬，更無不可。後來殉葬的風氣漸漸改了，守節便也漸漸發生。但大抵因為寡婦是鬼妻，亡魂跟著，所以無人敢娶，並非要她不事二夫。

這樣風俗，現在的蠻人社會裡還有。中國太古的情形，現在已無從詳考。但看周末雖有殉葬，並非專用女人，嫁否也任便，並無什麼裁制，便可知道脫離了這宗習俗為日已久。由漢至唐也並沒有鼓吹節烈。直到宋朝，那一班「業儒」的才說出「餓死事小失節事大」[9]的話，看見歷史上「重適」[10]兩個字，便大驚小怪起來。出於真心，還是故意，現在卻無從推測。

其時也正是「人心日下，國將不國」的時候，全國士民，多不像樣。或者「業儒」的人，想借女人守節的話來鞭策男子，也不一定。但旁敲側擊，方法本嫌鬼祟，其意也太難分明，後來因此多了幾個節婦，雖未可知，然而吏民將卒卻仍然無所感動。於是「開化最早，道德第一」的中國終於歸了「長生天氣力里大福蔭護助里」的什麼「薛禪皇帝，完澤篤皇帝，曲律皇帝」[11]了。

此後皇帝換過了幾家，守節思想倒反發達。皇帝要臣子盡忠，男人便愈要女人守節。到了清朝，儒者真是愈加利害。看見唐人文章裡有公主改嫁的話，也不免勃然大怒道，「這是什麼事！你竟不為尊者諱，這還了得！」假使這唐人還活著，一定要斥革功名[12]，「以正人心而端風俗」了。

國民將到被征服的地位，守節盛了；烈女也從此著重。因為女子既是男子所有，自己死了，不該嫁人，自己活著，自然更不許被奪。然而自己是被征服的國民，沒有力量保護，沒有勇氣反抗了，只好別出心裁，鼓吹女人自殺。或者妻女極多的闊人，婢妾成行的富翁，亂離時候照顧不到，一遇「逆兵」（或是「天兵」），就無法可想。只得救了自己，請別人都做烈女；變成烈女，「逆兵」便不要了。他便待事定以後，慢慢回來，稱讚幾句。好在男子再娶，又是天經地義，別討女人，便都完事。因此世上遂有了「雙烈合傳」，「七姬墓誌」[13]，甚而至於錢謙益[14]的集中，也布滿了「趙節婦」「錢烈女」的傳記和歌頌。

只有自己不顧別人的民情，又是女應守節男子卻可多妻的社會，造出如此畸形道德，而且日見精密苛酷，本也毫不足怪。但主張的是男子，上當的是女子，女子本身何以毫無異言呢？原來「婦者服也」[15]，理應服事於人。教育固可不必，連開口也都犯法。

他的精神，也同他體質一樣成了畸形，所以對於這畸形道德，實在無甚意見。就令有了異議，也沒有發表的機會。做幾首「閨中望月」「園裡看花」的詩，尚且怕男子罵她懷春，何況竟敢破壞這「天地間的正氣」？只有說部書上[16]記載過幾個女人，因為境遇上不願守節，據做書的人說：可是她再嫁以後，便被前夫的鬼捉去，落了地獄；或者世人個個唾罵，做了乞丐，也竟求乞無門，終於慘苦不堪而死了！

如此情形，女子便非「服也」不可。然而男子一面，何以也不主張真理，只是一味敷衍呢？漢朝以後，言論的機關都被「業儒」的壟斷了。宋元以來尤其厲害，我們幾乎看不見一部非業儒的書，聽不到一句非士人的話。除了和尚道士，奉旨可以說話的以外，其餘「異端」的聲音決不能出他臥房一步。況且世人大抵受了「儒者柔也」[17]的影響；不述而作，最為犯忌[18]。即使有人見到，也不肯用性命來換真理。即如失節一事，豈不知道必須男女兩性才能實現，他卻專責女性；至於破人節操的男子，以及造成不烈的暴徒，便都含糊過去。

男子究竟較女性難惹，懲罰也比表彰為難。其間雖有過幾個男人，實覺於心不安，說些室女不應守志殉死的平和話[19]，可是社會不聽；再說下去，便要不容，與失節的女人一樣看待，他便也只好變了「柔也」，不再開口了。所以節烈這事，到現在不生變革。

（此時，我應聲明：現在鼓吹節烈派的裡面，我頗有知道的人。敢說確有好人在內，居心也好。可是救世的方法是不對，要向西走了北了。但也不能因為他是好人，便竟能從正西直走到北。所以我又願他回轉身來。）

其次還有疑問：節烈難麼？答道，很難。男子都知道極難，所以要表彰他。社會的公意，向來以為貞淫與否全在女性，男子雖然誘惑了女人，卻不負責任。譬如甲男引誘乙女，乙女不允，便是貞節，死了，便是烈；甲男並無惡名，社會可算淳古。倘若乙女允了，便是失節；甲男也無惡名，可是世風被乙女敗壞了！別的事情，也是如此。所以歷史上亡國敗家的原因，每每歸咎女子，糊糊塗塗的代擔全體的罪惡已經三千多年了。男子既然不負責任，又不能自己反省，自然放心誘惑；文人著作，反將他傳為美談。所以女子身旁，幾乎布滿了危險。除卻他自己的父兄丈夫以外，便都帶點誘惑的鬼氣。所以我說很難。

節烈苦麼？答道，很苦。男子都知道很苦，所以要表彰他。凡人都想活；烈是必死，不必說了。節婦還要活著。精神上的慘苦，也姑且弗論。單是生活一層，已是大宗的痛楚。假使女子生計已能獨立，社會也知道互助，一人還可勉強生存。不幸中國情形卻正相反，所以有錢尚可，貧人便只能餓死。直到餓死以後，間或得了旌表，還要寫入志書。所以各府各縣志書傳記類的末尾也總有幾卷「烈女」。一行一人，或是一行兩人，趙錢孫李，可是從來無人翻讀。就是一生崇拜節烈的道德大家，若問他貴縣志書裡烈女門的前十名是誰？也怕不能說出。其實他是生前死後，竟與社會漠不相關的。所以我說很苦。

照這樣說，不節烈便不苦麼？答道，也很苦。社會公意，不節烈的女人既然是下品，她在這社會裡是容不住的。社會上多數古人模模糊糊傳下來的道理，實在無理可講，能用歷史和數目的力量擠死不合意的人。這一類無主名無意識的殺人團裡，古來不曉得死了多少人物，節烈的女子也就死在這裡。不過她死後間有一回表彰，寫入志書。不節烈的人，便生前也要受隨便什麼人的唾罵，無主名的虐待。所以我說也很苦。

女子自己願意節烈麼？答道，不願。人類總有一種理想，一種希望。雖然高下不同，必須有個意義。自他兩利固好，至少也得有益本身。節烈很難很苦，既不利人，又不利己，說是本人願意，實在不合人情，所以假如遇著少年女人，誠心祝讚他將來節烈，一定發怒；或者還要受她父兄丈夫的尊拳。然而仍舊牢不可破，便是被這歷史和數目的力量擠著，可是無論何人都怕這節烈，怕他竟釘到自己和親骨肉的身上。所以我說不願。

我依據以上的事實和理由，要斷定節烈這事是：極難，極苦，不願身受，然而不利自他，無益社會國家，於人生將來又毫無意義的行為，現在已經失了存在的生命和價值。

臨了還有一層疑問：節烈這事現代既然失了存在的生命和價值，節烈的女人豈非白苦一番麼？可以答他說：還有哀悼的價值。她們是可憐人，不幸上了歷史和數目的無意識的圈套，做了無主名的犧牲，可以開一個追悼大會。

我們追悼了過去的人，還要發願：要自己和別人都純潔聰明勇猛向上。要除去虛偽的臉譜，要除去世上害己害人的昏迷和強暴。

我們追悼了過去的人，還要發願：要除去於人生毫無意義的苦痛。要除去製造並賞玩別人苦痛的昏迷和強暴。

我們還要發願：要人類都受正當的幸福。

一九一八年七月。

## 注釋

1 本篇最初發表於一九一八年八月北京《新青年》月刊第五卷第二號，署名唐俟。

2 康有為（一八五八—一九二七），字廣廈，號長素，廣東南海人，清末維新運動領袖，一八九八年戊戌變法領導者之一，變法失敗後逃亡外國，組織保皇黨，反對孫中山領導的民主革命運動；一九一七年又和北洋軍閥張勳扶持清廢帝溥儀復辟。一九一八年一月，他在上海《不忍》雜誌第九、十兩期合刊上發表《共和平議》和《與徐太傅（徐世昌）書》，說中國不宜實行「民主共和」，而應實行「虛君共和」（即君主立憲）。

3 陳獨秀（一八八〇—一九四二），字仲甫，安徽懷寧人，原為北京大學教授，《新青年》雜誌的創辦人，「五四」時期提倡新文化運動的主要人物。

4 一九一七年十年，俞復、陸費逵等人在上海設盛德壇扶乩，組織靈學會，一九一八年一月刊行《靈學叢志》，提倡迷信與復古。在盛德壇成立的當天扶乩中，稱「聖賢仙佛同降」，「推定」孟軻「主壇」；「諭示」有「如此主壇者歸孟聖矣乎」等語。一九一八年五月《新青年》第四卷第五號曾刊載陳百年的《辟靈學》，錢玄同、劉半農的《斥靈學叢志》等文章，駁斥他們的荒謬。

陳百年，名大齊，浙江海鹽人，曾任北京大學教授。錢玄同（一八八七—一九三九），名夏，浙江吳興人，曾任北京大學、北京師範大學教授。劉半農（一八九一—一九三四），名復，江蘇江陰人，曾任北京大學教授。後兩人都曾積極參加五四新文化運動。

5 《新青年》為一綜合性月刊，「五四」時期倡導新文化運動、傳播馬克思主義的重要刊物。一九一五年九月創刊於上海，由陳獨秀主編。第一卷名《青年雜誌》，第二卷起改名為《新青年》。一九一六年底遷至北京。從一九一八年一月起，李大釗等參加編輯工作。一九二二年休刊，共出九卷，每卷六期。魯迅在「五四」時期同該刊有密切聯繫，是它的重要撰稿人，曾參加該刊編輯會議。

6 一九一四年三月，袁世凱頒布旨在維護封建禮教的《褒揚條例》，規定「婦女節烈貞操，可以風世者」，給予匾額、題字、褒章等獎勵；直到「五四」前後，報刊上還常登有頌揚「節婦」、「烈女」的紀事和詩文。

7 君政復古時代指袁世凱陰謀稱帝時期。當時袁世凱御用的籌安會「六君子」之一劉師培曾在《中國學報》第一、二期（一九一六年一、二月）發表《君政復古論》一文，鼓吹恢復帝制。

8 《貞操論》為日本女作家與謝野晶子作，譯文刊登在《新青年》第四卷第五號（一九一八年五月）。文中列舉了在貞操問題上的種種相互矛盾的觀點與態度，同時指出了男女在這方面的不平等現象，認為貞操不應該作為一種道德標準。

9 為宋代道學家程頤的話，見《河南程氏遺書》卷二十二：「又問『或有孤孀貧窮無托者，可再嫁否？』曰：『只是後世怕寒餓死，故有是說。然餓死事極小，失節事極大！』」「業儒」，以儒為業，指那些崇奉孔孟學說，提倡封建禮教的道學家。

10 即再嫁。

11 「長生天氣力里大福蔭護助里」是元代白話文，當時皇帝在諭旨前必用此語，「上天眷命」的意思；有時只用「長生天氣力里」，即「上天」的意思。元朝皇帝都有蒙古語的稱號：「薛禪」是元世祖忽必烈的稱號，「聰明天縱」的意思；「完澤篤」是元成宗鐵穆耳的稱號，「有壽」的意思；「曲律」是元武宗海山的稱號，「傑出」的意思。

12 科舉時代，應試取中稱為得功名；有功名者如犯罪，必先革去功名，才能審判處刑。

13 合敍兩個烈女事蹟的傳記，常見於舊時各省的府縣誌中。「七姬墓誌」，元末明初張士誠的女婿潘元紹被徐達打敗，怕他的七個妾被奪，即逼令她們一齊自縊，七人死後合葬於蘇州，明代張羽為作墓誌，稱為《七姬權厝志》。

14 錢謙益（一五八二－一六六四），字受之，號牧齋，常熟（今屬江蘇）人。明崇禎時任禮部侍郎，南明弘光時又任禮部尚書；清軍占領南京，他首先迎降，因此為人所不齒。清乾隆時將他列入《貳臣傳》中。著有《初學集》、《有學集》等。

15 語見《說文解字》卷十二：「婦，服也。」

16 按這裡所說的說部書，大概是指《壺天錄》和《右台仙館筆記》等。《壺天錄》（清代百一居士作）記有故事說：「蘇郡有茶室婦某氏，生長鄉村，意復輕蕩，前夫故未終七而改醮來者……忽聞後門剝啄聲厲甚。啟戶視之，但覺一陣冷風，侵肌砭骨，燈光若豆，鬼語啾啾，驚慄而入，視婦人則口出囈語，茫迷人事矣，自稱前夫來索命……哀號數日而死。」又《右台仙館筆記》（清代俞樾作）中有《山東陳媼》一條：「乙客死於外，乙婦挾其資再嫁，而後夫好飲博，不事恒業，不數年罄其所繼。俄後夫亦死，乙婦不能自存，乞食於路……未幾以痢死。」

17 語見《說文解字》卷八：「儒，柔也。」

18 《論語・述而》記有孔丘「述而不作，信而好古」的話。根據朱熹的注釋，述即傳舊，作是創始的意思。這原是孔丘自述的話，說他從事整理《詩》、《書》、《禮》、《樂》、《易》、《春秋》等工作都只是傳舊，自己並未有所創造。後來「述而不作」便成為一種古訓，認為只應該遵從傳統的道德、思想和制度，不應該立異或有所創造。因此，不述而作，也就是違背古訓。

19 對於室女守志殉死的封建道德，明清間有些較開明的文人曾表示過非議，如明代歸有光的《貞女論》、清代汪中《女子許嫁而婿死從死及守志議》，都曾指出它的不合理；後來俞正燮作《貞女說》，更表示了鮮明的反對的態度：「未同衾而同穴，謂之無害，則又何必親迎，何必廟見，何必為酒食以召鄉黨僚友，世又何必有男女之別乎？此蓋賢者未思之過……嗚呼，男兒以忠義自責則可耳，婦女貞烈，豈是男子榮耀也。」室女，即未嫁的女子。

# 我們現在怎樣做父親[1]

我作這一篇文的本意，其實是想研究怎樣改革家庭；又因為中國親權重，父權更重，所以尤想對於從來認為神聖不可侵犯的父子問題，發表一點意見。總而言之：只是革命要革到老子身上罷了。但何以大模大樣，用了這九個字的題目呢？這有兩個理由：

第一，中國的「聖人之徒」[2]，最恨人動搖他的兩樣東西。一樣不必說，也與我輩決不相干；一樣便是他的倫常，我輩卻不免偶然發幾句議論，所以株連牽扯，很得了許多「鏟倫常」[3]「禽獸行」之類的惡名。他們以為父對於子，有絕對的權力和威嚴；若是老子說話，當然無所不可，兒子有話，卻在未說之前早已錯了。但祖父子孫，本來各各都只是生命的一級，決不是固定不易的。現在的子，便是將來的父，也便是將來的祖。我知道我輩和讀者，若不是現任之父，也一定是候補之父，而且也都有做祖宗的希望，所差只在一個時間。為想省卻許多麻煩起見，我們便該無須客氣，盡可先行占住了上風，擺出父親的尊嚴，談談我們和我們子女的事；不但將來著手實行，可以減少困難，在中國也順理成章，免得「聖人之徒」聽了害怕，總算是一舉兩得之至的事了。所以說，「我們怎樣做父親。」

第二，對於家庭問題，我在《新青年》的《隨感錄》[4]（二五，四十，四九）中，曾經略略說及，總括大意，便只是從我們起，解放了後來的人。論到解放子女，本是極平常的事，當然不必有什麼討論。但中國的老年，中了舊習慣舊思想的毒太深了，決定悟不過來。譬如早晨聽到烏鴉叫，少年毫不介意，迷信的老人卻總須頹唐半天。雖然很可憐，然而也無法可救。沒有法，便只能先從覺醒的人開手，各自解放了自己的孩子。自己背著因襲的重擔，肩住了黑暗的閘門，放他們到寬闊光明的地方去；此後幸福的度日，合理的做人。

還有，我曾經說，自己並非創作者，便在上海報紙的《新教訓》裡，挨了一頓罵[5]。但我輩評論事情，總須先評論了自己，不要冒充，才能像一篇說話，對得起自己和別人。我自己知道，不特並非創作者，並且也不是真理的發現者。凡有所說所寫，只是就平日見聞的事理裡面，取了一點心以為然的道理；至於終極究竟的事，卻不能知。便是對於數年以後的學說的進步和變遷，也說不出會到如何地步，單相信比現在總該還有進步還有變遷罷了。所以說，「我們現在怎樣做父親。」

我現在心以為然的道理，極其簡單。便是依據生物界的現象，一，要保存生命；二，要延續這生命；三，要發展這生命（就是進化）。生物都這樣做，父親也就是這樣做。

生命的價值和生命價值的高下，現在可以不論。單照常識判斷，便知道既是生物，第一要緊的自然是生命。因為生物之所以為生物，全在有這生命，否則失了生物的意義。生物為保存生命起見，具有種種本能，最顯著的是食欲。因有食欲才攝取食物，因有食物才發生溫熱，保存了生命。但生物的個體，總免不了老衰和死亡，為繼續生命起見，又有一種本能，便是性欲。因性欲才有性交，因有性交才發生苗裔，繼續了生命。所以食欲是保存自己，保存現在生命的事；性欲是保存後裔，保存永久生命的事。

飲食並非罪惡，並非不淨；性交也就並非罪惡，並非不淨。飲食的結果，養活了自己，對於自己沒有恩；性交的結果，生出子女，對於子女當然也算不了恩。——前前後後，都向生命的長途走去，僅有先後的不同，分不出誰受誰的恩典。

可惜的是中國的舊見解，竟與這道理完全相反。夫婦是「人倫之中」，卻說是「人倫之始」[6]；性交是常事，卻以為不淨；生育也是常事，卻以為天大的大功。人人對於婚姻，大抵先夾帶著不淨的思想。親戚朋友有許多戲謔，自己也有許多羞澀，直到生了孩子，還是躲躲閃閃，怕敢聲明；獨有對於孩子，卻威嚴十足，這種行徑，簡直可以說是和偷了錢發跡的財主，不相上下了。

我並不是說，——如他們攻擊者所意想的，——人類的性交也應如別種動物隨便舉行；或如無恥流氓，專做些下流舉動，自鳴得意，是說，此後覺醒的人，應該先洗淨了東方固有的不淨思想，再純潔明白一些，瞭解夫婦是伴侶，是共同勞動者，又是新生命創造者的意義。所生的子女，固然是受領新生命的人，但他也不永久占領，將來還要交付子女，像他們的父母一般。只是前前後後，都做一個過付的經手人罷了。

生命何以必須繼續呢？就是因為要發展，要進化。個體既然免不了死亡，進化又毫無止境，所以只能延續著，在這進化的路上走。走這路須有一種內的努力，有如單細胞動物有內的努力，積久才會繁複，無脊椎動物有內的努力，積久才會發生脊椎。所以後起的生命，總比以前的更有意義，更近完全，因此也更有價值，更可寶貴；前者的生命，應該犧牲於他。

但可惜的是中國的舊見解又恰恰與這道理完全相反，本位應在幼者，卻反在長者；置重應在將來，卻反在過去。前者做了更前者的犧牲，自己無力生存，卻苛責後者又來專做他的犧牲，毀滅了一切發展本身的能力。我也不是說，——如他們攻擊者所意想的，——孫子理應終日痛打他的祖父，女兒必須時時咒罵他的親娘。是說，此後覺醒的人，應該先洗淨了東方古傳的謬誤思想，對於子女，義務思想須加多，而權力思想卻大可切實核減，以準備改作幼者本位的道德。況且幼者受了權力，也並非永久佔有，將來還要對於他們的幼者，仍盡義務，只是前前後後，都做一切過付的經手人罷了。

「父子間沒有什麼恩」這一個斷語，實是招致「聖人之徒」面紅耳赤的一大原因。他們的誤點，便在長者本位與利己思想，權力思想很重，義務思想和責任心卻很輕，以為父子關係只須「父兮生我」[7]一件事，幼者的全部便應為長者所有。尤其墮落的，是因此責望報償，以為幼者的全部，理該做長者的犧牲。殊不知自然界的安排，卻件件與這要求反對，我們從古以來，逆天行事，於是人的能力十分萎縮，社會的進步也就跟著停頓。我們雖不能說停頓便要滅亡，但較之進步，總是停頓與滅亡的路相近。

自然界的安排，雖不免也有缺點，但結合長幼的方法卻並無錯誤。他並不用「恩」，卻給予生物以一種天性，我們稱他為「愛」。動物界中，除了生子數目太多——愛不周到的如魚類之外，總是摯愛他的幼子，不但絕無利益心情，甚或至於犧牲了自己，讓他的將來的生命，去上那發展的長途。

人類也不外此，歐美家庭，大抵以幼者弱者為本位，便是最合於這生物學的真理的辦法。便在中國，只要心思純白，未曾經過「聖人之徒」作踐的人，也都自然而然的能發現這一種天性。例如一個村婦哺乳嬰兒的時候，決不想到自己正在施恩；一個農夫娶妻的時候，也決不以為將要放債。只是有了子女，即天然相愛，願他生存；更進一步的，便還要願他比自己更好，就是進化。

這離絕了交換關係利害關係的愛，便是人倫的索子，便是所謂「綱」。倘如舊說，抹殺了「愛」，一味說「恩」，又因此責望報償，那便不但敗壞了父子間的道德，而且也大反於做父母的實際的真情，播下乖剌的種子。有人做了樂府，說是「勸孝」，大意是什麼「兒子上學堂，母親在家磨杏仁，預備回來給他喝，你還不孝麼」

之類，自以為「拼命衛道」，殊不知富翁的杏酪和窮人的豆漿在愛情上價值同等，而其價值卻正在父母當時並無求報的心思；否則變成買賣行為，雖然喝了杏酪，也不異「人乳餵豬」[8]，無非要豬肉肥美，在人倫道德上，絲毫沒有價值了。

所以我現在心以為然的，便只是「愛」。無論何國何人，大都承認「愛己」是一件應當的事。這便是保存生命的要義，也就是繼續生命的根基。因為將來的運命，早在現在決定，故父母的缺點，便是子孫滅亡的伏線，生命的危機。

易卜生做的《群鬼》（有潘家洵君譯本，載在《新朝》一卷五號）雖然重在男女問題，但我們也可以看出遺傳的可怕。歐士華本是要生活，能創作的人，因為父親的不檢，先天得了病毒，中途不能做人了。他又很愛母親，不忍勞他服侍，便藏著嗎啡，想待發作時候，由使女瑞琴幫他吃下，毒殺了自己；可是瑞琴走了。他於是只好托他母親了。

歐「母親，現在應該你幫我的忙了。」

阿夫人「我嗎？」

歐「誰能及得上你。」

阿夫人「我！你的母親！」

歐「正為那個。」

阿夫人「我，生你的人！」

歐「我不曾教你生我。並且給我的是一種什麼日子？我不要他！你拿回去罷！」

這一段描寫，實在是我們做父親的人應該震驚戒懼佩服的；決不能昧了良心，說兒子理應受罪。

這種事情，中國也很多，只要在醫院做事，便能時時看見先天梅毒性病兒的慘狀；而且傲然的送來的，又大抵是他的父母。但可怕的遺傳，並不只是梅毒，另外許多精神上體質上的缺點，也可以傳之子孫，而且久而久之，連社會都蒙著影響。我們且不高談人群，單為子女說，便可以說凡是不愛己的人，實在欠缺做父親的資格。就令硬做了父親，也不過如古代的草寇稱王一般，萬萬算不了正統。將來學問發達，社會改造時，他們僥倖留下的苗裔，恐怕總不免要受善種學（Eugenics）[9]者的處置。

倘若現在父母並沒有將什麼精神上體質上的缺點交給子女，又不遇意外的事，子女便當然健康，總算已經達到了繼續生命的目的。但父母的責任還沒有完，因為生命雖然繼續了，卻是停頓不得，所以還須教這新生命去發展。凡動物較高等的，對於幼雛，除了養育保護以外，往往還教他們生存上必需的本領。例如飛禽便教飛翔，鷙獸便教搏擊。

人類更高幾等，便也有願意子孫更進一層的天性。這也是愛。上文所說的是對於現在，這是對於將來。只要思想未遭錮蔽的人，誰也喜歡子女比自己更強，更健康，更聰明高尚，——更幸福；就是超越了自己，超越了過去。超越便須改變，所以子孫對於祖先的事應該改變，「三年無改於父之道可謂孝矣」[10]，當然是曲說，是退嬰的病根。假使古代的單細胞動物也遵著這教訓，那便永遠不敢分裂繁複，世界上再也不會有人類了。

幸而這一類教訓，雖然害過許多人，卻還未能完全掃盡了一切人的天性。沒有讀過「聖賢書」的人，還能將這天性在名教的斧鉞底下，時時流露，時時萌蘗；這便是中國人雖然凋落萎縮，卻未滅絕的原因。

所以覺醒的人，此後應將這天性的愛更加擴張，更加醇化；用無我的愛，自己犧牲於後起新人。開宗第一，便是理解。往昔的歐人對於孩子的誤解，是以為成人的預備；中國人的誤解是以為縮小的成人。直到近來，經過許多學者的研究，才知道孩子的世界與成人截然不同；倘不先行理解，一味蠻做，便大礙於孩子的發達。所以一切設施，都應該以孩子為本位，日本近來覺悟的也很不少；對於兒童的設施，研究兒童的事業，都非常興盛了。

第二，便是指導。時勢既有改變，生活也必須進化；所以後起的人物，一定尤異於前，決不能用同一模型，無理嵌定。長者須是指導者協商者，卻不該是命令者。不但不該責幼者供奉自己；而且還須用全副精神，專為他們自己養成他們有耐勞作的體力，純潔高尚的道德，廣博自由能容納新潮流的精神，也就是能在世界新潮流中游泳，不被淹沒的力量。

第三，便是解放。子女是即我非我的人，但既已分立，也便是人類中的人，因為即我，所以更應該盡教育的義務，交給他們自立的能力；因為非我，所以也應同時解放，全部為他們自己所有，成一個獨立的人。

這樣，便是父母對於子女，應該健全的產生，盡力的教育，完全的解放。

但有人會怕，彷彿父母從此以後一無所有，無聊之極了。這種空虛的恐怖和無聊的感想，也即從謬誤的舊思想發生；倘明白了生物學的真理，自然便會消滅。但要做解放子女的父母，也應預備一種能力，便是自己雖然已經帶著過去的色彩，卻不失獨立的本領和精神，有廣博的趣味，高尚的娛樂。要幸福麼？連你的將來的生命都幸福了。要「返老還童」，要「老復丁」[11]麼？子女便是「復丁」，都已獨立而且更好了。這才是完了長者的任務，得了人生的慰安。倘若思想本領樣樣照舊，專以「勃谿」[12]為業，行輩自豪，那便自然免不了空虛無聊的苦痛。

或者又怕，解放之後，父子間要疏隔了。歐美的家庭，專制不及中國，早已大家知道；往者雖有人比之禽獸，現在卻連「衛道」的聖徒也曾替他們辯護，說並無「逆子叛弟」[13]了。因此可知：惟其解放所以相親；惟其沒有「拘攣」子弟的父兄，所以也沒有反抗「拘攣」的「逆子叛弟」。若威逼利誘，便無論如何，決不能有「萬年有道之長」[14]。例便如我中國，漢有舉孝，唐有孝悌力田科，清末也還有孝廉方正[15]，都能換到官做。父恩諭之於先，皇恩施之於後，然而割股的人物究屬寥寥，足可證明中國的舊學說舊手段，實在從古以來並無良效，無非使壞人增長些虛偽，好人無端的多受些人我都無利益的苦痛罷了。

獨有「愛」是真的。路粹引孔融說，「父之於子，當有何親？論其本意，實為情欲發耳。子之於母，亦復奚為，譬如寄物瓶中，出則離矣。」（漢末的孔府上，很出過幾個有特色的奇人，不像現在這般冷落，這話也許確是北海先生所說；只是攻擊他的偏是路粹和曹操，教人發笑罷了。）[16]雖然也是一種對於舊說的打擊，但實於事理不合。因為父母生了子女，同時又有天性的愛，這愛又很深廣很長久，不會即離。現在世界沒有大同，相愛還有差等，子女對於父母，也便最愛，最關切，不會即離。所以疏隔一層，不勞多慮。至於一種例外的人，或者非愛所能鉤連，但若愛力尚且不能鉤連，那便任憑什麼「恩威，名分，天經，地義」之類，更是鉤連不住。

或者又怕，解放之後，長者要吃苦了。這事可分兩層：第一，中國的社會雖說「道德好」，實際卻太缺乏相愛相助的心思。便是「孝」「烈」這類道德，也都是旁人毫不負責，一味收拾幼者弱者的方法。在這樣社會中，不獨老者難於生活，即解放的幼者也難於生活。第二，中國的男女，大抵未老先衰，甚至不到二十歲早已老態可掬，待到真實衰老，便更須別人扶持。所以我說，解放子女的父母應該先有一番預備；而對於如此社會，尤應該改造，使他能適於合理的生活。

許多人預備著，改造著，久而久之，自然可望實現了。單就別國的往時而言，斯賓塞[17]未曾結婚，不聞他侘傺無聊；瓦特早沒有了子女，也居然「壽終正寢」，何況在將來，更何況有兒女的人呢？

或者又怕，解放之後，子女要吃苦了。這事也有兩層，全如上文所說，不過一是因為老而無能，一是因為少不更事罷了。因此覺醒的人，愈覺有改造社會的任務。中國相傳的成法，謬誤很多：一種是錮閉，以為可以與社會隔離，不受影響，一種是教給他惡本領，以為如此才能在社會中生活。用這類方法的長者，雖然也含有繼續生命的好意，但比照事理，卻決定謬誤。

此外還有一種，是傳授些周旋方法，教他們順應社會。這與數年前講「實用主義」[18]的人，因為市上有假洋錢，便要在學校裡遍教學生看洋錢的法子之類，同一錯誤。社會雖然不能不偶然順應，但決不是正當辦法。因為社會不良，惡現象便很多，勢不能一一順應；倘都順應了，又違反了合理的生活，倒走了進化的路。所以根本方法，只有改良社會。

就實際上說，中國舊理想的家族關係父子關係之類，其實早已崩潰。這也非「於今為烈」，正是「在昔已然」。歷來都竭力表彰「五世同堂」，便足見實際上同居的為難；拼命的勸孝，也足見事實上孝子的缺少。而其原因，便全在一意提倡虛偽道德，蔑視了真的人情。我們試一翻大族的家譜，便知道始遷祖宗，大抵是單身遷居，成家立業；一到聚族而居，家譜出版，卻已在零落的中途了。況在將來，迷信破了，便沒有哭竹，臥冰；醫學發達了，也不必嘗穢，割股[19]。又因為經濟關係，結婚不得不遲，生育因此也遲，或者子女才能自存，父母已經衰老，不及依賴他們供養，事實上也就是父母反盡了義務。世界潮流逼拶著，這樣做的可以生存，不然的便都衰落；無非覺醒者多，加些人力，便危機可望較少就是了。

但既如上言，中國家庭實際久已崩潰，並不如「聖人之徒」紙上的空談，則何以至今依然如故，一無進步呢？這事很容易解答。第一，崩潰者自崩潰，糾纏者自糾纏，設立者又自設立；毫無戒心，也不想到改革，所以如故。第二，以前的家庭中間，本來常有勃谿，到了新名詞流行之後，便都改稱「革命」，然而其實也仍是嫖錢至於相罵，要賭本至於相打之類，與覺醒者的改革截然兩途。

這一類自稱「革命」的勃谿子弟純屬舊式，待到自己有了子女，也決不解放；或者毫不管理，或者反要尋出《孝經》[20]，勒令誦讀，想他們「學於古訓」[21]，都做犧牲。這只能全歸舊道德舊習慣舊方法負責，生物學的真理決不能妄任其咎。

既如上言，生物為要進化，應該繼續生命，那便「不孝有三無後為大」[22]，三妻四妾也極合理了。這事也很容易解答。人類因為無後，絕了將來的生命，雖然不幸，但若用不正當的方法手段苟延生命而害及人群，便該比一人無後，尤其「不孝」。因為現在的社會，一夫一妻制最為合理，而多妻主義實能使人群墮落。墮落近於退化，與繼續生命的目的恰恰完全相反。無後只是滅絕了自己，退化狀態的有後，便會毀到他人。人類總有些為他人犧牲自己的精神，而況生物自發生以來，交互關聯，一人的血統，大抵總與他人有多少關係，不會完全滅絕。所以生物學的真理，決非多妻主義的護符。

總而言之，覺醒的父母，完全應該是義務的，利他的，犧牲的，很不易做；而在中國尤不易做。中國覺醒的人，為想隨順長者解放幼者，便須一面清結舊賬，一面開闢新路。就是開首所說的「自己背著因襲的重擔，肩住了黑暗的閘門，放他們到寬闊光明的地方去；此後幸福的度日，合理的做人。」這是一件極偉大的要緊的事，也是一件極困苦艱難的事。

但世間又有一類長者，不但不肯解放子女，並且不准子女解放他們自己的子女；就是並要孫子曾孫都做無謂的犧牲。這也是一個問題；而我是願意平和的人，所以對於這問題，現在不能解答。

一九一九年十月。

## 注釋

1 本篇最初發表於一九一九年十一月《新青年》月刊第六卷第六號，署名唐俟。

2 這裡指當時竭力維護舊道德和舊文學的林琴南等人。林琴南在一九一九年三月給北京大學校長蔡元培的信中，曾以「必覆孔孟、鏟倫常為快」、「拾李卓吾之餘唾」、「卓吾有禽獸行」等語，攻擊新文化運動的參加者。

按李卓吾（一五二七－一六〇二），即李贄，明代具有進步傾向的思想家。他反對當時的道學派，主張男女婚姻自主，曾被人誣蔑有「狎妓女白晝同浴，勾引士人妻女」等「禽獸行」。

3 封建社會的倫理道德。當時以君臣、父子、夫婦、兄弟、朋友為五倫，認為制約他們各自之間關係的道德准則是不可改變的常道，因此稱為倫常。

4 《新青年》從一九一八年四月第四卷第四號起，發表關於社會和文化的短評，總題為《隨感錄》，各篇不另標題，從第五十六篇起，才在總題之下有各篇的題目。作者在《新青年》發表的《隨感錄》是從一九一八年九月第五卷第三號開始的，共二十七篇，署名魯迅或唐俟，後都收在《熱風》中。

5 指《時事新報》對作者的謾罵。作者曾在《新青年》第六卷第一、二、三號（一九一九年一月、二月、三月），發表《隨感錄》四十三、四十六、五十三，批判了上海《時事新報》副刊《潑克》所載諷刺畫的惡劣形象和錯誤傾向，並對新的美術創作表示了自己的意見，在《隨感錄四十六》中有「我輩即使才能不及，不能創作，也該當學習」的話；一九一九年四月二十七日《時事新報》就發表了署名「記者」的《新教訓》一文，罵魯迅「輕佻」、「狂妄」、「頭腦未免不清楚，可憐！」等等。

6 「人倫之始」語見《南史．阮孝緒傳》。

7 「父兮生我」語見《詩經．小雅．蓼莪》。

8 《世說新語．汰侈》載：「武帝（司馬炎）嘗降王武子（濟）家，武子供饌，……烝㹠肥美，異於常味。帝怪而問之，答曰：以人乳飲㹠。」

9 即優生學，是英國高爾頓在一八八三年提出的「改良人種」的學說。它認為人或人種在生理和智力上的差別是由遺傳決定的，只有發展所謂「優等人」，淘汰「劣等人」，社會問題才能解決。魯迅以後對這種把生物學照搬到社會生活上來的學說採取了否定態度，參看《二心集·「硬譯」與「文學的階級性」》。

10 「三年無改於父之道可謂孝矣」語見《論語·學而》。

11 從老年回復壯年。語出漢代史游《急就篇》：「長樂無極老復丁。」

12 指婆媳爭吵。語出《莊子·外物》：「室無空虛，則婦姑勃谿。」

13 林琴南在其所譯小說《孝友鏡》（比利時恩海貢斯翁士著）的《譯余小識》：「此書為西人辨誣也。中國人之習西學者恒曰：『男子二十而外必自立，父母之力不能筦約而拘攣之；兄弟各立門戶，不相恤也。是名社會主義，國因以強。』然近年所見，家庭革命，逆子叛弟，接踵而起，國胡不強？是果真奉西人之圭臬？抑凶頑之氣中於腑焦，用以自便其所為，與西俗胡涉？此書……父以友傳，女以孝傳，足為人倫之鑒矣。命曰《孝友鏡》，亦以醒吾中國人勿誣人而打妄語也。」

14 久遠的意思。這是封建臣子頌揚朝廷的一句成語。

15 舉孝是漢代選拔官吏的辦法之一，由各地推薦「善事父母」的孝子到朝中去作官。「孝悌力田」是漢唐科舉名目之一，由地方官向朝廷推薦所謂有「孝悌」德行和努力耕作的人，中選者分別任用或給予賞賜。「孝廉方正」是清代特設的科舉名目，由地方官薦舉所謂孝、廉、方正的人，經禮部考試，授以知縣等官。

16 路粹引孔融的話，見《後漢書·孔融傳》。路粹，字文蔚，陳留（今河南開封東南）人，曹操的軍謀祭酒。他承曹操的意旨控告孔融，說孔融對禰衡講過這幾句話，曹操便用「不孝」的罪名殺掉孔融。但曹操在《求賢令》中又說只要有才能，「不仁不孝」的人也可任用，在這件事上自相矛盾，因此魯迅說「教人發笑」。

孔融（一五三—二〇八），字文舉，魯國（今山東曲阜）人，漢獻帝時曾為北海相，因而有「北海先生」之稱。

17 斯賓塞（H. Spencer，一八二〇—一九〇三），英國哲學家。他是終身不娶的學者。主要著作有《綜合哲學體系》等。

18 即實驗主義，現代資產階級主觀唯心主義哲學流派。產生於十九世紀末二十世紀初，主要代表有美國的皮爾斯、杜威等。其基本觀點是否認真理的客觀性，主張有用即真理。

19 三國時吳國孟宗的故事。唐代白居易編的《白氏六帖》說：「孟宗後母好筍，令宗冬月求之，宗入竹林慟哭，筍為之出。」

臥冰，晉代王祥的故事。《晉書・王祥傳》說，他的後母「常欲生魚，時天寒冰凍，詳解衣將剖冰求之，冰忽自解，雙鯉躍出，持之而歸。」

嘗穢，南朝梁庾黔婁的故事。《梁書・庾黔婁傳》說，他的父親庾易「疾始二日，醫云：『欲知差劇，但嘗糞甜苦。』易泄痢，黔婁輒取嘗之。」這三個故事都收在《二十四孝》中。

割股　即所謂「割股療親」，割取自己的股肉煎藥，以醫治父母的重病。

20 《孝經》為儒家經典之一，共十八章，孔門後學所述。漢代列入「七經」之一，後來又列入「十三經」。

21 「學於古訓」語見《尚書・說命》。

22 「不孝有三無後為大」語見《孟子・離婁》。據漢代趙岐注：「於禮有不孝者三事，謂阿意曲從，陷親不義，一不孝也；家窮親老，不為祿仕，二不孝也；不娶無子，絕先祖祀，三不孝也。三者之中，無後為大。」

# 宋民間之所謂小說及其後來[1]

宋代行於民間的小說，與歷來史家所著錄者很不同，當時並非文辭，而為屬於技藝的「說話」[2]之一種。

說話者，未詳始於何時，但據故書，可以知道唐時則已有。段成式[3]（《酉陽雜俎續集》四《貶誤》）云：

「予太和末因弟生日觀雜戲，有市人小說，呼扁鵲作褊鵲字，上聲。予令任道昇字正之。市人言『二十年前嘗於上都齋會設此，有一秀才甚賞某呼扁字與褊同聲，云世人皆誤。』」

其詳細雖難曉，但因此已足以推見數端：一、小說為雜戲中之一種，二、由於市人之口述，三在慶祝及齋會時用之。而郎瑛[4]（《七修類藁》二十二）所謂「小說起宋仁宗，蓋時太平盛久，國家閒暇，日欲進一奇怪之事以娛之，故小說『得勝頭回』之後，即云話說趙宋某年」者，亦即由此分明證實，不過一種無稽之談罷了。

到宋朝，小說的情形乃始比較的可以知道詳細。孟元老在南渡之後，追懷汴梁盛況，作《東京夢華錄》[5]，於「京瓦技藝」[6]條下有當時說話的分目，為小說，合生，說諢話，說三分，說《五代史》等。而操此等職業者則稱為「說話人」。

高宗既定都臨安[7]，更歷孝光兩朝[8]，汴梁式的文物漸已遍滿都下，伎藝人也一律完備了。關於說話的記載，在故書中也更詳盡，端平[9]年間的著作有灌園耐得翁《都城紀勝》[10]，元初的著作有吳自牧《夢粱錄》[11]及周密《武林舊事》[12]，都更詳細的有說話的分科：

**《都城紀勝》**

說話有四家：

一者小說，謂之銀字兒，如煙粉、靈怪、傳奇。說公案，皆是搏刀桿棒及發跡變態之事；說鐵騎兒，謂士馬金鼓之事。

說經，謂演說佛書。說參請，謂賓主參禪悟道等事。

講史書，講說前代書史文傳興廢爭戰之事。……

合生，與起令隨令相似，各占一事。

《夢粱錄》（二十）

說話者，謂之舌辯，雖有四家數，各有門庭：

且小說，名銀字兒，如煙粉靈怪傳奇；公案，樸刀桿棒發發蹤參（按此四字當有誤）之事。……談論古今，如水之流。

談經者，謂演說佛書；說參請者，謂賓主參禪悟道等事。……又有說諢經者。

講史書者，謂講說《通鑑》漢唐歷代書史文傳興廢爭戰之事。

合生，與起令隨令相似，各占一事。

但周密所記者又小異，為演史，說經諢經，小說，說諢話；而無合生。唐中宗時，武平一[13]上書言「比來妖伎胡人，街童市子，或言妃主情貌，或列王公名質，詠歌蹈舞，號曰合生。」（《新唐書》一百十九）則合生實始於唐，且用諢詞戲謔，或者也就是說諢話；惟至宋當又稍有遷變，今未詳[14]。起令隨令之「令」，《都城紀勝》作「令」，明抄本《說郛》中之《古杭夢游錄》[15]又作起令隨合，何者為是，亦未詳。

據耐得翁及吳自牧說，是說話之一科的小說，又因內容之不同而分為三子目：

1、銀字兒　所說者為煙粉（煙花粉黛），靈怪（神仙鬼怪），傳奇（離合悲歡）等。

2、說公案　所說者為搏刀趕棒（拳勇），發跡變態（遇合）之事。

3、說鐵騎兒　所說者為士馬金鼓（戰爭）之事。

惟有小說，是說話中最難的一科，所以說話人「最畏小說，蓋小說者，能講一朝一代故事，頃刻間提破」（《都城紀勝》云；《夢粱錄》同，惟「提破」作「捏合」[16]。），非同講史，易於舖張；而且又須有「談論古今，如水之流」的口辯。然而在臨安也不乏講小說的高手，吳自牧所記有譚淡子等六人，周密所記有蔡和等五十二人，其中也有女流，如陳郎娘棗兒，史蕙英。

臨安的文士佛徒多有集會；瓦舍的技藝人也多有，其主意大約是在於磨練技術的。小說專家所立的社會，名曰雄辯社。（《武林舊事》三）

元人雜劇雖然早經銷歇，但尚有流傳的曲本，來示人以大概的情形。宋人的小說也一樣，也幸而借了「話本」偶有留遺，使現在還可以約略想見當時瓦舍中說話的模樣。

其話本曰《京本通俗小說》，全書不知凡幾卷，現在所見的只有殘本，經江陰繆氏影刻，是卷十至十六的七卷，先曾單行，後來就收在《煙畫東堂小品》之內了[17]。還有一卷是敘金海陵王的穢行的，或者因為文筆過於礙眼了罷，繆氏沒有刻，然而仍有郎園的改換名目的排印本；郎園是長沙葉德輝的園名。[18]

刻本七卷中所收小說的篇目以及故事發生的年代如下列：

卷十　碾玉觀音　「紹興年間。」
十一　菩薩蠻　「大宋高宗紹興年間。」
十二　西山一窟鬼　「紹興十年間。」
十三　志誠張主管　無年代，但云東京汴州開封事。
十四　拗相公　「先朝。」
十五　錯斬崔寧　「高宗時。」
十六　馮玉梅團圓　「建炎四年。」

每題俱是一全篇，自為起訖，並不相聯貫。錢曾《也是園書目》[19]（十）著錄的

「宋人詞話」十六種中，有《錯斬崔寧》與《馮玉梅團圓》兩種，可知舊刻又有單篇本，而《通俗小說》即是若干單篇本的結集，並非一手所成。至於所說故事發生的時代，則多在南宋之初；北宋已少，何況漢唐。又可知小說取材須在近時，因為演說古事，範圍即屬講史，雖說小說家亦復「談論古今，如水之流」，但其談古當是引證及裝點，而非小說的本文。如《拗相公》開首雖說王莽，但主意卻只在引出王安石，即其例。

七篇中開首即入正文者只有《菩薩蠻》，其餘六篇則當講說之前，俱先引詩詞或別的事實，就是「先引下一個故事來，權做個『得勝頭回』。」（本書十五）「頭回」當即冒頭的一回之意，「得勝」是吉語，瓦舍為軍民所聚，自然也不免以利市語說之，未必因為進御才如此。

「得勝頭回」略有定法，可說者凡四：

1、以略相關涉的詩詞引起本文。如卷十用《春詞》十一首引起延安郡王遊春；卷十二用士人沈文述的詞逐句解釋，引起遇鬼的士人皆是。

2、以相類之事引起本文。如卷十四以王莽引起王安石是。

3、以較遜之事引起本文。如卷十五以魏生因戲言落職，引起劉貴因戲言遇大禍；卷十六以「交互姻緣」轉入「雙鏡重圓」而「有關風化，到還勝似幾倍」皆是。

4、以相反之事引起本文。如卷十三以王處厚照鏡見白髮的詞有知足之意，引起不伏老的張士廉以晚年娶妻破家是。

而這四種定法，也就牢籠了後來的許多擬作了。

在日本還傳有中國舊刻的《大唐三藏取經記》三卷，共十七章，章必有詩；別一小本則題曰《大唐三藏取經詩話》[20]。《也是園書目》將《錯斬崔寧》及《馮玉梅團圓》歸入「宋人詞話」門，或者此類話本，有時亦稱詞話：就是小說的別名。《通俗小說》每篇引用詩詞之多，實遠過於講史（《五代史平話》[21]《三國志傳》[22]，《水滸傳》[23]等），開篇引首，中間鋪敘與證明，臨末斷結詠嘆，無不徵引詩詞，似乎此舉也就是小說的一樣必要條件。

引詩為證，在中國本是起源很古的，漢韓嬰的《詩外傳》[24]，劉向的《列女傳》[25]，皆早經引《詩》以證雜說及故事，但未必與宋小說直接相關；只是「借古語以為重」的精神，則雖說漢之與宋，學士之與市人，時候學問皆極相違，而實有一致的處所。

唐人小說中也多半有詩，即使妖魔鬼怪，也每能互相酬和，或者做幾句即興詩，此等風雅舉動，則與宋市人小說不無關涉，但因為宋小說多是市井間事，人物少有物魅及詩人，於是自不得不由吟詠而變為引證，使事狀雖殊，而詩氣不脫；吳自牧記講史高手，為「講得字真不俗，記問淵源甚廣」（《夢粱錄》二十），即可移來解釋小說之所以多用詩詞的緣故的。

由上文推斷，則宋市人小說的必要條件大約有三：

1、須講近世事；

2、什九須有「得勝頭回」；

3、須引證詩詞。

宋民間之所謂小說的話本，除《京本通俗小說》之外，今尚未見有第二種[26]。《大唐三藏取經詩話》是極拙的擬話本，並且應屬於講史。《大宋宣和遺事》[27]錢曾雖列入「宋人詞話」中，而其實也是擬作的講史，惟因其係鈔撮十種書籍而成，所以也許含有小說分子在內。

然而在《通俗小說》未經翻刻以前，宋代的市人小說也未嘗斷絕；他間或改了名目，夾雜著後人擬作而流傳。那些擬作，則大抵出於明朝人，似宋人話本當時留存尚多，所以擬作的精神形式雖然也有變更，而大體仍然無異。以下是所知道的幾部書：

1、《喻世明言》[28]。未見。

2、《警世通言》[29]。未見。王士禎[30]云，「《警世通言》有《拗相公》一篇，述王安石罷相歸金陵事，極快人意，乃因盧多遜謫嶺南事而稍附益之。」（《香祖筆記》十）《拗相公》見《通俗小說》卷十四，是《通言》必含有宋市人小說。

3、《醒世恆言》[31]。四十卷，共三十九事；不題作者姓名。前有天啟丁卯（一六二七）隴西可一居士序云，「六經國史而外，凡著述皆小說也，而尚理或病於艱深，修詞或傷於藻繪，則不足以觸裡耳而振恆心，此《醒世恆言》所以繼《明言》《通言》而作也。……」因知三言之內，最後出的是《恆言》。所說者漢二事，隋三事，唐八事，宋十一事，明十五事。其中隋唐故事，多採自唐人小說，故唐人小說在元既已侵入雜劇及傳奇，至明又侵入了話本；然而懸想古事，不易了然，所以遜於敘述明朝故事的十餘篇遠甚了。

宋事有三篇像擬作，七篇（《賣油郎獨占花魁》，《灌園叟晚逢仙女》，《喬太守亂點鴛鴦譜》，《勘皮靴單證二郎神》，《鬧樊樓多情周勝仙》，《吳衙內鄰舟赴約》，《鄭節使立功神臂弓》）疑出自宋人話本，而一篇《十五貫戲言成巧禍》則是《通俗小說》卷十五的《錯斬崔寧》。

松禪老人序《今古奇觀》云，「墨憨齋增補《平妖》[32]，窮工極變，不失本來。……至所纂《喻世》《醒世》《警世》三言，極摹人情世態之岐，備寫悲歡離合之致。……」是纂三言與補《平妖》者為一人。明本《三遂平妖傳》有張無咎序，云「茲刻回數倍前，蓋吾友龍子猶所補也。」而首頁則題「馮猶龍先生增定」。可知三言亦馮猶龍作，而龍子猶乃其遊戲筆墨時的隱名。

馮猶龍名夢龍，長洲人（《曲品》[33]作吳縣人），由貢生拔授壽寧知縣，有《七樂齋稿》；然而朱彝尊[34]以為「善為啟顏之辭，時入打油之調，不得為詩家。」（《明詩綜》七十一）蓋馮猶龍所擅長的是詞曲，既作《雙雄記傳奇》，又刻《墨憨齋傳奇定本十種》，多取時人名曲，再加刪訂，頗為當時所稱；而其中的《萬事足》，《風流夢》，《新灌園》是自作。他又極有意於稗說，所以在小說則纂《喻世》《警世》《醒世》三言，在講史則增補《三遂平妖傳》。

4、《拍案驚奇》[35]。三十六卷；每卷一事，唐六，宋六，元四，明二十。前有即空觀主人序云，「龍子猶氏所輯《喻世》等書，頗存雅道，時著良規，復取古今來雜碎事，可新聽睹，佐談諧者，演而暢之，得若干卷。……」則彷彿此書也是馮猶龍作。然而敘述平板，引證貧辛，「頭回」與正文「捏合」不靈，有時如兩大段；馮猶龍是「文苑之滑稽」，似乎不至於此。同時的松禪老人也不信，故其序《今古奇觀》，於敘墨憨齋編纂三言之下，則云「即空觀主人壺矢代興[36]，爰有《拍案驚奇》之刻，頗費搜獲，足供談麈」了。

5、《今古奇觀》[37]。四十卷；每卷一事。這是一部選本，有姑蘇松禪老人序，云是抱甕老人由《喻世》《醒世》《警世》三言及《拍案驚奇》中選刻而成。所選的出於《醒世恆言》者十一篇（第一，二，七，八，十五，十六，十七，二十五，二十六，二十七，二十八回），疑為宋人舊話本之《賣油郎》，《灌園叟》，《喬太守》在內；而《十五貫》落了選。

出於《拍案驚奇》者七篇（第九，十，十八，二十九，三十七，三十九，四十回）。其餘二十二篇，當然是出於《喻世明言》及《警世通言》的了，所以現在借了易得的《今古奇觀》，還可以推見那希覯的《明言》《通言》的大概。其中還有比漢更古的故事，如俞伯牙，莊子體及羊角哀皆是。但所選並不定佳，大約因為兩篇的題目須字字相對，所以去取之間，也就很受了束縛了。

6、《今古奇聞》[38]。二十二卷；每卷一事。前署東壁山房主人編次，也不知是何人。書中提及「發逆」，則當是清咸豐或同治初年的著作。日本有翻刻，王寅（字冶梅）到日本去賣畫，又翻回中國來，有光緒十七年序，現在印行的都出於此本。這也是一部選集，其中取《醒世恆言》者四篇（卷一，二，六，十八），《十五貫》也在內，可惜刪落了「得勝頭回」；取《西湖佳話》[39]者一篇（卷十）；餘未詳，篇末多有自怡軒主人評語，大約是別一種小說的話本，然而筆墨拙澀，尚且及不到《拍案驚奇》。

7、《續今古奇觀》[40]。三十卷；每卷一回。無編者名，亦無印行年月，然大約當在同治末或光緒初。同治七年，江蘇巡撫丁日昌[41]嚴禁淫詞小說，《拍案驚奇》也在內，想來其時市上遂難得，於是《拍案驚奇》即小加刪改，化為《續今古奇觀》而出，依然流行世間。但除去了《今古奇觀》所已採的七篇，而加上《今古奇聞》中的一篇（《康友仁輕財重義得科名》），改立題目，以足三十卷的整數。

此外，明人擬作的小說也還有，如杭人周楫的《西湖二集》[42]三十四卷，東魯古狂生的《醉醒石》[43]十五卷皆是。但都與幾經選刻，輾轉流傳的本子無關，故不復論。

一九二三年十一月。

## 注釋

1 本篇最初發表於一九二三年十二月一日北京《晨報五周年紀念增刊》。

2 唐宋人習語，即講故事，亦即後來的說書。

3 段成式（？—八六三）字柯古，唐代臨淄（今山東淄博）人。曾任校書郎，官至太常少卿。以筆記小說及駢體文著名。所著《酉陽雜俎》二十卷，《續集》十卷。

4 郎瑛（一四八七—一五七三），字仁寶，明代仁和（今浙江杭州）人。著有《七修類稿》五十一卷，《續稿》七卷。

5《東京夢華錄》十卷。宋．孟元老撰，孟元老的事跡不詳，有人說可能是為宋徽宗督造艮岳的孟揆。這部書對宋京城汴梁（今開封）的城市、街坊、節氣、風俗及當時的典禮儀衛都有記載，可見北宋一代文物制度的一斑。

6 見《東京夢華錄》卷五。瓦，即「瓦肆」，又稱「瓦子」或「瓦舍」，是宋代伎藝演出場所集中的地方。

7 指宋高宗趙構，南宋第一個皇帝。臨安，今浙江杭州，南宋首都。

8 孝光兩朝指宋孝宗趙昚和宋光宗趙惇兩朝。

9 宋理宗趙昀的年號。

10 一卷。題灌園（一作灌圃）耐得翁撰，書成於南宋端平二年（一二三五），內容是記述南宋都城杭州的市井風俗雜事，可見南渡以後風習的一斑。

11《夢粱錄》為吳自牧撰，二十卷。仿《東京夢華錄》的體裁，記南宋郊廟宮殿及百工雜戲等事。吳自牧，錢塘（今浙江杭州）人，生平不詳。

12《武林舊事》為周密撰，十卷。記南宋都城杭州雜事。其中也保存了不少南渡後的遺聞軼事和文人的斷簡殘篇。周密（一二三二—一二九八），字公謹，號草窗，濟南人，寓吳興，南宋詞人。

13 武平一，名甄，山西太原人。唐中宗時曾為修文館直學士。

14 關於宋代「合生」，可參看宋代洪邁《夷堅志．支乙集》的一條記載：「江浙間路岐女，有慧黠，知文墨，能於席上指物題詠，應命輒成者，謂之合生；其滑稽含譏諷者，謂之喬合生，蓋京都遺風也。」

15 《說郛》明陶宗儀編，一百卷，是撮錄明以前的筆記小說而成。《古杭夢遊錄》，即《都城紀勝》的改名，收入《說郛》第三卷中。其中有「合生與起令隨合相似」的話。

16 說明故事結局。「捏合」，史實與虛構結合。

17 《京本通俗小說》現存殘本七卷，不著作者姓名。一九一五年繆荃孫據元人寫本影刻，以後有各種通行本。繆荃孫（一八四四—一九一九），字筱珊，號藝風，又自稱江東老蟫，江蘇江陰人，藏書家、版本學家。《煙畫東堂小品》是他編刻的一部叢書。

18 即金朝皇帝完顏亮。據繆荃孫在《京本通俗小說》跋語中說，該書尚有「《金主亮荒淫》兩卷，過於穢褻，未敢傳摹」。一九一九年葉德輝刻有單行本，題為「《金虜海陵王荒淫》，《京本通俗小說》第二十一卷。」按《醒世恆言》第二十三卷《金海陵縱欲亡身》與葉德輝刻本相同，葉本可能就是根據《醒世恆言》刻印的。葉德輝（一八六四—一九二七），字奐彬，號郎園，湖南湘潭人，藏書家。

19 錢曾（一六二九—一七〇一），字遵王，號也是翁，江蘇常熟人，清代藏書家。《也是園書目》是他的藏書目錄，共十卷。

20 日本京都高山寺舊藏，後歸德富蘇峰成簣堂文庫，共三卷。《大唐三藏取經詩話》也是日本高山寺舊藏，後歸大倉喜七郎，共三卷，為巾箱本（小本），所以魯迅稱作「別一小本」。二者實為一書，各有殘缺。內容是唐僧和猴行者西天取經的故事，略具後來《西遊記》的雛形。

21 《五代史平話》，不著作者姓名，應是宋代說話人所用的講史底本之一，敍述梁、唐、晉、漢、周五代史事，各代均分上下二卷，內缺梁史和漢史的下卷。

22 即《三國志演義》，明代羅貫中著，現流行的是清代毛宗崗的刪改本，共一百二十回。

23 明代施耐庵著，流行的有百回本、百二十回本和清代金聖嘆刪改的七十一回本。

24 韓嬰，漢初燕（今北京）人，漢文帝時的博士。他所傳《詩經》世稱「韓詩」。著有《詩內傳》和《詩外傳》，今僅存《外傳》十卷。內容雜記古事古語，每段末引《詩》為證，並不解釋《詩》義，通稱《韓詩外傳》。

25 劉向（前七十七－前六），字子政，沛（今江蘇沛縣）人，西漢學者。他所著《列女傳》，七卷，又《續傳》一卷，每傳末大都引《詩經》數句作結。

26 關於宋代民間話本，在作者作此文時，尚未發現日本內閣文庫所藏清平山堂所刻話本。此書現存殘本三冊，共十五種。清平山堂為明嘉靖年間洪楩的書室名。馬廉（研究中國古代小說的學者）推定其刊刻年代在嘉靖二十至三十年（一五四一－一五五一）之間。一九二九年馬氏將此書影印行世。以後他又發見同書中的《雨窗》、《欹枕》兩集殘本，計十三種，一九三四年影印。其中《簡帖和尚》、《西湖三塔記》、《洛陽三怪記》等均係宋代人作品。

27 《大宋宣和遺事》，不著作者姓名。清代吳縣黃丕烈最初翻刻入《士禮居叢書》中，分二卷，有缺文。一九一三年涵芬樓收得「金陵王氏洛川校正重刊本」，分元、亨、利、貞四集，較黃本為佳，無缺文。

28 《喻世明言》即《古今小說》，四十卷，收話本四十篇。此書在國內久已失傳，一九四七年上海涵芬樓據日本內閣文庫藏明代天許齋刊本排印出版。原序稱編者為茂苑野史，按即明人馮夢龍早年的筆名。馮夢龍（一五七四－一六四六），字猶龍，長洲（今江蘇吳縣）人，明代文學家。他編刻的話本集《喻世明言》、《警世通言》、《醒世恆言》通稱「三言」，約成書於泰昌、天啟（一六二〇－一六二七）之間。

29 《警世通言》馮夢龍編纂，四十卷，收話本四十篇。明天啟四年（一六二四）刊行。日本蓬左文庫藏有金陵兼善堂明刊本，一九三五年上海生活書店據此收入《世界文庫》；以後國內又發現有三桂堂王振華復明本。《警世通言》收殘存《京本通俗小說》除《錯斬崔寧》以外的其他六篇：第四卷《拗相公飲恨半山堂》即《京本通俗小說》的《拗相公》，第七卷《陳可常端陽仙化》即《菩薩蠻》，第八卷《崔待詔生死冤家》即《碾玉觀音》，第十二卷《范鰍兒雙鏡重圓》即《馮玉梅團圓》，第十四卷《一窟鬼癩道人除怪》即《西山一窟鬼》，第十六卷《小夫人金錢贈年少》即《志誠張主管》。

30 王士禎（一六三四－一七一一）字貽上，號阮亭，別號漁洋山人，山東新城（今山東桓台）人，清代文學家。順治進士，官至刑部尚書。《香祖筆記》，十二卷，是一部考證古事及品評詩文的筆記。

31 《醒世恆言》馮夢龍編纂，四十卷，收話本四十篇。明天啟七年（一六二七）刊行。日本內閣文庫藏有明葉敬池刊本，一九三六年國內有據此排印的《世界文庫》本。魯迅所見的是通行的衍慶堂翻刻本。此本刪去卷二十三《金海陵縱欲亡身》一篇，將卷二十《張廷秀逃生救父》分為上下兩篇，編入卷二十及卷二十一，而將原卷二十一《張淑兒巧智脫楊生》補為第二十三卷，以足四十卷之數，所以魯迅說「四十卷，共三十九事」。

32 墨憨齋為馮夢龍的書齋名。《平妖》，即《平妖傳》。原為羅貫中所作，只二十回，後馮夢龍增補為四十回。內容敘述宋代貝州王則、永兒夫婦起義，官軍文彥博用諸葛遂、馬遂、李遂將起義平息，所以原名《三遂平妖傳》，是一部誣蔑農民起義的小說。

33 《曲品》，明代呂天成作，是一部評述戲曲作家和作品的書。

34 朱彝尊（一六二九－一七〇九），字錫鬯，號竹垞，浙江秀水（今嘉興）人，清代文學家。《明詩綜》共一百卷，是他編選的一部明代詩人作品的選集，每人皆有略傳。

35 《拍案驚奇》係明代凌濛初編撰的擬話本小說集，有初刻、二刻兩輯，通稱「二拍」，這裡指「初刻」。魯迅當時所見的是三十六卷翻刻本，後來在日本發現了明尚友堂刊的四十卷原本（多出講唐代故事的三篇和講元代的一篇），國內才有排印的足本。凌濛初（一五八〇－一六四四），字玄房，號初成，別號即空觀主人，浙江烏程（今吳興）人，曾任上海縣丞，徐州判。其著作尚有《燕築謳》、《南音三籟》等。

36 古代宴會時有一種「投壺」的娛樂，賓主依次投矢壺中，中者為勝，負者飲酒。《左傳》昭公十二年：「晉侯以齊侯晏，中行穆子相。投壺，晉侯先，穆子曰：『……寡君中此，為諸侯師。』中之。齊侯舉矢曰：『……寡人中此，與君代興。』亦中之。」後來就用「壺矢代興」表示相繼興起的意思。

37《今古奇觀》，明代抱甕老人選輯，四十卷，收話本四十篇。崇禎初年刊行。內容選自「三言」及「二拍」。序文作者姑蘇松禪老人，一作姑蘇笑花主人。

38《今古奇聞》二十二卷，收二十二篇，題「東壁山房主人編次」。原序署「上浣東壁山房主人王寅冶梅」，可知「東壁山房主人」即王寅。光緒十七年（一八九一）刊行。內容除取自《醒世恆言》四篇和《西湖佳話》一篇外，有十五篇取自《娛目醒心編》，另有兩篇傳奇文，來歷不詳。按魯迅所說「大約是別一種小說的話本」，就是《娛目醒心編》；該書作者草亭老人為清代昆山杜綱，評者自怡軒主人為松江許寶善。書共十六卷，三十九回，清乾隆五十七年（一七九二）刊行。因《今古奇聞》從其中選取最多，故「篇末多有自怡軒主人評語」。

39全名《西湖佳話古今遺跡》，十六卷，收話本十六篇，題古吳墨浪子撰，清康熙十六年（一六七七）刊行。

40《續今古奇觀》三十卷，收話本三十篇。內容除第二十七卷「賠遺金暗中獲雋，拒美色眼下登科」一篇取自《娛目醒心編》卷九（即本文所舉《今古奇聞》中的一篇）外，其餘全收《今古奇觀》未選的《初刻拍案驚奇》二十九篇。

41丁日昌（一八二三—一八八二），字雨生，廣東豐順人，清末洋務派人物。同治七年（一八六八）他任江蘇巡撫時，曾兩次「查禁淫詞小說」二百六十九種，內有《拍案驚奇》、《今古奇觀》、《紅樓夢》、《水滸傳》等。

42《西湖二集》，明代周楫撰，共三十四卷，每卷一篇。題「武林濟川子清原甫纂，武林抱膝老人訏謨甫評」。崇禎年間刊行。

43原題「東魯古狂生編輯」，十五回，每回一篇，崇禎年間刊行。

# 娜拉走後怎樣[1]

——一九二三年十二月二十六日在北京女子高等師範學校文藝會講

我今天要講的是「娜拉走後怎樣？」

伊孛生[2]是十九世紀後半的瑙威的一個文人。他的著作，除了幾十首詩之外，其餘都是劇本。這些劇本裡面，有一時期是大抵含有社會問題的，世間也稱作「社會劇」，其中有一篇就是《娜拉》。

《娜拉》一名 Ein Puppenheim，中國譯作《傀儡家庭》。但 Puppe 不單是牽線的傀儡，孩子抱著玩的人形[3]也是；引申開去，別人怎麼指揮，他便怎麼做的人也是。娜拉當初是滿足地生活在所謂幸福的家庭裡的，但是她竟覺悟了：自己是丈夫的傀儡，孩子們又是她的傀儡。她於是走了，只聽得關門聲，接著就是閉幕。這想來大家都知道，不必細說了。

娜拉要怎樣才不走呢？或者說伊孛生自己有解答，就是 Die Frau vom Meer，《海的女人》，中國人有人譯作《海的夫人》的。這女人是已經結婚的了，然而先前有一個愛人在海的彼岸，一日突然尋來，叫她一同去。她便告知她的丈夫，要和那外來人會面。臨末，她的丈夫說，「現在放你完全自由。（走與不走）你能夠自己選擇，並且還要自己負責任。」於是什麼事全都改變，她就不走了。這樣看來，娜拉倘也得到這樣的自由，或者也便可以安住。

但娜拉畢竟是走了的。走了以後怎樣？伊孛生並無解答；而且他已經死了。即使不死，他也不負解答的責任。因為伊孛生是在做詩，不是為社會提出問題來而且代為解答。就如黃鶯一樣，因為他自己要歌唱，所以他歌唱，不是要唱給人們聽得有趣，有益。伊孛生是很不通世故的，相傳在許多婦女們一同招待他的筵宴上，代表者起來致謝他作了《傀儡家庭》，將女性的自覺，解放這些事，給人心以新的啟示的時候，他卻答道，「我寫那篇卻並不是這意思，我不過是做詩。」

娜拉走後怎樣？——別人可是也發表過意見的。一個英國人曾作一篇戲劇，說一個新式的女子走出家庭，再也沒有路走，終於墮落，進了妓院了。還有一個中國人，——我稱他什麼呢？上海的文學家罷，——說他所見的《娜拉》是和現譯本不同，娜拉終於回來了。這樣的本子可惜沒有第二人看見，除非是伊孛生自己寄給他的。但從事理上推想起來，娜拉或者也實在只有兩條路：不是墮落，就是回來。因為如果是一匹小鳥，則籠子裡固然不自由，而一出籠門，外面便又有鷹，有貓，以及別的什麼東西之類；倘使已經關得麻痹了翅子，忘卻了飛翔，也誠然是無路可以走。還有一條，就是餓死了，但餓死已經離開了生活，更無所謂問題，所以也不是什麼路。

人生最苦痛的是夢醒了無路可以走。做夢的人是幸福的；倘沒有看出可走的路，最要緊的是不要去驚醒他。你看，唐朝的詩人李賀[4]，不是困頓了一世的麼？而他臨死的時候，卻對他的母親說，「阿媽，上帝造成了白玉樓，叫我做文章落成去了。」這豈非明明是一個誑，一個夢？然而一個小的和一個老的，一個死的和一個活的，死的高興地死去，活的放心地活著。說誑和做夢，在這些時候便見得偉大。所以我想，假使尋不出路，我們所要的倒是夢。

但是，萬不可做將來的夢。阿爾志跋綏夫[5]曾經借了他所做的小說，質問過夢想將來的黃金世界的理想家，因為要造那世界，先喚起許多人們來受苦。他說，「你們將黃金世界預約給他們的子孫了，可是有什麼給他們自己呢？」有是有的，就是將來的希望。但代價也太大了，為了這希望，要使人練敏了感覺來更深切地感到自己的苦痛，叫起靈魂來目睹他自己的腐爛的屍骸。惟有說誑和做夢，這些時候便見得偉大。所以我想，假使尋不出路，我們所要的就是夢；但不要將來的夢，只要目前的夢。

然而娜拉既然醒了，是很不容易回到夢境的，因此只得走；可是走了以後，有時卻也免不掉墮落或回來。否則，就得問：她除了覺醒的心以外，還帶了什麼去？倘只有一條像諸君一樣的紫紅的絨繩的圍巾，那可是無論寬到二尺或三尺，也完全是不中用。她還須更富有，提包裡有準備，直白地說，就是要有錢。

夢是好的；否則，錢是要緊的。

錢這個字很難聽，或者要被高尚的君子們所非笑，但我總覺得人們的議論是不但昨天和今天，即使飯前和飯後，也往往有些差別。凡承認飯需錢買，而以說錢為卑鄙者，倘能按一按他的胃，那裡面怕總還有魚肉沒有消化完，須得餓他一天之後，再來聽他發議論。

所以為娜拉計，錢，——高雅的說罷，就是經濟，是最要緊的了。自由固不是錢所能買到的，但能夠為錢而賣掉。人類有一個大缺點，就是常常要饑餓。為補救這缺點起見，為準備不做傀儡起見，在目下的社會裡，經濟權就見得最要緊了。第一，在家應該先獲得男女平均的分配；第二，在社會應該獲得男女相等的勢力。可惜我不知道這權柄如何取得，單知道仍然要戰鬥；或者也許比要求參政權更要用劇烈的戰鬥。

要求經濟權固然是很平凡的事，然而也許比要求高尚的參政權以及博大的女子解放之類更煩難。天下事盡有小作為比大作為更煩難的。譬如現在似的冬天，我們只有這一件棉襖，然而必須救助一個將要凍死的苦人，否則便須坐在菩提樹下冥想普度一切人類的方法[6]去。普渡一切人類和救活一人，大小實在相去太遠了，然而倘叫我挑選，我就立刻到菩提樹下去坐著，因為免得脫下唯一的棉襖來凍殺自己。所以在家裡說要參政權，是不至於大遭反對的，一說到經濟的平勻分配，或不免面前就遇見敵人，這就當然要有劇烈的戰鬥。

戰鬥不算好事情，我們也不能責成人人都是戰士，那麼，平和的方法也就可貴了，這就是將來利用了親權來解放自己的子女。中國的親權是無上的，那時候，就可以將財產平勻地分配子女們，使他們平和而沒有衝突地都得到相等的經濟權，此後或者去讀書，或者去生發，或者為自己去亨用，或者為社會去做事，或者去花完，都請便，自己負責任。

這雖然也是頗遠的夢，可是比黃金世界的夢近得不少了。但第一需要記性。記性不佳，是有益於己而有害於子孫的。人們因為能忘卻，所以自己能漸漸地脫離了受過的苦痛，也因為能忘卻，所以往往照樣地再犯前人的錯誤。被虐待的兒媳做了婆婆，仍然虐待兒媳；嫌惡學生的官吏，每是先前痛罵官吏的學生；現在壓迫子女的，有時也就是十年前的家庭革命者。

這也許與年齡和地位都有關係罷，但記性不佳也是一個很大的原因。救濟法就是各人去買一本note-book[7]來，將自己現在的思想舉動都記上，作為將來年齡和地位都改變了之後的參考。假如憎惡孩子要到公園去的時候，取來一翻，看見上面有一條道，「我想到中央公園去」，那就即刻心平氣和了。別的事也一樣。

世間有一種無賴精神，那要義就是韌性。聽說拳匪[8]亂後，天津的青皮，就是所謂無賴者很跋扈，譬如給人搬一件行李，他就要兩元，對他說這行李小，他說要兩元，對他說道路近，他說要兩元，對他說不要搬了，他說也仍然要兩元。青皮固然是不足為法的，而那韌性卻大可以佩服。要求經濟權也一樣，有人說這事情太陳腐了，就答道要經濟權；說是太卑鄙了，就答道要經濟權；說是經濟制度就要改變了，用不著再操心，也仍然答道要經濟權。

其實，在現在，一個娜拉的出走，或者也許不至於感到困難的，因為這人物很特別，舉動也新鮮，能得到若干人們的同情，幫助著生活。生活在人們的同情之下，已經是不自由了，然而倘有一百個娜拉出走，便連同情也減少，有一千一萬個出走，就得到厭惡了，斷不如自己握著經濟權之為可靠。

在經濟方面得到自由，就不是傀儡了麼？也還是傀儡。無非被人所牽的事可以減少，而自己能牽的傀儡可以增多罷了。因為在現在的社會裡，不但女人常作男人的傀儡，就是男人和男人，女人和女人，也相互地作傀儡，男人也常作女人的傀儡，這決不是幾個女人取得經濟權所能救的。但人不能餓著靜候理想世界的到來，至少也得留一點殘喘，正如涸轍之鮒[9]，急謀升斗之水一樣，就要這較為切近的經濟權，一面再想別的法。

如果經濟制度竟改革了，那上文當然完全是廢話。

然而上文，是又將娜拉當作一個普通的人物而說的，假使她很特別，自己情願闖出去做犧牲，那就又另是一回事。我們無權去勸誘人做犧牲，也無權去阻止人做犧牲。況且世上也盡有樂於犧牲，樂於受苦的人物。歐洲有一個傳說，耶穌去釘十字架時，休息在Ahasvar[10]的簷下，Ahasvar不准他，於是被了咒詛，使他永世不得休息，直到末日裁判的時候。Ahasvar從此就歇不下，只是走，現在還在走。走是苦的，安息是樂的，他何以不安息呢？雖說背著咒詛，可是大約總該是覺得走比安息還適意，所以始終狂走的罷。

只是這犧牲的適意是屬於自己的，與志士們之所謂為社會者無涉。群眾，——尤其是中國的，——永遠是戲劇的看客。犧牲上場，如果顯得慷慨，他們就看了悲壯劇；如果顯得觳觫[11]，他們就看了滑稽劇。北京的羊肉舖前常有幾個人張著嘴看剝羊，彷彿頗愉快，人的犧牲能給與他們的益處，也不過如此。而況事後走不幾步，他們並這一點愉快也就忘卻了。

對於這樣的群眾沒有法，只好使他們無戲可看倒是療救，正無需乎震駭一時的犧牲，不如深沉的韌性的戰鬥。

可惜中國太難改變了，即使搬動一張桌子，改裝一個火爐，幾乎也要血；而且即使有了血，也未必一定能搬動，能改裝。不是很大的鞭子打在背上，中國自己是不肯動彈的。我想這鞭子總要來，好壞是別一問題，然而總要打到的。但是從那裡來，怎麼地來，我也是不能確切地知道。

我這講演也就此完結了。

## 注釋

1 本篇最初發表於一九二四年北京女子高等師範學校《文藝會刊》第六期。同年八月一日上海《婦女雜誌》第十卷第八號轉載時，篇末有該雜誌的編者附記：「這篇是魯迅先生在北京女子高等師範學校的講演稿，曾經刊載該校出版《文藝會刊》的第六期。新近因為我們向先生討文章，承他把原文重加訂正，給本誌發表。」

2 通譯易卜生。參看本書〈文化偏至論〉一文。

3 日語，即人形的玩具。

4 李賀（七九〇—八一六），字長吉，昌谷（今河南宜陽）人，唐代詩人。一生官職卑微，鬱鬱不得志。著有《李長吉歌詩》四卷。關於他「玉樓赴召」的故事，唐代詩人李商隱《李賀小傳》說：「長吉將死時，忽晝見一緋衣人，駕赤虬，持一版，書若太古篆或霹靂石文者，云：『當召長吉。』長吉了不能讀，欻下榻叩頭言：『阿彌女老且病，賀不願去。』緋衣人笑曰：『帝成白玉樓，立召君為記，天上差樂不苦也。』長吉獨泣，邊人盡見之。少之，長吉氣絕。」

5 阿爾志跋綏夫（一八七八—一九二七），俄國小說家。他的作品主要描寫精神頹廢者的生活，有些也反映了沙皇統治的黑暗。十月革命後逃亡國外，死於華沙。下文所述是他的小說《工人綏惠略夫》中綏惠略夫對亞拉借夫所說的話，見該書第九章。

6 這是借用關於釋迦牟尼的傳說。相傳佛教始祖釋迦牟尼（約西元前五六五—前四八六）有感於人生的生老病死等苦惱，在二十九歲時立志出家修行，遍歷各地，苦行六年仍未能悟道，後坐在菩提樹下發誓說：「若不成正覺，雖骨碎肉腐，亦不起此座。」靜思七日，就克服了各種煩惱，頓成「正覺」。

7 Note-book即筆記本。

8 一九〇〇年（庚子）爆發了義和團反對帝國主義的武裝鬥爭，參加這次鬥爭的有中國北部的農民、手工業者、水陸運輸工人、士兵等廣大群眾。他們採取了落後迷信的組織方式和鬥爭方式，設立拳會，練習拳棒，因而被稱為「拳民」，當時統治階級和帝國主義者則誣蔑他們為「拳匪」。

9 戰國時莊周的一個寓言，見《莊子·外物》：「莊周家貧，故往貸粟於監河侯。監河侯曰：『諾，我將得邑金，將貸子三百金，可乎？』莊周忿然作色曰：『周昨來，有中道而呼者，周顧視車轍中，有鮒魚焉。周問之曰：「鮒魚來，子何為者邪？」對曰：「我東海之波臣也，君豈有斗升之水而活我哉！」周曰：「諾，我且南遊吳越之王，激西江之水而迎子，可乎？」鮒魚忿然作色曰：「吾失我常，與我無所處，吾得斗升之水然活耳，君乃言此，曾不如早索我於枯魚之肆。」』」

10 阿哈斯瓦爾，歐洲傳說中的一個補鞋匠，被稱為「流浪的猶太人」。

11 恐懼顫抖的樣子。《孟子·梁惠王》：「吾不忍其觳觫」。

# 未有天才之前[1]

——一九二四年一月十七日在北京師範大學附屬中學校友會講

我自己覺得我的講話不能使諸君有益或者有趣，因為我實在不知道什麼事，但推託拖延得太長久了，所以終於不能不到這裡來說幾句。

我看現在許多人對於文藝界的要求的呼聲之中，要求天才的產生也可以算是很盛大的了，這顯然可以反證兩件事：一是中國現在沒有一個天才，二是大家對於現在的藝術的厭薄。

天才究竟有沒有？也許有著罷，然而我們和別人都沒有見。倘使據了見聞，就可以說沒有；不但天才，還有使天才得以生長的民眾。

天才並不是自生自長在深林荒野裡的怪物，是由可以使天才生長的民眾產生，長育出來的，所以沒有這種民眾，就沒有天才。有一回拿破崙過 Alps 山[2]，說，「我比 Alps 山還要高！」這何等英偉，然而不要忘記他後面跟著許多兵；倘沒有兵，那只有被山那面的敵人捉住或者趕回，他的舉動，言語，都離了英雄的界線，要歸入瘋子一類了。所以我想，在要求天才的產生之前，應該先要求可以使天才生長的民眾。——譬如想有喬木，想看好花，一定要有好土；沒有土，便沒有花木了；所以土實在較花木還重要。花木非有土不可，正同拿破崙非有好兵不可一樣。

然而現在社會上的論調和趨勢，一面固然要求天才，一面卻要他滅亡，連預備的土也想掃盡。舉出幾樣來說：

其一就是「整理國故」[3]。自從新思潮來到中國以後，其實何嘗有力，而一群老頭子，還有少年，卻已喪魂失魄的來講國故了，他們說，「中國自有許多好東西，都不整理保存，倒去求新，正如放棄祖宗遺產一樣不肖。」抬出祖宗來說法，那自然是極威嚴的，然而我總不信在舊馬褂未曾洗淨疊好之前，便不能做一件新馬褂。

就現狀而言，做事本來還隨各人的自便，老先生要整理國故，當然不妨去埋在南窗下讀死書，至於青年，卻自有他們的活學問和新藝術，各幹各事，也還沒有大妨害的，但若拿了這面旗子來號召，那就是要中國永遠與世界隔絕了。倘以為大家非此不可，那更是荒謬絕倫！我們和古董商人談天，他自然總稱讚他的古董如何好，然而他決不痛罵畫家，農夫，工匠等類，說是忘記了祖宗：他實在比許多國學家聰明得遠。

其一是「崇拜創作」[4]。從表面上看來，似乎這和要求天才的步調很相合，其實不然。那精神中，很含有排斥外來思想，異域情調的分子，所以也就是可以使中國和世界潮流隔絕的。許多人對於托爾斯泰，都介涅夫，陀思妥夫斯奇[5]的名字已經厭聽了，然而他們的著作，有什麼譯到中國來？眼光囚在一國裡，聽談彼得和約翰[6]就生厭，定須張三李四才行，於是創作家出來了，從實說，好的也離不了刺取點外國作品的技術和神情，文筆或者漂亮，思想往往趕不上翻譯品，甚者還要加上些傳統思想，使他適合於中國人的老脾氣，而讀者卻已為他所牢籠了，於是眼界便漸漸的狹小，幾乎要縮進舊圈套裡去。作者和讀者互相為因果，排斥異流，抬上國粹，那裡會有天才產生？即使產生了，也是活不下去的。

這樣的風氣的民眾是灰塵，不是泥土，在他這裡長不出好花和喬木來！

還有一樣是惡意的批評。大家的要求批評家的出現，也由來已久了，到目下就出了許多批評家。可惜他們之中很有不少是不平家，不像批評家，作品才到面前，便恨恨地磨墨，立刻寫出很高明的結論道，「唉，幼稚得很。中國要天才！」到後來，連並非批評家也這樣叫喊了，他是聽來的。其實即使天才，在生下來的時候的第一聲啼哭，也和平常的兒童的一樣，決不會就是一首好詩。因為幼稚，當頭加以戕賊，也可以萎死的。我親見幾個作者都被他們罵得寒噤了。那些作者大約自然不是天才，然而我的希望是便是常人也留著。

惡意的批評家在嫩苗的地上馳馬，那當然是十分快意的事；然而遭殃的是嫩苗──平常的苗和天才的苗。幼稚對於老成，有如孩子對於老人，決沒有什麼恥辱；作品也一樣，起初幼稚，不算恥辱的。因為倘不遭了戕賊，他就會生長，成熟，老成；獨有老衰和腐敗，倒是無藥可救的事！我以為幼稚的人，或者老大的人，如有幼稚的心，就說幼稚的話，只為自己要說而說，說出之後，至多到印出之後，自己的事就完了，對於無論打著什麼旗子的批評，都可以置之下理的！

就是在座的諸君，料來也十之九願有天才的產生罷，然而情形是這樣，不但產生天才難，單是有培養天才的泥土也難。我想，天才大半是天賦的；獨有這培養天才的泥土，似乎大家都可以做。做土的功效，比要求天才還切近；否則，縱有成千成百的天才，也因為沒有泥土，不能發達，要像一碟子綠豆芽。

做土要擴大了精神，就是收納新潮，脫離舊套，能夠容納，瞭解那將來產生的天才；又要不怕做小事業，就是能創作的自然是創作，否則翻譯，介紹，欣賞，讀，看，消閒都可以。以文藝來消閒，說來似乎有些可笑，但究竟較勝於戕賊他。

泥土和天才比，當然是不足齒數的，然而不是堅苦卓絕者，也怕不容易做；不過事在人為，比空等天賦的天才有把握。這一點，是泥土的偉大的地方，也是反有大希望的地方。而且也有報酬，譬如好花從泥土裡出來，看的人固然欣然的賞鑒，泥土也可以欣然的賞鑒，正不必花卉自身，這才心曠神怡的——假如當作泥土也有靈魂的說。

## 注釋

1 本篇最初發表於一九二四年北京師範大學附屬中學《校友會刊》第一期。同年十二月二十七日《京報副刊》第二十一號轉載時，前面有一段作者的小引：

「伏園兄：今天看看正月間在師大附中的演講，其生命似乎確乎尚在，所以校正寄奉，以備轉載。二十二日夜，迅上。」

2 即阿爾卑斯山，歐洲最高大的山脈，位於法義兩國之間。拿破崙在一八〇〇年進兵義大利同奧地利作戰時，曾越過此山。

3 當時胡適所提倡的一種主張。胡適在一九一九年七月就鼓吹「多研究些問題，少談些主義」；同年十二月，他又在《新青年》第七卷第一號《「新思潮」的意義》一文中提出「整理國故」的口號。一九二三年在北京大學《國學季刊》的《發刊宣言》中，他更系統地宣傳「整理國故」的主張，企圖誘使知識分子和青年學生脫離現實的革命鬥爭。本文中所批評的，是當時某些附和胡適的人們所發的一些議論。

4 根據作者後來寫的《祝中俄文字之交》（《南腔北調集》），這裡所說似因郭沫若的意見而引起的。郭沫若曾在一九二一年二月《民鐸》第二卷第五號發表的致李石岑函中說過：「我覺得國內人士只注重媒婆，而不注重處子；只注重翻譯，而不注重產生。」他的這些話，是由於看了當年上海《時事新報》副刊《學燈》雙十節增刊而發的，在增刊上刊載的第一篇是翻譯小說，第二篇才是魯迅的《頭髮的故事》。事實上，郭沫若也重視翻譯，他曾經翻譯過許多外國文學作品，魯迅的意見也不能看作只是針對個人的。

5 托爾斯泰（一八二八—一九一〇），俄國作家。著有《戰爭與和平》、《安娜・卡列尼娜》、《復活》等。都介涅夫（一八一八—一八八三），通譯屠格涅夫，俄國作家。著有小說《獵人筆記》、《羅亭》、《父與子》等。陀思妥夫斯奇（一八二一—一八八一），通譯陀斯妥耶夫斯基，俄國作家。著有小說《窮人》、《被侮辱與被損害的》、《罪與罰》等。

6 彼得和約翰歐美人常用的名字，這裡泛指外國人。

# 論雷峰塔的倒掉[1]

聽說，杭州西湖上的雷峰塔[2]倒掉了，聽說而已，我沒有親見。但我卻見過未倒的雷峰塔，破破爛爛的映掩於湖光山色之間，落山的太陽照著這些四近的地方，就是「雷峰夕照」，西湖十景之一。「雷峰夕照」的真景我也見過，並不見佳，我以為。

然而一切西湖勝跡的名目之中，我知道得最早的卻是這雷峰塔。我的祖母曾經常常對我說，白蛇娘娘就被壓在這塔底下！有個叫做許仙的人救了兩條蛇，一青一白，後來白蛇便化作女人來報恩，嫁給許仙了；青蛇化作丫鬟，也跟著。一個和尚，法海禪師，得道的禪師，看見許仙臉上有妖氣，——凡討妖怪作老婆的人，臉上就有妖氣的，但只有非凡的人才看得出——便將他藏在金山寺的法座後，白蛇娘娘來尋夫，於是就「水滿金山」。

我的祖母講起來還要有趣得多，大約是出於一部彈詞叫作《義妖傳》[3]裡的，但我沒有看過這部書，所以也不知道「許仙」「法海」究竟是否這樣寫。總而言之，白蛇娘娘終於中了法海的計策，被裝在一個小小的缽盂裡了。缽盂埋在地裡，上面還造起一座鎮壓的塔來，這就是雷峰塔。此後似乎事情還很多，如「白狀元祭塔」之類，但我現在都忘記了。

那時我惟一的希望，就在這雷峰塔的倒掉。後來我長大了，到杭州，看見這破破爛爛的塔，心裡就不舒服。後來我看看書，說杭州人又叫這塔作「保叔塔」，其實應該寫作「保俶塔」[4]，是錢王的兒子造的。那麼，裡面當然沒有白蛇娘娘了，然而我心裡仍然不舒服，仍然希望他倒掉。

現在，他居然倒掉了，則普天之下的人民，其欣喜為何如？這是有事實可證的。試到吳、越的山間海濱，探聽民意去。凡有田夫野老，蠶婦村氓，除了幾個腦髓裡有點貴恙的之外，可有誰不為白娘娘抱不平，不怪法海太多事的？

和尚本應該只管自己念經。白蛇自迷許仙，許仙自娶妖怪，和別人有什麼相干呢？他偏要放下經卷，橫來招是搬非，大約是懷著嫉妒罷，——那簡直是一定的。

聽說，後來玉皇大帝也就怪法海多事，以至荼毒生靈，想要拿辦他了。他逃來逃去，終於逃在蟹殼裡避禍，不敢再出來，到現在還如此。我對於玉皇大帝所做的事，腹誹的非常多，獨於這一件卻很滿意，因為「水滿金山」一案，的確應該由法海負責；他實在辦得很不錯的。只可惜我那時沒有打聽這話的出處，或者不在《義妖傳》中，卻是民間的傳說罷。

秋高稻熟時節，吳越間所多的是螃蟹，煮到通紅之後，無論取哪一隻，揭開背殼來，裡面就有黃，有膏；倘是雌的，就有石榴子一般鮮紅的子。先將這些吃完，即一定露出一個圓錐形的薄膜，再用小刀小心地沿著錐底切下，取出，翻轉，使裡面向外，只要不破，便變成一個羅漢模樣的東西，有頭臉，身子，是坐著的，我們那裡的小孩子都稱他「蟹和尚」，就是躲在裡面避難的法海。

當初，白蛇娘娘壓在塔底下，法海禪師躲在蟹殼裡。現在卻只有這位老禪師獨自靜坐了，非到螃蟹斷種的那一天為止出不來。莫非他造塔的時候，竟沒有想到塔是終究要倒的麼？

活該。

一九二四年十月二十八日。

## 註釋

1 本篇最初發表於一九二四年十一月十七日北京《語絲》周刊第一期。

2 雷峰塔原在杭州西湖淨慈寺前面，宋開寶八年（九七五）為吳越王錢俶所建，初名西關磚塔，後定名王妃塔；因建在名為雷峰的小山上，通稱雷峰塔。一九二四年九月二十五日倒坍。

3 《義妖傳》演述關於白蛇娘娘的民間神化故事的彈詞，清代陳遇乾著，共四卷五十三回，又《續集》二卷十六回。「水滿金山」「和白狀元祭塔」，都是白蛇故事中的情節。金山在江蘇鎮江，山上有金山寺，東晉時所建。白狀元是故事中白蛇娘娘和許仙所生的兒子許士林，他後來中了狀元回來祭塔，與被法海和尚鎮在雷峰塔下的白蛇娘娘相見。

4 本文最初發表時，篇末有作者的附記說：「這篇東西，是一九二四年十月二十八日做的。今天孫伏園來，我便將草稿給他看。他說，雷峰塔並非就是保俶塔。那麼，大約是我記錯的了，然而我卻確乎早知道雷峰塔下並無白娘娘。現在既經前記者先生指點，知道這一節並非得於所看之書，則當時何以知之，也就莫名其妙矣。特此聲明，並且更正。十一月三日。」保俶塔在西湖寶石山頂，今仍存。一說是吳越王錢俶入宋朝貢時所造。明代朱國楨《湧幢小品》卷十四中有簡單記載：「杭州有保俶塔，因俶入朝，恐其被留，做此以保之……今誤為保叔。」另一傳說是宋咸平（九九八－一〇〇三）時僧永保化緣所築。明代郎瑛《七修類稿》：「咸平中，僧永保化緣築塔，人以師叔稱之，遂名塔曰保叔。」

# 說鬍鬚[1]

今年夏天遊了一回長安[2]，一個多月之後，糊裡糊塗的回來了。知道的朋友便問我：「你以為那邊怎樣？」我這才慄然地回想長安，記得看見很多的白楊，很大的石榴樹，道中喝了不少的黃河水。然而這些又有什麼可談呢？我於是說：「沒有什麼怎樣。」他於是廢然而去了，我仍舊廢然而住，自愧無以對「不恥下問」[3]的朋友們。

今天喝茶之後，便看書，書上沾了一點水，我知道上唇的鬍鬚又長起來了。假如翻一翻《康熙字典》，上唇的，下唇的，頰旁的，下巴上的各種鬍鬚，大約都有特別的名號謚法的罷[4]，然而我沒有這樣閒情別致。總之是這鬍子又長起來了，我又要照例的剪短他，先免得沾湯帶水。於是尋出鏡子，剪刀，動手就剪，其目的是在使他和上唇的上緣平齊，成一個隸書的一字。

我一面剪，一面卻忽而記起長安，記起我的青年時代，發出連綿不斷的感慨來。長安的事，已經不很記得清楚了，大約確乎是遊歷孔廟的時候，其中有一間房子，掛著許多印畫，有李二曲[5]像，有歷代帝王像，其中有一張是宋太祖或是什麼宗，我也記不清楚了，總之是穿一件長袍，而鬍子向上翹起的。於是一位名士就毅然決然地說：「這都是日本人假造的，你看這鬍子就是日本式的鬍子。」

誠然，他們的鬍子確乎如此翹上，他們也未必不假造宋太祖或什麼宗的畫像，但假造中國皇帝的肖像而必須對了鏡子，以自己的鬍子為法式，則其手段和思想之離奇，真可謂「出乎意表之外」[6]了。清乾隆中，黃易掘出漢武梁祠石刻畫像來[7]，男子的鬍鬚多翹上；我們現在所見北魏至唐的佛教造像中的信士像[8]，凡有鬍子的也多翹上，直到元明的畫像，則鬍子大抵受了地心的吸力作用，向下面拖下去了。日本人何其不憚煩，孳孳汲汲地造了這許多從漢到唐的假古董，來埋在中國的齊魯燕晉秦隴巴蜀的深山邃谷廢墟荒地裡？

我以為拖下的鬍子倒是蒙古式，是蒙古人帶來的，然而我們的聰明的名士卻當作國粹了。留學日本的學生因為恨日本，便神往於大元，說道：「那時倘非天幸，這島國早被我們滅掉了！」[9]則認拖下的鬍子為國粹亦無不可。然而又何以是黃帝的子孫？又何以說台灣人在福建打中國人[10]是奴隸根性？

我當時就想爭辯，但我即刻又不想爭辯了。留學德國的愛國者×君，——因為我忘記了他的名字，姑且以×代之，——不是說我的毀謗中國，是因為娶了日本女人，所以替他們宣傳本國的壞處麼？我先前不過單舉幾樣中國的缺點，尚且要帶累「賤內」改了國籍，何況現在是有關日本的問題？好在即使宋太祖或什麼宗的鬍子蒙些不白之冤，也不至於就有洪水，就有地震，有什麼大相干。我於是連連點頭，說道：「嗡，嗡，對啦。」因為我實在比先前似乎油滑得多了，——好了。

我剪下自己的鬍子的左尖端畢，想，陝西人費心勞力，備飯化錢，用汽車[11]載，用船裝，用騾車拉，用自動車裝，請到長安去講演，大約萬料不到我是一個雖對於決無殺身之禍的小事情，也不肯直抒自己的意見，只會「嗡，嗡，對啦」的罷。他們簡直是受了騙了。

我再向著鏡中的自己的臉，看定右嘴角，剪下鬍子的右尖端，撒在地上，想起我的青年時代來——

那已經是老話，約有十六七年了罷。

我就從日本回到故鄉來，嘴上就留著宋太祖或什麼宗似的向上翹起的鬍子，坐在小船裡，和船夫談天。

「先生，你的中國話說得真好。」後來，他說。

「我是中國人，而且和你是同鄉，怎麼會……」

「哈哈哈，你這位先生還會說笑話。」

記得我那時的沒奈何，確乎比看見×君的通信要超過十倍。我那時隨身並沒有帶著家譜，確乎不能證明我是中國人。即使帶著家譜，而上面只有一個名字，並無畫像，也不能證明這名字就是我。即使有畫像，日本人會假造從漢到唐的石刻，宋太祖或什麼宗的畫像，難道偏不會假造一部木版的家譜麼？

凡對於以真話為笑話的，以笑話為真話的，以笑話為笑話的，只有一個方法：就是不說話。於是我從此不說話。

然而，倘使在現在，我大約還要說：「嗡，嗡，……今天天氣多麼好呀？……那邊的村子叫什麼名字？……」因為我實在比先前似乎油滑得多了，——好了。

現在我想，船夫的改變我的國籍，大概和×君的高見不同。其原因只在於鬍子罷，因為我從此常常為鬍子受苦。

國度會亡，國粹家是不會少的，而只要國粹家不少，這國度就不算亡。國粹家者，保存國粹者也；而國粹者，我的鬍子是也。這雖然不知道是什麼「邏輯」法，但當時的實情確是如此的。

「你怎麼學日本人的樣子，身體既矮小，鬍子又這樣，……」一位國粹家兼愛國者發過一篇崇論宏議之後，就達到這一個結論。

可惜我那時還是一個不識世故的少年，所以就憤憤地爭辯。第一，我的身體是本來只有這樣高，並非故意設法用什麼洋鬼子的機器壓縮，使他變成矮小，希圖冒充。第二，我的鬍子，誠然和許多日本人的相同，然而我雖然沒有研究過他們的鬍鬚樣式變遷史，但曾經見過幾幅古人的畫像，都不向上，只是向外，向下，和我們的國粹差不多。維新以後，可是翹起來了，那大約是學了德國式。你看威廉皇帝的鬍鬚，不是上指眼梢，和鼻梁正作平行麼？雖然他後來因為吸煙燒了一邊，只好將兩邊都剪平了。但在日本明治維新[12]的時候，他這一邊還沒有失火……。

這一場辯解大約要兩分鐘，可是總不能解國粹家之怒，因為德國也是洋鬼子，而況我的身體又矮小乎。而況國粹家很不少，意見又很統一，因此我的辯解也就很頻繁，然而總無效，一回，兩回，以至十回，十幾回，連我自己也覺得無聊而且麻煩起來了。罷了，況且修飾鬍鬚用的膠油在中國也難得，我便從此聽其自然了。

聽其自然之後，鬍子的兩端就顯出毗心現象[13]來，於是也就和地面成為九十度的直角。國粹家果然也不再說話，或者中國已經得救了罷。

然而接著就招了改革家的反感，這也是應該的。我於是又分疏，一回，兩回，以至許多回，連我自己也覺得無聊而且麻煩起來了。

大約在四五年或七八年前罷，我獨坐在會館裡，竊悲我的鬍鬚的不幸的境遇，研究他所以得謗的原因，忽而恍然大悟，知道那禍根全在兩邊的尖端上。於是取出鏡子，剪刀，即刻剪成一平，使他既不上翹，也難拖下，如一個隸書的一字。

「啊，你的鬍子這樣了？」當初也曾有人這樣問。

「唔唔，我的鬍子這樣了。」

他可是沒有話。我不知道是否因為尋不著兩個尖端，所以失了立論的根據，還是我的鬍子「這樣」之後，就不負中國存亡的責任了。總之我從此太平無事的一直到現在，所麻煩者，必須時常剪剪而已。

一九二四年十月三十日。

## 注釋

1 本篇最初發表於一九二四年十二月十五日《語絲》周刊第五期。

2 即西安。一九二四年七月七日，作者應西北大學的邀請，離京前往西安，為該校與陝西省教育廳合辦的暑期學校講《中國小説的歷史的變遷》，八月十二日返回北京。

3 「不恥下問」語見《論語．公冶長》：「敏而好學，不恥下問」。

4 《康熙字典》中各種鬍鬚的名稱是：上唇的叫「髭」，下唇的叫「鬚」，頰旁的叫「髯」，下巴的叫「鬍」。《康熙字典》，清代康熙年間張玉書等奉詔編纂的一部字典，於康熙五十五年（一七一六）刊行。共四十二卷，收四萬七千零三十五字。

5 李二曲（一六二九－一七〇五）名顒，字中孚，號二曲，陝西周至人，清代理學家。著有《四書反身錄》等。

6 「出乎意表之外」，這是林琴南文章中不通的語句。當時林琴南等人攻擊新文學作者所以提倡白話文，是因為自己不懂古文的緣故；因而主張白話文的人常引用他們那些不通的古文句子加以嘲諷。

7 黃易（一七四四－一八〇二）字大易，號小松，浙江仁和（今杭州）人，清代金石收藏家。著有《小蓬萊閣金石文字》等書。漢武梁祠石刻畫像，在山東嘉祥縣武宅山漢代武氏墓前石室中，四壁刻古人畫像和奇禽異獸等物，為漢代石刻藝術代表作品之一。宋代趙明誠《金石錄》曾有記載。後來因河道變遷，淤沒土中；清乾隆五十一年（一七八六）秋，黃易曾到那裡掘得石室數處，畫像二十余石，及《武斑碑》、《武氏石闕銘》等。

8 我國自三國時起，信仰佛教的人常出資在寺廟和崖壁間塑造或雕刻佛像；有時也在其間附帶塑刻出資者自身的像，叫做信士像。

9 指元兵侵日失敗一事。元至元十七年（一二八〇），元世祖忽必烈命范文虎等率軍十餘萬人進犯日本。次年七月，攻入日本平戶島。據《新元史·日本傳》所記，當時日本形勢很緊張：「日本戰船小，不能敵前後來攻者，皆敗退，國中人心洶洶，市無糶米。日本主親至八幡祠祈禱，又宣命於六神宮，乞以身代國難。……八月甲於朔，颶風大作，（元軍）戰艦皆破壞覆沒。」

10 指福州慘案中發生的事。一九一九年十一月十五日，日本駐福州領事館為了破壞當時福建人民的抵制日貨運動，派出日本浪人和便衣警察，毆打表演愛國新劇的學生；次日，又打死打傷當地愛國學生和群眾多人，造成了「福州慘案」。在這個事件中，也有台灣（按當時台灣還在日本侵佔之下）的流氓參加。

11 這裡的「汽車」，即火車；下文的「自動車」，即汽車。都是日語名稱。

12 一八六八年，日本明治天皇掌握了國家政權，結束了德川幕府的統治，實行一些有利於發展資本主義的改革。這一資產階級性質的革新運動，通稱明治維新。

13 即趨向中心；毗心現象，是說上唇兩邊的鬚尖向下拖垂。

# 論照相之類[1]

## 一、材料之類

我幼小時候，在S城[2]，——所謂幼小時候者，是三十年前，但從進步神速的英才看來，就是一世紀；所謂S城者，我不說他的真名字，何以不說之故，也不說。總之，是在S城，常常旁聽大大小小男男女女談論洋鬼了挖眼睛。曾有一個女人，原在洋鬼子家裡傭工，後來出來了，據說她所以出來的原因，就因為親見一罈鹽漬的眼睛，小鯽魚似的一層一層積疊著，快要和罈沿齊平了。她為遠避危險起見，所以趕緊走。

S城有一種習慣，就是凡是小康之家，到冬天一定用鹽來醃一缸白菜，以供一年之需，其用意是否和四川的榨菜相同，我不知道。但洋鬼子之醃眼睛，則用意當然別有所在，惟獨方法卻大受了S城醃白菜法的影響，相傳中國對外富於同化力，這也就是一個證據罷。

然而狀如小鯽魚者何？答曰：此確為S城人之眼睛也。S城廟宇中常有一種菩薩，號曰眼光娘娘。有眼病的，可以去求禱；癒，則用布或綢做眼睛一對，掛神龕上或左右，以答神庥，所以只要看所掛眼睛的多少，就知道這菩薩的靈不靈。而所掛的眼睛，則正是兩頭尖尖，如小鯽魚，要尋一對和洋鬼子生理圖上所畫似的圓球形者，決不可得。

黃帝岐伯[3]尚矣；王莽誅翟義黨[4]，分解肢體，令醫生們察看，曾否繪圖不可知，縱使繪過，現在已佚，徒令「古已有之」而已。宋的《析骨分經》[5]，相傳也據目驗，《說郛》中有之，我曾看過它，多是胡說，大約是假的。否則，目驗尚且如此糊塗，則S城人之將眼睛理想化為小鯽魚，實也無足深怪了。

然而洋鬼子是吃醃眼睛來代醃菜的麼？是不然，據說是應用的。一，用於電線，這是根據別一個鄉下人的話，如何用法，他沒有談，但云用於電線罷了；至於電線的用意，他卻說過，就是每年加添鐵絲，將來鬼兵到時，使中國人無處逃走。二，用於照相，則道理分明，不必多贅，因為我們只要和別人對立，他的瞳子裡一定有我的一個小照相的。

而且洋鬼子又挖心肝，那用意，也是應用。我曾旁聽過一位念佛的老太太說明理由：他們挖了去，熬成油，點了燈，向地下各處去照去。人心總是貪財的，所以照到埋著寶貝的地方，火頭便彎下去了。他們當即掘開來，取了寶貝去，所以洋鬼子都這樣的有錢。

道學先生之所謂「萬物旨備於我」[6]的事，其實是全國，至少是S城的「目不識丁」的人們都知道，所以人為「萬物之靈」。所以月經精液可以延年，毛髮爪甲可以補血，大小便可以醫許多病[7]，臂膊上的肉可以養親。然而這並非本論的範圍，現在姑且不說。況且S城人極重體面，有許多事不許說；否則，就要用陰謀來懲治的。

## 二、形式之類

要之，照相似乎是妖術。咸豐年間，或一省裡，還有因為能照相而家產被鄉下人搗毀的事情。但當我幼小的時候，——即三十年前，S城卻已有照相館了，大家也不甚疑懼。雖然當鬧「義和拳民」時，——即二十五年前，或一省裡，還以罐頭牛肉當作洋鬼子所殺的中國孩子的肉看。然而這是例外，萬事萬物總不免有例外的。

要之，S城早有照相館了，這是我每一經過總須流連賞玩的地方，但一年中也不過經過四五回。大小長短不同顏色不同的玻璃瓶，又光滑又有刺的仙人掌，在我都是珍奇的物事；還有掛在壁上的框子裡的照片：曾大人，李大人，左中堂，鮑軍門[8]。一個族中的好心的長輩，曾經借此來教育我，說這許多都是當今的大官，平「長毛」的功臣，你應該學學他們。我那時也很願意學，然而想，也須趕快仍復有「長毛」。

但是，S城人卻似乎不甚愛照相，因為精神要被照去的，所以運氣正好的時候，尤不宜照，而精神則一名「威光」：我當時所知道的只有這一點。直到近年來，才又聽到世上有因為怕失了元氣而永不洗澡的名士，元氣大約就是威光罷，那麼，我所知道的就更多了：中國人的精神一名威光即元氣，是照得去，洗得下的。

然而雖然不多，那時卻又確有光顧照相的人們，我也不明白是什麼人物，或者運氣不好之徒，或者是新黨[9]罷。只是半身像是大抵避忌的，因為像腰斬。自然，清朝是已經廢去腰斬的了，但我們還能在戲文上看見包爺爺的鍘包勉[10]，一刀兩段，何等可怕，則即使是國粹乎，而亦不欲人之加諸我也，誠然也以不照為宜。所以他們所照的多是全身，旁邊一張大茶几，上有帽架，茶碗，水煙袋，花盆，几下一個痰盂，以表明這人的氣管枝中有許多痰，總須陸續吐出。人呢，或立或坐，或者手執書卷，或者大襟上掛一個很大的時錶，我們倘用放大鏡一照，至今還可以知道他當時拍照的時辰，而且那時還不會用鎂光，所以不必疑心是夜裡。

然而名士風流，又何代蔑有呢？雅人早不滿於這樣千篇一律的呆鳥了，於是也有赤身露體裝作晉人[11]的，也有斜領絲絛裝作X人的，但不多。較為通行的是先將自己照下兩張，服飾態度各不同，然後合照為一張，兩個自己即或如賓主，或如主僕，名曰「二我圖」。但設若一個自己傲然地坐著，一個自己卑劣可憐地向了坐著的那一個自己跪著的時候，名色便又兩樣了：「求己圖」。這類「圖」曬出之後，總須題些詩，或者詞如「調寄滿庭芳」「摸魚兒」之類，然後在書房裡掛起。至於貴人富戶，則因為屬於呆鳥一類，所以決計想不出如此雅致的花樣來，即有特別舉動，至多也不過自己坐在中間，膝下排列著他的一百個兒子，一千個孫子和一萬個曾孫（下略）照一張「全家福」。

Th. Lipps[12]在他那《倫理學的根本問題》中，說過這樣意思的話。就是凡是人主，也容易變成奴隸，因為他一面既承認可做主人，一面就當然承認可做奴隸，所以威力一墜，就死心塌地，俯首貼耳於新主人之前了。那書可惜我不在手頭，只記得一個大意，好在中國已經有了譯本，雖然是節譯，這些話應該存在的罷。用事實來證明這理論的最顯著的例是孫皓[13]，治吳時候，如此驕縱酷虐的暴主，一降晉，卻是如此卑劣無恥的奴才。中國常語說，臨下驕者事上必諂，也就是看穿了這把戲的話。但表現得最透澈的卻莫如「求己圖」，將來中國如要印《繪圖倫理學的根本問題》，這實在是一張極好的插畫，就是世界上最偉大的諷刺畫家也萬萬想不到，畫不出的。

但現在我們所看見的，已沒有卑劣可憐地跪著的照相了，不是什麼會紀念的一群，即是什麼人放大的半個，都很凜凜地。我願意我之常常將這些當作半張「求己圖」看，乃是我的杞憂。

## 三、無題之類

照相館選定一個或數個闊人的照相，放大了掛在門口，似乎是北京特有，或近來流行的。我在S城所見的曾大人之流，都不過六寸或八寸，而且掛著的永遠是曾大人之流，也不像北京的時時掉換，年年不同。但革命以後，也許撤去了罷，我知道得不真確。

至於近十年北京的事，可是略有所知了，無非其人闊，則其像放大，其人「下野」，則其像不見，比電光自然永久得多。倘若白晝明燭，要在北京城內尋求一張不像那些闊人似的縮小放大掛起掛倒的照相，則據鄙陋所知，實在只有一位梅蘭芳[14]君。而該君的麻姑[15]一般的「天女散花」「黛玉葬花」像，也確乎比那些縮小放大掛起掛倒的東西標致，即此就足以證明中國人實有審美的眼睛，其一面又放大挺胸凸肚的照相者，蓋出於不得已。

我在先只讀過《紅樓夢》[16]，沒有看見「黛玉葬花」的照片的時候，是萬料不到黛玉的眼睛如此之凸，嘴唇如此之厚的。我以為她該是一副瘦削的癆病臉，現在才知道她有些福相，也像一個麻姑。然而只要一看那些繼起的模仿者們的擬天女照相，都像小孩子穿了新衣服，拘束得怪可憐的苦相，也就會立刻悟出梅蘭芳君之所以永久之故了，其眼睛和嘴唇蓋出於不得已，即此也就足以證明中國人實有審美的眼睛。

印度的詩聖泰戈爾[17]先生光臨中國之際，像一大瓶好香水似地很熏上了幾位先生們以文氣和玄氣，然而夠到陪坐祝壽的程度的卻只有一位梅蘭芳君：兩國的藝術家的握手。待到這位老詩人改姓換名，化為「竺震旦」，離開了近於他的理想境的這震旦之後，震旦詩賢頭上的印度帽也不大看見了，報章上也很少記他的消息，而裝飾這近於理想境的震旦者，也仍舊只有那巍然地掛在照相館玻璃窗裡的一張「天女散花圖」或「黛玉葬花圖」。

惟有這一位「藝術家」的藝術，在中國是永久的。

我所見的外國名伶美人的照相並不多，男扮女的照相沒有見過，別的名人的照相見過幾十張。托爾斯泰，伊孛生，羅丹[18]都老了，尼采一臉凶相，勖本華爾一臉苦相，淮爾特[19]穿上他那審美的衣裝的時候，已經有點呆相了，而羅曼羅蘭[20]似乎帶點怪氣，戈爾基[21]又簡直像一個流氓。雖說都可以看出悲哀和苦鬥的痕跡來罷，但總不如天女的「好」得明明白白。

假使吳昌碩[22]翁的刻印章也算雕刻家，加以作畫的潤格如是之貴，則在中國確是一位藝術家了，但他的照相我們看不見。林琴南[23]翁負了那麼大的文名，而天下也似乎不甚有熱心於「識荊」[24]的人，我雖然曾在一個藥房的仿單[25]上見過他的玉照，但那是代表了他的「如夫人」[26]函謝丸藥的功效，所以印上的，並不因為他的文章。更就用了「引車賣漿者流」[27]的文字來做文章的諸君而言，南亭亭長我佛山人[28]往矣，且從略；近來則雖是奮戰奮鬥，做了這許多作品的如創造社[29]諸君子，也不過印過很小的一張三人的合照，而且是銅板而已。

我們中國的最偉大最永久的藝術是男人扮女人。

異性大抵相愛。太監只能使別人放心，決沒有人愛他，因為他是無性了，——假使我用了這「無」字還不算什麼語病。然而也就可見雖然最難放心，但是最可貴的是男人扮女人了，因為從兩性看來，都近於異性，男人看見「扮女人」，女人看見「男人扮」，所以這就永遠掛在照相館的玻璃窗裡，掛在國民的心中。外國沒有這樣的完全的藝術家，所以只好任憑那些捏錘鑿，調彩色，弄墨水的人們跋扈。

我們中國的最偉大最永久，而且最普遍的藝術也就是男人扮女人。

一九二四年十一月十一日。

## 注釋

1 本篇最初發表於一九二五年一月十二日《語絲》周刊第九期。

2 S城指作者的出生地紹興。

3 這裡指《黃帝內經》。這是我國著名的醫學古籍，大約為戰國秦漢時醫家匯集古代及當時醫學資料纂述而成，託名黃帝、岐伯所作。全書分《素問》和《靈樞》兩部分，前者用黃帝和岐伯問答的形式，討論生理、病理治療的情況，後者主要講述循環系及一般解剖學、針灸療法等。

4 西漢末年王莽篡奪漢王朝政權時，東郡太守翟義和他的外甥陳豐起兵討王莽，兵敗後被「磔屍陳市」；隨翟義起兵的人，也被屠殺。據《漢書・王莽傳》，翟義黨王孫慶被捕後，「莽使太醫、尚方與屠共刳剝之，量度五臟，以竹筳導其脈，知所始終，云可以治病。」

5 《析骨分經》乃明代（文中說是宋代，疑誤）寧一玉著，收入清代陶珽編纂的《續說郛》第三十卷中。

6 「萬物皆備於我」，此句語見《孟子・盡心》。

7 關於月經精液毛髮爪甲等入藥的說法，在明代李時珍《本草綱目》卷五十二《人部》中曾有記載。

8 曾大人即曾國藩，李大人即李鴻章，左中堂即左宗棠，鮑軍門即鮑超，他們都是清朝的大官僚，鎮壓太平天國農民起義的劊子手。

9 清末一般人對維新派人物的稱呼。

10 「鍘包勉」為我國過去流行的劇目之一。內容係根據民間傳說，演宋朝包拯奉公執法，不顧私情，鍘殺犯罪的侄兒包勉的故事。

11 指晉代文人劉伶等。《世說新語・任誕》中說：「劉伶恒縱酒放達，或脫衣裸形在屋中，人見譏之。伶曰：『我以天地為棟宇，屋室為言衣，諸君何為入我言中？』」又《德行》中說：「王平子、胡母彥國諸人，皆以任放為達，或有裸體者。」

12 李普斯（一八五一―一九四一），德國心理學家、哲學家。他在《倫理學的根本問題》第二章《道德上之根本動機與惡》中說：「凡欲使他人為奴隸者，其人即有奴隸根性。好為暴君之專制者，乃缺道德上之自負者也。凡好傲慢之人，遇較己強者恒變為卑屈。」（據楊昌濟譯文，北京大學出版部出版）

13 孫皓（二四三―二八三），三國時吳國最後的皇帝，在位時淫侈殘酷，常隨意殺戮臣下和宮人，或剝人面，或鑿人眼，無所不用其極。降晉後封歸命侯。據《世說新語・排調》載：晉武帝有一次問他：「聞南人好作《爾汝歌》，頗能為乎？」他正在飲酒，立刻舉杯對武帝唱道：「昔與汝為鄰，今與汝為臣，上汝一杯酒，令汝壽萬春。」

14 梅蘭芳（一八九四—一九六一），名瀾，字畹華，江蘇泰州人，京劇藝術家。他是扮演旦角的男演員，在京劇表演藝術方面有重要成就。

15 神話傳說中的仙女。據晉代葛洪《神仙傳》：東漢時仙人「王方平降蔡經家，召麻姑至，是好女子，年可十八九許，手似鳥爪，頂中有髻，衣有文章而非錦繡。」

16 長篇小說，清代曹雪芹著。通行本為一百二十回，後四十回一般認為是高鶚續作。

17 泰戈爾（R. Tagore，一八六一—一九四一），印度詩人。著有《新月集》、《飛鳥集》等。一九二四年四月曾到中國。下文的「竺震旦」是泰戈爾在中國度六十四歲生日時，梁啟超給他起的中國名字。

18 羅丹（A. Rodin，一八四〇—一九一七），法國雕塑家。作品有《加萊義民》、《巴爾扎克》等。

19 淮爾特（O. Wilde，一八五六—一九〇〇），通譯王爾德，英國唯美派作家。著有《莎樂美》、《溫德米夫人的扇子》等。

20 羅曼羅蘭（R. Rolland，一八六六—一九四四），法國作家、社會活動家。著有長篇小說《約翰·克利斯朵夫》、劇本《愛與死的搏鬥》等。

21 戈爾基（МаксимГорький，一八六八—一九三六），通譯高爾基，蘇聯無產階級作家。著有長篇小說《福瑪·高爾杰耶夫》、《母親》和自傳體三部曲《童年》、《在人間》、《我的大學》等。

22 吳昌碩（一八四四—一九二七），名俊卿，浙江安吉人，書畫家、篆刻家。

23 林琴南（一八五二—一九二四），名紓，號畏廬，福建閩侯（今福州）人，翻譯家。他曾由別人口述，用古文譯歐美小說一百七十多種，其中不少是外國文學名著，在清末至「五四」期間影響很大。到了「五四」時期，他是最激烈反對新文化運動的守舊派代表人物之一，曾在給蔡元培的信及小說《荊生》、《妖夢》中，詆毀新文化運動者；其中《荊生》一篇大意說：有田必美（影射陳獨秀）、金心異（影射錢玄同）、狄莫（影射胡適）三人聚於陶然亭，田生大罵孔丘，狄生主張白話，忽然隔壁走出一個偉丈夫荊生來，把三人打罵一頓。荊生是林琴南自況，魯迅在文中用「識荊」二字含有雙關意思。

24 「識荆」語出唐代李白的《與韓荆州書》：「生不用封萬戶侯，但願一識韓荆州。」後來就用「識荆」作為初次識面的敬辭。
25 介紹商品的性質、用途和用法的説明書。
26 即小老婆，語出《左傳》僖公十七年。
27 林琴南在一九一九年三月給蔡元培的信中攻擊白話文説：「若盡廢古書，行用土語為文字，則都下引車賣漿之徒所操之語，按之皆有文法，……據此，則凡京津之稗販均可用為教授矣。」
28 「南亭亭長」即李寶嘉（一八六七－一九〇六），字伯元，江蘇武進人，小説家。著有長篇小説《官場現形記》、《文明小史》等。「我佛山人」即吳沃堯（一八六六－一九一〇），字趼人，廣東南海佛山人，小説家。著有長篇小説《二十年目睹之怪現狀》、《恨海》等。
29 「五四」新文學運動中的著名文學團體，一九二〇年至一九二一年間成立。主要成員有郭沫若、郁達夫和成仿吾等。在一九二三年出版的《創造季刊》第二卷第一期周年紀念號上，曾刊印他們三人合攝的照片。

# 再論雷峰塔的倒掉[1]

從崇軒先生的通信[2]（二月份《京報副刊》）裡，知道他在輪船上聽到兩個旅客談話，說是杭州雷峰塔之所以倒掉，是因為鄉下人迷信那塔磚放在自己的家中，凡事都必平安，如意，逢凶化吉，於是這個也挖，那個也挖，挖之久久，便倒了。一個旅客並且再三嘆息道：西湖十景這可缺了呵！

這消息，可又使我有點暢快了，雖然明知道幸災樂禍，不象一個紳士，但本來不是紳士的，也沒有法子來裝潢。

我們中國的許多人，——我在此特別鄭重聲明：並不包括四萬萬同胞全部！——大抵患有一種「十景病」，至少是「八景病」，沉重起來的時候大概在清朝。凡看一部縣志，這一縣往往有十景或八景，如「遠村明月」、「蕭寺清鐘」、「古池好水」之類。而且，「十」字形的病菌似乎已經侵入血管，流布全身，其勢力早不在「！」形驚嘆亡國病菌[3]之下了。點心有十樣錦，菜有十碗，音樂有十番[4]，閻羅有十殿，藥有十全大補，猜拳有全福手福手全，連人的劣跡或罪狀，宣布起來也大抵是十條，彷佛犯了九條的時候總不肯歇手。

現在西湖十景可缺了呵！「凡為天下國家有九經」[5]，九經固古已有之，而九景卻頗不習見，所以正是對於十景病的一個針砭，至少也可以使患者感到一種不平常，知道自己的可愛的老病，忽而跑掉了十分之一了。但仍有悲哀在裡面。

其實，這一種勢所必至的破壞，也還是徒然的，暢快不過是無聊的自欺。雅人和信士和傳統大家，定要苦心孤詣、巧語花言地再來補足了十景而後已。

無破壞即無新建設，大致是的；但有破壞卻未必即有新建設。盧梭、斯諦納爾、尼采、托爾斯泰、伊孛生等輩，若用勃蘭兌斯的話來說，乃是「軌道破壞者」。其實他們不單是破壞，而且是掃除，是大呼猛進，將礙腳的舊軌道不論整條或碎片，一掃而空，並非想挖一塊廢鐵古磚挾回家去，預備賣給舊貨店。

中國很少這一類人，即使有之，也會被大眾的唾沫掩死。孔丘[6]先生確是偉大，生在巫鬼勢力如此旺盛的時代，偏不肯隨俗談鬼神；但可惜太聰明了，「祭如在祭神如神在」，只用他修《春秋》的照例手段，以兩個「如」字略寓「俏皮刻薄」之意，使人一時莫名其妙，看不出他肚皮裡的反對來。

他肯對子路賭咒，卻不肯對鬼神宣戰，因為一宣戰就不和平，易犯罵人——雖然不過罵鬼——之罪，即不免有《衡論》（見一月份《晨報副鐫》）作家TY先生似的好人，會替鬼神來奚落他道：為名乎？罵人不能得名。為利乎？罵人不能得利。想引誘女人乎？又不能將蚩尤的臉子印在文章上[7]。何樂而為之也歟？

孔丘先生是深通世故的老先生，大約除臉子付印問題以外，還有深心，犯不上來做明目張膽的破壞者，所以只是不談，而決不罵，於是乎嚴然成為中國的聖人，道大，無所不包故也。否則，現在供在聖廟裡的，也許不姓孔。

不過在戲臺上罷了，悲劇將人生的有價值的東西毀滅給人看，喜劇將那無價值的撕破給人看。譏諷又不過是喜劇的變簡的一支流。但悲壯滑稽，卻都是十景病的仇敵，因為都有破壞性，雖然所破壞的方面各不同。中國如十景病尚存，則不但盧梭他們似的瘋子決不產生，並且也決不產生一個悲劇作家或喜劇作家或諷刺詩人。所有的，只是喜劇底人物或非喜劇非悲劇底人物，在互相模造的十景中生存，一面個個帶了十景病。

然而十全停滯的生活，世界上是很不多見的事，於是破壞者到了，但並非自己的先覺的破壞者，卻是狂暴的強盜，或外來的蠻夷。玁狁[8]早到過中原，五胡[9]來過了，蒙古也來過了；同胞張獻忠[10]殺人如草，而滿州兵的一箭就鑽進樹叢中死掉了。

有人論中國說，倘使沒有帶著新鮮的血液的野蠻的侵入，真不知自身會腐敗到如何！這當然是極刻毒的惡謔，但我們一翻歷史，怕不免要有汗流浹背的時候罷。外寇來了，暫一震動，終於請他做主子，在他的刀斧下修補老例；內寇來了，也暫一震動，終於請他做主子，或者別拜一個主子，在自己的瓦礫中修補老例。再來翻縣志，就看見每一次兵燹之後，所添上的是許多烈婦烈女的氏名。看近來的兵禍，怕又要大舉表揚節烈了罷。許多男人們都那裡去了？

凡這一種寇盜式的破壞，結果只能留下一片瓦礫，與建設無關。

但當太平時候，就是正在修補老例，並無寇盜時候，即國中暫時沒有破壞麼？也不然的，其時有奴才式的破壞作用常川活動著。

雷峰塔磚的挖去，不過是極近的一條小小的例。龍門[11]的石佛大半肢體不全，圖書館中的書籍，插圖須謹防撕去，凡公物或無主的東西，倘難於移動，能夠完全的即很不多。但其毀壞的原因，則非如革除者的志在掃除，也非如寇盜的志在掠奪或單是破壞，僅因目前極小的自利，也肯對於完整的大物暗暗的加一個創傷。

人數既多，創傷自然極大，而倒敗之後，卻難於知道加害的究竟是誰。正如雷峰塔倒掉以後，我們單知道由於鄉下人的迷信。共有的塔失去了，鄉下人的所得，卻不過一塊磚，這磚，將來又將為別一自利者所藏，終究至於滅盡。倘在民康物阜時候，因為十景病的發作，新的雷峰塔也會再造的罷。但將來的運命，不也就可以推想而知麼？如果鄉下人還是這樣的鄉下人，老例還是這樣的老例。

這一種奴才式的破壞，結果也只能留下一片瓦礫，與建設無關。豈但鄉下人之於雷峰塔，日日偷挖中華民國的柱石的奴才們，現在正不知有多少！

瓦礫場上還不足悲，在瓦礫場上修補老例是可悲的。我們要革新的破壞者，因為他內心有理想的光。我們應該知道他和寇盜奴才的分別；應該留心自己墮入後兩種。這區別並不煩難，只要觀人，省己，凡言動中，思想中，含有借此據為己有的朕兆者是寇盜，含有借此占些目前的小便宜的朕兆者是奴才，無論在前面打著的是怎樣鮮明好看的旗子。

一九二五年二月六日。

## 注釋

1 本篇最初發表於一九二五年二月二十三日《語絲》周刊第十五期。

2 指刊登於一九二五年二月二日《京報副刊》第四十九號上的胡崇軒給編者孫伏園的信《雷峰塔倒掉的原因》。信中有如下一段話：

「那雷峰塔不知在何時已倒掉了一半，只剩著下半截，很破爛的，可是我們那裡的鄉下人差不多都有這樣的迷信，說是能夠把雷峰塔的磚拿一塊放在家裡必定平安，如意，無論什麼凶事都能夠化吉，所以一到雷峰塔去觀瞻的鄉下人，都要偷偷的把塔磚挖一塊帶家去，——我的表兄曾這樣做過的，——你想，一人一塊，久而久之，那雷峰塔裡的磚都給人家挖空了，塔豈有不倒掉的道理？現在雷峰塔是已經倒掉了，唉，西湖十景這可缺了啊！」

胡崇軒，即胡也頻，當時是《京報》附刊《民眾文藝》周刊的編者之一。

3 當時的一種奇怪論調。一九二四年四月《心理》雜誌第三卷第二號載有張耀翔的《新詩人的情緒》一文，把當時出版的一些新詩集裡的驚嘆號（！）加以統計，說這種符號「縮小看像許多細菌，放大看像幾排彈丸」，認為這是消極、悲觀、厭世等情緒的表示，因而說多用驚嘆號的白話詩都是「亡國之音」。

4 十番，又稱「十番鼓」，「十番鑼鼓」，由若干曲牌與鑼鼓段連綴而成的一種套曲。流行於福建、江蘇、浙江等地。據清代李斗《揚州畫舫》錄卷十一記：十番鼓是用笛，管，簫，弦，提琴，雲鑼，湯鑼，木魚，檀板，大鼓等十種樂器更番合奏。

5 語見《中庸》：「凡為天下國家有九經。曰：修身也，尊賢也，親親也，敬大臣也，體群臣也，子庶民也，來百工也，柔遠人也，懷諸侯也。」意思是治理天下國家有九項應做的事。這裡只取「經」「景」兩字同音。

6 孔丘（西元前五五一－前四七九）春秋時魯國陬邑（今山東曲阜）人，儒家學派的創始人。《論語·述而》有「子不語怪力亂神」的記述。「祭如在，祭神如神在」，語見《論語·八佾》。他曾修訂過《春秋》，後來的經學家認為他用一字褒貶表示微言大義，稱為「春秋筆法」。他對弟子子路賭咒的事，見《論語·雍也》：「子見南子，子路不說（悦）。夫子矢之曰：予所否者，天厭之！天厭之！」按南子是衛靈公的夫人。

7 發表在一九二五年一月十八日《晨報副刊》第十二號上的一篇文章，作者署名TY。他反對寫批評文章，其中有這樣一段話：「這種人（按指寫批評文章的人），真不知其心何居。說是想賺錢吧，有時還要賠子兒去出版。說是想引誘女人吧，他那朱元璋的臉子也沒有印在文章上。說是想邀名吧，別人看見他那尖刻的文章就夠了，誰還敢相信他？」這裡是魯迅對該文的順筆諷刺。

8 我國古代北方民族之一，周代稱玁狁，秦漢時稱匈奴。周成王，宣王時都曾和他們有過戰爭。

9 歷史上對匈奴、羯、鮮卑、氐、羌五個少數民族的合稱。

10 張獻忠（一六〇六－一六四六），延安柳樹澗（今陝西定邊東）人，明末農民起義領袖。崇禎三年（一六三〇）起義，轉戰陝、豫各地；崇禎十七年（一六四四）入川，在成都建立大西國；清順治三年（一六四六）出川，行至川北鹽亭界，猝遇清兵，於鳳凰坡重箭墜馬而死。舊史書（包括野史和雜記）中多有關於他殺人的誇大記載。

11 龍門，山名，在河南洛陽南，從北魏至唐代，信仰佛教的人在崖壁間鐫石成佛像，約九萬餘尊。

# 看鏡有感[1]

因為翻衣箱，翻出幾面古銅鏡子來，大概是民國初年初到北京時候買在那裡的，「情隨事遷」，全然忘卻，宛如見了隔世的東西了。

一面圓徑不過二寸，很厚重，背面滿刻蒲陶[2]，還有跳躍的鼯鼠，沿邊是一圈小飛禽。古董店家都稱為「海馬葡萄鏡」。但我的一面並無海馬，其實和名稱不相當。記得曾見過別一面，是有海馬的，但貴極，沒有買。這些都是漢代的鏡子；後來也有模造或翻沙者，花紋可造粗拙得多了。漢武通大宛安息，以致天馬蒲萄[3]，大概當時是視為盛事的，所以便取作什器的裝飾。古時，於外來物品，每加海字，如海榴，海紅花，海棠之類。海即現在之所謂洋，海馬譯成今文，當然就是洋馬。鏡鼻是一個蝦蟆，則因為鏡如滿月，月中有蟾蜍[4]之故，和漢事不相干了。

遙想漢人多少閎放，新來的動植物，即毫不拘忌，來充裝飾的花紋。唐人也還不算弱，例如漢人的墓前石獸，多是羊，虎，天祿，辟邪[5]，而長安的昭陵上，卻刻著帶箭的駿馬[6]，還有一匹駝鳥，則辦法簡直前無古人。現今在墳墓上不待言，即平常的繪畫，可有人敢用一朵洋花一隻洋鳥，即私人的印章，可有人肯用一個草書一個俗字麼？許多雅人，連記年月也必是甲子，怕用民國紀元。不知道是沒有如此大膽的藝術家；還是雖有而民眾都加迫害，他於是乎只得萎縮，死掉了？

宋的文藝，現在似的國粹氣味就薰人。然而遼金元陸續進來了，這消息很耐尋味。漢唐雖然也有邊患，但魄力究竟雄大，人民具有不至於為異族奴隸的自信心，或者竟毫未想到，凡取用外來事物的時候，就如將彼俘來一樣，自由驅使，絕不介懷。一到衰弊陵夷之際，神經可就衰弱過敏了，每遇外國東西，便覺得彷彿彼來俘我一樣，推拒，惶恐，退縮，逃避，抖成一團，又必想一篇道理來掩飾，而國粹遂成為孱王和孱奴的寶貝。

無論從那裡來的，只要是食物，壯健者大抵就無需思索，承認是吃的東西。惟有衰病的，卻總常想到害胃，傷身，特有許多禁條，許多避忌；還有一大套比較利害而終於不得要領的理由，例如吃固無妨，而不吃尤穩，食之或當有益，然究以不吃為宜云云之類。但這一類人物總要日見其衰弱的，因為他終日戰戰兢兢，自己先已失了活氣了。

不知道南宋比現今如何，但對外敵，卻明明已經稱臣，惟獨在國內特多繁文縟節以及嘮叨的碎話。正如倒楣人物，偏多忌諱一般，豁達閎大之風消歇淨盡了。直到後來，都沒有什麼大變化。我曾在古物陳列所所陳列的古畫上看見一顆印文，是幾個羅馬字母。但那是所謂「我聖祖仁皇帝」[7]的印，是征服了漢族的主人，所以他敢；漢族的奴才是不敢的。便是現在，便是藝術家，可有敢用洋文的印的麼？

清順治中，時憲書[8]上印有「依西洋新法」五個字，痛苦流涕來劾洋人湯若望的偏是漢人楊光先[9]。直到康熙初，爭勝了，就教他做欽天監正去，則又叩閽以「但知推步之理不知推步之數」辭。不准辭，則又痛哭流涕地來做《不得已》，說道「寧可使中夏無好曆法，不可使中夏有西洋人。」然而終於連閏月都算錯了，他大約以為好曆法專屬於西洋人，中夏人自己是學不得，也學不好的。但他竟論了大辟，可是沒有殺，放歸，死於途中了。

湯若望入中國還在明崇禎初，其法終未見用；後來阮元[10]論之曰：「明季君臣以大統寖疏，開局修正，既知新法之密，而訖未施行。聖朝定鼎，以其法造時憲書，頒行天下。彼十餘年辯論翻譯之勞，若以備我朝之採用者，斯亦奇矣！……我國家聖聖相傳，用人行政，惟求其是，而不先設成心。即是一端，可以仰見如天之度量矣！」（《疇人傳》四十五）

現在流傳的古鏡們，出自塚者中居多，原是殉葬品。但我也有一面日用鏡，薄而且大，規撫漢制，也許是唐代的東西。那證據是：一、鏡鼻已多磨損；二、鏡面的沙眼都用別的銅來補好了。當時在妝閣中，曾照唐人的額黃和眉綠[11]，現在卻監禁在我的衣箱裡，它或者大有今昔之感罷。

但銅鏡的供用，大約道光咸豐時候還與玻璃鏡並行；至於窮鄉僻壤，也許至今還用著。我們那裡，則除了婚喪儀式之外，全被玻璃鏡驅逐了。然而也還有餘烈可尋，倘街頭遇見一位老翁，肩了長凳似的東西，上面縛著一塊豬肝色石和一塊青色石，試佇聽他的叫喊就是「磨鏡，磨剪刀！」

宋鏡我沒有見過好的，什九並無藻飾，只有店號或「正其衣冠」等類的迂銘詞，真是「世風日下」。但是要進步或不退步，總須時時自出新裁，至少也必取材異域，倘若各種顧忌，各種小心，各種嘮叨，這麼做即違了祖宗，那麼做又像了夷狄，終生惴惴如在薄冰上，發抖尚且來不及，怎麼會做出好東西來。所以事實上「今不如古」者，正因為有許多嘮叨著「今不如古」的諸位先生們之故。現在情形還如此。倘再不放開度量，大膽地，無畏地，將新文化盡量地吸收，則楊光先似的向西洋主人瀝陳中夏的精神文明的時候，大概是不勞久待的罷。

但我向來沒有遇見過一個排斥玻璃鏡子的人。單知道咸豐年間，汪曰楨[12]先生卻在他的大著《湖雅》裡攻擊過的。他加以比較研究之後，終於決定還是銅鏡好。最不可解的是：他說，照起面貌來，玻璃鏡不如銅鏡之準確。莫非那時的玻璃鏡當真壞到如此，還是因為他老先生又帶上了國粹眼鏡之故呢？我沒有見過古玻璃鏡。這一點終於猜不透。

一九二五年二月九日

**注釋**

1 本篇發表於一九二五年三月二日《語絲》周刊第十六期。

2 即葡萄。

3 漢武帝劉徹從西元前一三八年起，曾多次派遣張騫、李廣利等人出使西域，直到大宛、安息等地，開闢了通往西亞的貿易往來和文化交流的道路。大宛、安息，都是古國名。

4 月中有蟾蜍是我國古代的神話傳説，見《准南子·精神訓》：「日中有踆烏，而月中有蟾蜍。」

5 據《漢書·西域傳》及孟康的注釋，天祿，闢邪是產於西域烏戈山離國（當在今阿富汗西部）的動物：「似鹿，長尾，一角者或為天鹿（祿），兩角者或為避邪。」

6 唐太宗李世民墓，在陝西醴泉東北九嵕山。昭陵帶箭的駿馬，是唐太宗於武德四年（六二一）平定洛陽時所乘名馬颯露紫的石刻浮雕像，為昭陵六駿中的代表傑作。唐太宗在這次戰爭中，因該馬受傷，瀕於危險，有勇士丘行恭將自己的乘馬獻上，始得脱走。石刻所表現的，即為被甲帶劍的丘行恭獻馬以後，立在颯露紫前，手執馬鞭，拔去馬胸所中之箭的情狀。

7 「聖祖仁皇帝」指清朝康熙皇帝玄燁。

8 時憲書即曆書。清代因避高宗弘曆的名諱，改稱曆書為時憲書。

9 湯若望（一五九一－一六六六），德國人，天主教傳教士。明天啟二年（一六二二）來中國傳教，後在曆局供職。清順治元年（一六四四）任欽天監監正（觀察天象，推算節氣曆法的主要長官），變更曆法，新編曆書。

楊光先，字長公，安徽歙縣人。順治時他上書禮部，説曆書封面上不該用「依西洋新法」五字，無結果。康熙四年（一六六五）又上書禮部，指責曆書推算該年十二月初一日蝕的錯誤，湯若望等因而被判罪，楊光先接任欽天監監正，復用舊曆。康熙七年因推閏失實下獄，初論死罪，後以年老從寬發配充軍，遇赦放歸。下文的《不得已》是楊光先幾次指控湯若望的呈文的匯集。

10 阮元（一七六四－一八四九）字伯元，號芸台，江蘇儀征人。清代學者。曾任兩廣總督、體仁閣大學士。著有《揅經室集》、《疇人傳》等。《疇人傳》共八卷，包括我國從遠古到清代的天文曆算學者四百人和曾在中國居留的利瑪竇、湯若望、南懷仁等五十一個西洋人的傳記。疇人，即天文、曆算家。

11 額黃和眉綠指古代婦女在額中和眉上所作的修飾。額黃起於六朝時，眉綠大約於戰國時已開始，二者都盛行於唐代。

12 汪曰楨（一八一三—一八八一）字剛木，號謝城，浙江吳興人。清代咸豐時任會稽教諭。著有《湖雅》、《歷代長術輯要》等。《湖雅》共九卷，收在他自己編纂的《荔墻叢刻》中。在《湖雅》卷九「器用之屬」中談到鏡子時說：「近年玻璃鏡盛行，薛鏡（按指明人薛惠公所鑄銅鏡）已久不復鑄。然玻璃鏡每多照物不準，俗謂之走作，銅鏡則無此病。又玻璃易碎，不及銅質耐久，世俗乃棄彼取此，良不可解。蓋風氣日薄，厭常喜新，即一物可徵矣。」

# 春末閒談[1]

北京正是春末，也許我過於性急之故罷，覺著夏意了，於是突然記起故鄉的細腰蜂[2]。那時候大約是盛夏，青蠅密集在涼棚索子上，鐵黑色的細腰蜂就在桑樹間或牆角的蛛網左近往來飛行，有時銜一隻小青蟲去了，有時拉一個蜘蛛。青蟲或蜘蛛先是抵抗著不肯去，但終於乏力，被銜著騰空而去了，坐了飛機似的。

老前輩們開導我，那細腰蜂就是書上所說的果蠃，純雌無雄，必須捉螟蛉去做繼子的。她將小青蟲封在窠裡，自己在外面日日夜夜敲打著，祝道「像我像我」，經過若干日，——我記不清了，大約七七四十九日罷，——那青蟲也就成了細腰蜂了，所以《詩經》裡說：「螟蛉有子，果蠃負之。」

螟蛉就是桑上小青蟲。蜘蛛呢？他們沒有提。我記得有幾個考據家曾經立過異說，以為她其實自能生卵；其捉青蟲，乃是填在窠裡，給孵化出來的幼蜂做食料的。但我所遇見的前輩們都不採用此說，還道是拉去做女兒。我們為存留天地間的美談起見，倒不如這樣好。當長夏無事，遣暑林陰，瞥見二蟲一拉一拒的時候，便如睹慈母教女，滿懷好意，而青蟲的宛轉抗拒，則活像一個不識好歹的毛鴉頭。

但究竟是夷人可惡，偏要講什麼科學。科學雖然給我們許多驚奇，但也攪壞了我們許多好夢。自從法國的昆蟲學大家發勃耳（Fabre）[3]仔細觀察之後，給幼蜂做食料的事可就證實了。而且，這細腰蜂不但是普通的凶手，還是一種很殘忍的凶手，又是一個學識技術都極高明的解剖學家。她知道青蟲的神經構造和作用，用了神奇的毒針，向那運動神經球上只一螫，牠便麻痹為不死不活狀態，這才在牠身上生下蜂卵，封入窠中。青蟲因為不死不活，所以不動，但也因為不活不死，所以不爛，直到她的子女孵化出來的時候，這食料還和被捕當日一樣的新鮮。

三年前，我遇見神經過敏的俄國的E君[4]，有一天他忽然發愁道，不知道將來的科學家，是否不至於發明一種奇妙的藥品，將這注射在誰的身上，則這人即甘心永遠去做服役和戰爭的機器了？那時我也就皺眉嘆息，裝作一齊發愁的模樣，以示「所見略同」之至意，殊不知我國的聖君，賢臣，聖賢，聖賢之徒，卻早已有過這一種黃金世界的理想了。不是「唯辟作福，唯辟作威，唯辟玉食」[5]麼？不是「君子勞心，小人勞力」[6]麼？不是「治於人者食（去聲）人，治人者食於人」[7]麼？可惜理論雖已卓然，而終於沒有發明十全的好方法。要服從作威就須不活，要貢獻玉食就須不死；要被治就須不活，要供養治人者又須不死。

人類升為萬物之靈，自然是可賀的，但沒有了細腰蜂的毒針，卻很使聖君，賢臣，聖賢，聖賢之徒，以至現在的闊人，學者，教育家覺得棘手。將來未可知，若已往，則治人者雖然盡力施行過各種麻痹術，也還不能十分奏效，與果贏並驅爭先。即以皇帝一倫而言，便難免時常改姓易代，終沒有「萬年有道之長」；《二十四史》而多至二十四，就是可悲的鐵證。現在又似乎有些別開生面了，世上挺生了一種所謂「特殊知識階級」[8]的留學生，在研究室中研究之結果，說醫學不發達是有益於人種改良的，中國婦女的境遇是極其平等的，一切道理都已不錯，一切狀態都已夠好。E君的發愁，或者也不為無因罷，然而俄國是不要緊的，因為他們不像我們中國，有所謂「特別國情」[9]，還有所謂「特殊知識階級」。

但這種工作，也怕終於像古人那樣，不能十分奏效的罷，因為這實在比細腰蜂所做的要難得多。她於青蟲，只須不動，所以僅在運動神經球上一螫，即告成功。而我們的工作，卻求其能運動，無知覺，該在知覺神經中樞，加以完全的麻醉的。但知覺一失，運動也就隨之失卻主宰，不能貢獻玉食，恭請上自「極峰」[10]下至「特殊知識階級」的賞收享用了。

就現在而言，竊以為除了遺老的聖經賢傳法，學者的進研究室主義[11]，文學家和茶攤老闆的莫談國事[12]律，教育家的勿視勿聽勿言勿動[13]論之外，委實還沒有更好，更完全，更無流弊的方法。便是留學生的特別發現，其實也並未軼出了前賢的範圍。

那麼，又要「禮失而求諸野」[14]了。夷人，現在因為想去取法，姑且稱之為外國，他那裡，可有較好的法子麼？可惜，也沒有。所有者，仍不外乎不准集會，不許開口之類，和我們中華並沒有什麼很不同。然亦可見至道嘉猷，人同此心，心同此理，固無華夷之限也。猛獸是單獨的，牛羊則結隊；野牛的大隊，就會排角成城以禦強敵了，但拉開一匹，定只能牟牟地叫。

人民與牛馬同流，——此就中國而言，夷人別有分類法云，——治之之道，自然應該禁止集合：這方法是對的。其次要防說話。人能說話，已經是禍胎了，而況有時還要做文章。所以倉頡造字，夜有鬼哭[15]。鬼且反對，而況於官？猴子不會說話，猴界即向無風潮，——可是猴界中也沒有官，但這又作別論，——確應該虛心取法，反樸歸真，則口且不開，文章自滅：這方法也是對的。然而上文也不過就理論而言，至於實效，卻依然是難說。最顯著的例，是連那麼專制的俄國，而尼古拉二世「龍御上賓」[16]之後，羅馬諾夫氏竟已「覆宗絕祀」了。要而言之，那大缺點就在雖有二大良法，而還缺其一，便是：無法禁止人們的思想。

於是我們的造物主——假如天空真有這樣的一位「主子」——就可恨了：一恨其沒有永遠分清「治者」與「被治者」；二恨其不給治者生一支細腰蜂那樣的毒針；三恨其不將被治者造得即使砍去了藏著的思想中樞的腦袋而還能動作——服役。三者得一，闊人的地位即永久穩固，統御也永久省了氣力，而天下於是乎太平。今也不然，所以即使單想高高在上，暫時維持闊氣，也還得日施手段，夜費心機，實在不勝其委屈勞神之至……。

假使沒有了頭顱，卻還能做服役和戰爭的機械，世上的情形就何等地醒目呵！這時再不必用什麼制帽勳章來表明闊人和窄人了，只要一看頭之有無，便知道主奴，官民，上下，貴賤的區別。並且也不至於再鬧什麼革命，共和，會議等等的亂子了，單是電報，就要省下許多許多來。古人畢竟聰明，彷彿早想到過這樣的東西，

《山海經》上就記載著一種名叫「刑天」的怪物[17]。他沒有了能想的頭，卻還活著，「以乳為目，以臍為口」，——這一點想得很周到，否則他怎麼看，怎麼吃呢，——實在是很值得奉為師法的。假使我們的國民都能這樣，闊人又何等安全快樂？但他又「執干戚而舞」，則似乎還是死也不肯安分，和我那專為闊人圖便利而設的理想底好國民又不同。

陶潛[18]先生又有詩道：「刑天舞干戚，猛志固常在。」連這位貌似曠達的老隱士也這麼說，可見無頭也會仍有猛志，闊人的天下一時總怕難得太平的了。但有了太多的「特殊知識階級」的國民，也許有特在例外的希望；況且精神文明太高了之後，精神的頭就會提前飛去，區區物質的頭的有無也算不得什麼難問題。

一九二五年四月二十二日。

**注釋**

1 本篇最初發表於一九二五年四月二十四日北京《莽原》周刊第一期，署名冥昭。

2 細腰蜂，在昆蟲學上屬於膜翅目泥蜂科；關於牠的延種方法，我國古代有各種不同的記載。《詩經・

小雅・小宛》：「螟蛉有子，蜾蠃負之。」漢代鄭玄注：「蒲盧（按即蜾蠃）取桑蟲之子，負持而去，煦嫗養之，以成其子。」漢代揚雄《法言・學行》：「螟蠕之子殪，而逢蜾蠃，祝之曰：『類我！類我！』久則肖之矣。」

3 發勃耳（一八二三—一九一五），通譯法布爾，法國昆蟲學家。著有《昆蟲記》等。

4 愛羅先珂。參看本書〈雜憶〉一文注釋25。

5 語見《尚書・洪範》。辟，即天子或諸侯。

6 語見《左傳》襄公九年：「君子勞心，小人勞力，先王之制也。」「君子」指統治階級，「小人」指勞動人民。

7 語見《孟子・滕文公》：「或勞心，或勞力；勞心者治人，勞力者治於人。治於人者食人，治人者食於人，天下之通義也。」

8 一九二五年二月，段祺瑞為了抵制孫中山在共產黨支持下提出的召開國民會議的主張，拼湊了一個御用的「善後會議」，企圖從中產生假的國民會議。當時竟有一批曾在外國留學的人在北京組織「國外大學畢業參加國民會議同志會」，於三月二十九日在中央公園開會，向「善後會議」提請願書，要求在未來的國民會議中給他們保留名額，其中說：「查國民代表會議之最大任務為規定中華民國憲法，留學者為一特殊知識階級，無庸諱言，其應參加此項會議，多多益善。」作者批判的所謂「特殊知識階級」，即指這類留學生。

9 一九一五年袁世凱陰謀恢復帝制時，他的憲法顧問美國人古德諾（F. J. Goodnow）曾於八月十日北京《亞細亞日報》發表一篇《共和與君主論》，說中國自有「特別國情」，不適宜實行民主政治，應當恢復君主政體。這種「特別國情」的謬論，曾經成為反動派阻撓民主改革和反對進步學說的藉口。

10 意即最高統治者。舊時官僚政客對最高統治者的媚稱。

11 一九一九年七月，胡適在《每週評論》上發表《多研究些問題，少談些「主義」》的文章，稍後又提出學者「進研究室」、「整理國故」的口號。

12 北洋軍閥統治時期實行恐怖政策，密探四布，茶館酒肆裡多貼有「莫談國事」的字條，某些文人也把「莫談國事」當作處世格言。

13 語出《論語·顏淵》：「非禮勿視，非禮勿聽，非禮勿言，非禮勿動。」

14 孔丘的話，見《漢書·藝文志》。

15 見《淮南子·本經訓》：「昔者倉頡作書而天雨粟，鬼夜哭。」

16 尼古拉二世（Николай II Александрович，一八六八—一九一八），帝俄羅曼諾夫王朝最後的一個皇帝，為一九一七年二月革命所推翻，次年七月十七日被處死。「龍御上賓」，舊時指皇帝逝世，意即乘龍仙去。典出《史記·封禪書》。

17 《山海經》，共十八卷，約西元前四世紀至西元二世紀間的作品，內容主要是有關我國民間傳說中的地理知識，還保存了不少上古時代流傳下來的神話故事。「刑天」，一作形天，見該書《海外西經》：「形天與帝至此爭神，帝斷其首，葬之常羊之山。乃以乳為目，以臍為口，操干戚以舞。」干，盾牌；戚，斧頭。

18 陶潛（約三七二—四二七），一名淵明，字元亮，晉潯陽柴桑（今江西九江）人，東晉詩人。著作有《陶淵明集》。「刑天舞干戚」兩句詩，見他的《讀山海經》第十首。

# 燈下漫筆[1]

## 一

有一時，就是民國二三年時候，北京的幾個國家銀行的鈔票，信用日見其好了，真所謂蒸蒸日上。聽說連一向執迷於現銀的鄉下人，也知道這既便當，又可靠，很樂意收受，行使了。至於稍明事理的人，則不必是「特殊知識階級」，也早不將沉重累墜的銀元裝在懷中，來自討無謂的苦吃。想來，除了多少對於銀子有特別嗜好和愛情的人物之外，所有的怕大都是鈔票了罷，而且多是本國的。但可惜後來忽然受了一個不小的打擊。

就是袁世凱[2]想做皇帝的那一年，蔡松坡[3]先生溜出北京，到雲南去起義。這邊所受的影響之一，是中國和交通銀行的停止兌現。雖然停止兌現，政府勒令商民照舊行用的威力卻還有的；商民也自有商民的老本領，不說不要，卻道找不出零錢。假如拿幾十幾百的鈔票去買東西，我不知道怎樣，但倘使只要買一枝筆，一盒煙卷呢，難道就付給一元鈔票麼？不但不甘心，也沒有這許多票。那麼，換銅元，少換幾個罷，又都說沒有銅元。那麼，到親戚朋友那裡借現錢去罷，怎麼會有？於是降格以求，不講愛國了，要外國銀行的鈔票。但外國銀行的鈔票這時就等於現銀，他如果借給你這鈔票，也就借給你真的銀元了。

我還記得那時我懷中還有三四十元的中交票，可是忽而變了一個窮人，幾乎要絕食，很有些恐慌。俄國革命以後的藏著紙盧布的富翁的心情，恐怕也就這樣的罷；至多，不過更深更大罷了。我只得探聽，鈔票可能折價換到現銀呢？說是沒有行市。幸而終於，暗暗地有了行市了：六折幾。我非常高興，趕緊去賣了一半。後來又漲到七折了，我更非常高興，全去換了現銀，沉墊墊地墜在懷中，似乎這就是我的性命的斤兩。倘在平時，錢鋪子如果少給我一個銅元，我是決不答應的。

但我當一包現銀塞在懷中，沉墊墊地覺得安心，喜歡的時候，卻突然起了另一思想，就是：我們極容易變成奴隸，而且變了之後，還萬分喜歡。

假如有一種暴力，「將人不當人」，不但不當人，還不及牛馬，不算什麼東西；待到人們羨慕牛馬，發生「亂離人，不及太平犬」的嘆息的時候，然後給與他略等於牛馬的價格，有如元朝定律，打死別人的奴隸，賠一頭牛[4]，則人們便要心悅誠服，恭頌太平的盛世。為什麼呢？因為他雖不算人，究竟已等於牛馬了。

我們不必恭讀《欽定二十四史》，或者入研究室，審察精神文明的高超，只要一翻孩子所讀的《鑑略》，——還嫌煩重，則看《歷代紀元編》[5]，就知道「三千餘年古國古」[6]的中華，歷來所鬧的就不過是這一個小玩藝。但在新近編纂的所謂「歷史教科書」一流東西裡，卻不大看得明白了，只彷彿說：咱們向來就很好的。

但實際上，中國人向來就沒有爭到過「人」的價格，至多不過是奴隸，到現在還如此，然而下於奴隸的時候，卻是數見不鮮的。中國的百姓是中立的，戰時連自己也不知道屬於那一面，但又屬於無論那一面。強盜來了，就屬於官，當然該被殺掠；官兵既到，該是自家人了罷，但仍然要被殺掠，彷彿又屬於強盜似的。這時候，百姓就希望有一個一定的主子，拿他們去做百姓，——不敢，是拿他們去做牛馬，情願自己尋草吃，只求他決定他們怎樣跑。

假使真有誰能夠替他們決定，定下什麼奴隸規則來，自然就「皇恩浩蕩」了。可惜的是往往暫時沒有誰能定。舉其大者，則如五胡十六國[7]的時候，黃巢[8]的時候，五代[9]時候，宋末元末時候，除了老例的服役納糧以外，都還要受意外的災殃。張獻忠的脾氣更古怪了，不服役納糧的要殺，服役納糧的也要殺，敵他的要殺，降他的也要殺：將奴隸規則毀得粉碎。這時候，百姓就希望來一個另外的主子，較為顧及他們的奴隸規則的，無論仍舊，或者新頒，總之是有一種規則，使他們可上奴隸的軌道。「時日曷喪，予及汝偕亡！」[10]憤言而已，決心實行的不多見。實際上大概是群盜如麻，紛亂至極之後，就有一個較強，或較聰明，或較狡猾，或是外族的人物出來，較有秩序地收拾了天下。釐定規則：怎樣服役，怎樣納糧，怎樣磕頭，怎樣頌聖。而且這規則是不像現在那樣朝三暮四的。於是便「萬姓臚歡」了；用成語來說，就叫作「天下太平」。

任憑你愛排場的學者們怎樣鋪張，修史時候設些什麼「漢族發祥時代」「漢族發達時代」「漢族中興時代」的好題目，好意誠然是可感的，但措辭太繞彎子了。有更其直捷了當的說法在這裡——

一，想做奴隸而不得的時代；

二，暫時做穩了奴隸的時代。

這一種循環，也就是「先儒」之所謂「一治一亂」[11]；那些作亂人物，從後日的「臣民」看來，是給「主子」清道闢路的，所以說：「為聖天子驅除云爾。」[12]

現在入了那一時代，我也不了然。但看國學家的崇奉國粹，文學家的讚嘆固有文明，道學家的熱心復古，可見於現狀都已不滿了。然而我們究竟正向著那一條路走呢？百姓是一遇到莫名其妙的戰爭，稍富的遷進租界，婦孺則避入教堂裡去了，因為那些地方都比較的「穩」，暫不至於想做奴隸而不得。總而言之，復古的，避難的，無智愚賢不肖，似乎都已神往於三百年前的太平盛世，就是「暫時做穩了奴隸的時代」了。

但我們也就都像古人一樣，永久滿足於「古已有之」的時代麼？都像復古家一樣，不滿於現在，就神往於三百年前的太平盛世麼？

自然，也不滿於現在的，但是，無須反顧，因為前面還有道路在，而創造這中國歷史上未曾有過的第三樣時代，則是現在的青年的使命！

## 二

但是讚頌中國固有文明的人們多起來了，加之以外國人。我常常想，凡有來到中國的，倘能疾首蹙額而憎惡中國，我敢誠意地捧獻我的感謝，因為他一定是不願意吃中國人的肉的！

鶴見祐輔[13]氏在《北京的魅力》中，記一個白人將到中國，預定的暫住時候是一年，但五年之後，還在北京，而且不想回去了。有一天，他們兩人一同吃晚飯——

「在圓的桃花心木的食桌前坐定，川流不息地獻著山海的珍味，談話就從古董，畫，政治這些開頭。電燈上罩著支那式的燈罩，淡淡的光洋溢於古物羅列的屋子中。什麼無產階級呀，Proletariat[14]呀那些事，就像不過在什麼地方刮風。

「我一面陶醉在支那生活的空氣中，一面深思著對於外人有著『魅力』的這東西。元人也曾征服支那，而被征服於漢人種的生活美了；滿人也征服支那，而被征服於漢人種的生活美了。現在西洋人也一樣，嘴裡雖然說著Democracy[15]呀，什麼什麼呀，而卻被魅於支那人費六千年而建築起來的生活的美。一經住過北京，就忘不掉那生活的味道。大風時候的萬丈的沙塵，每三月一回的督軍們的開戰遊戲，都不能抹去這支那生活的魅力。」

這些話我現在還無力否認他。我們的古聖先賢既給與我們保古守舊的格言，但同時也排好了用子女玉帛所做的奉獻於征服者的大宴。中國人的耐勞，中國人的多子，都就是辦酒的材料，到現在還為我們的愛國者所自詡的。

西洋人初入中國時，被稱為蠻夷，自不免個個蹙額，但是，現在則時機已至，到了我們將曾經獻於北魏，獻於金，獻於元，獻於清的盛宴，來獻給他們的時候了。出則汽車，行則保護：雖遇清道，然而通行自由的；雖或被劫，然而必得賠償的；孫美瑤[16]擄去他們站在軍前，還使官兵不敢開火。何況在華屋中享用盛宴呢？待到享受盛宴的時候，自然也就是讚頌中國固有文明的時候；但是我們的有些樂觀的愛國者，也許反而欣然色喜，以為他們將要開始被中國同化了罷。

古人曾以女人作苟安的城堡，美其名以自欺曰「和親」，今人還用子女玉帛為作奴的贄敬，又美其名曰「同化」。所以倘有外國的誰，到了已有赴宴的資格的現在，而還替我們詛咒中國的現狀者，這才是真有良心的真可佩服的人！

但我們自己是早已布置妥帖了，有貴賤，有大小，有上下。自己被人凌虐，但也可以凌虐別人；自己被人吃，但也可以吃別人。一級一級的制馭著，不能動彈，也不想動彈了。因為倘一動彈，雖或有利，然而也有弊。我們且看古人的良法美意罷——

「天有十日，人有十等。下所以事上，上所以共神也。故王臣公，公臣大夫，大夫臣士，士臣皁，皁臣輿，輿臣隸，隸臣僚，僚臣僕，僕臣台[17]。」（《左傳》昭公七年）但是「台」沒有臣，不是太苦了麼？無須擔心的，有比他更卑的妻，更弱的子在。而且其子也很有希望，他日長大，升而為「台」，便又有更卑更弱的妻子，供他驅使了。如此連環，各得其所，有敢非議者，其罪名曰不安分！

雖然那是古事，昭公七年離現在也太遙遠了，但「復古家」盡可不必悲觀的。太平的景象還在：常有兵燹，常有水旱，可有誰聽到大叫喚麼？打的打，革的革，可有處士來橫議麼？對國民如何專橫，向外人如何柔媚，不猶是差等的遺風麼？中國固有的精神文明，其實並未為共和二字所埋沒，只有滿人已經退席，和先前稍不同。

因此我們在目前，還可以親見各式各樣的筵宴，有燒烤，有翅席，有便飯，有西餐。但茅簷下也有淡飯，路旁也有殘羹，野上也有餓莩；有吃燒烤的身價不貲的闊人，也有餓得垂死的每斤八文的孩子[18]（見《現代評論》二十一期）。所謂中國的文明者，其實不過是安排給闊人享用的人肉的筵宴。所謂中國者，其實不過是安排這人肉的筵宴的廚房。不知道而讚頌者是可恕的，否則，此輩當得永遠的詛咒！

外國人中，不知道而讚頌者，是可恕的；占了高位，養尊處優，因此受了蠱惑，昧卻靈性而讚嘆者，也還可恕的。可是還有兩種，其一是以中國人為劣種，只配悉照原來模樣，因而故意稱讚中國的舊物。其一是願世間人各不相同以增自己旅行的興趣，到中國看辮子，到日本看木屐，到高麗看笠子，倘若服飾一樣，便索然無味了，因而來反對亞洲的歐化。這些都可憎惡。至於羅素[19]在西湖見轎夫含笑，便讚美中國人，則也許別有意思罷。但是，轎夫如果能對坐轎的人不含笑，中國也早不是現在似的中國了。

這文明，不但使外國人陶醉，也早使中國一切人們無不陶醉而且至於含笑。因為古代傳來而至今還在的許多差別，使人們各各分離，遂不能再感到別人的痛苦；並且因為自己各有奴使別人，吃掉別人的希望，便也就忘卻自己同有被奴使被吃掉的將來。於是大小無數的人肉的筵宴，即從有文明以來一直排到現在，人們就在這會場中吃人，被吃，以凶人的愚妄的歡呼，將悲慘的弱者的呼號遮掩，更不消說女人和小兒。

這人肉的筵宴現在還排著，有許多人還想一直排下去。掃蕩這些食人者，掀掉這筵席，毀壞這廚房，則是現在的青年的使命！

一九二五年四月二十九日。

## 注釋

1 本篇最初分兩次發表於一九二五年五月一日、二十二日《莽原》周刊第二期和第五期。

2 袁世凱（一八五九—一九一六），河南項城人，自一八九六年（清光緒二十二年）在天津小站練兵起，即成為實際上北洋軍閥的首領。由於他擁有反動武裝，並且勾結帝國主義，又由於當時領導革命的資產階級的妥協性，他在一九一一年的辛亥革命後竊奪了國家的政權，於一九一二年三月就任中華民國臨時大總統，組織了代表大地主大買辦階級利益的第一個北洋政府；後又於一九一三年十月雇用「公民團」包圍議會，選舉他為正式大總統。但他並不以此為滿足，更於一九一六年一月恢復君主專制政體，自稱皇帝。蔡鍔等在雲南起義反對帝制，得到各省響應，袁世凱被迫於一九一六年三月二十二日取消帝制，六月六日死於北京。

3 蔡松坡（一八八二—一九一六），名鍔，字松坡，湖南邵陽人，辛亥革命時任雲南都督，一九一三年被袁世凱調到北京，加以監視。一九一五年他潛離北京，同年十二月回到雲南組織護國軍，討伐袁世凱。

4 多桑《蒙古史》第二卷第二章中引有元太宗窩闊台的話說：「成吉思汗法令，殺一回教徒者罰黃金四十巴里失，而殺一漢人者其償價僅與一驢相等。」（據馮承鈞譯文）當時漢人的地位和奴隸相等。

5 清代王仕雲著，是舊時學塾用的初級歷史讀物，上起盤古，下迄明弘光。全為四言韻語。《歷代紀元編》，清代李兆洛著；分三卷，上卷紀元總載，中卷紀元甲子表，下卷紀元編韻。是中國歷史的干支年表。

6 語出清代黃遵憲《出軍歌》：「四千餘歲古國古，是我完全土。」

7 西元三〇四年至四三九年間，我國匈奴、羯、鮮卑、氐、羌等五個少數民族先後在北方和西蜀立國，計有前趙、後趙、前燕、後燕、南燕、後涼、南涼、北涼、前秦、後秦、西秦、夏、成漢，加上漢族建立的前涼、西涼、北燕，共十六國，史稱「五胡十六國」。

8 黃巢（八三五—八八四），曹州冤句（今山東菏澤）人，唐末農民起義領袖。唐乾符二年（八七五）參加王仙芝的起義。王仙芝陣亡後，被推為領袖，破洛陽，入潼關，廣明一年（八八〇）據長安，稱大齊皇帝。後因內部分裂，為沙陀國李克用所敗，中和四年（八八四）在泰山虎狼谷被圍自殺。黃巢和張獻忠一樣，舊史書中都有關於他們殺人的誇大記載。

9 五代指西元九〇七年至九六〇年間的梁、唐、晉、漢、週五個朝代。

10 語見《尚書．湯誓》。時日，指夏桀。

11 語見《孟子．滕文公》：「天下之生久矣，一治一亂。」

12 語出《漢書．王莽傳贊》：「聖王之驅除云爾。」唐代顏師古注：「言驅逐蠲除以待聖人也。」

13 鶴見祐輔（一八八五—一九七二），日本評論家。作者曾選譯過他的隨筆集《思想．山水．人物》，《北京的魅力》一文即見於該書。

14 英語：無產階級。

15 英語：民主。

16 當時占領山東抱犢崮的土匪頭領。一九二三年五月五日，他在津浦鐵路臨城站劫車，擄去中外旅客二百多人，是當時轟動一時的事件。

17王、公、大夫、士、皁、輿、隸、僚、僕、台是奴隸社會等級的名稱。前四種是統治者的等級，後六種是被奴役者的等級。

18一九二五年五月二日《現代評論》第一卷第二十一期載有仲瑚的《一個四川人的通信》，敘說當時軍閥統治下四川勞動人民的悲慘生活，其中說：「男小孩只賣八枚銅子一斤，女小孩連這個價錢也賣不了。」

19羅素（B.Russell，一八七二—一九七〇），英國哲學家。一九二〇年曾來中國講學，並在各地遊覽。關於「轎夫含笑」事，見他所著《中國問題》一書：「我記得一個大夏天，我們幾個人坐轎過山，道路崎嶇難行，轎夫非常的辛苦；我們到了山頂，停十分鐘，讓他們休息一會兒。立刻他們就並排的坐下來了，抽出他們的煙袋來，談著笑著，好像一點憂慮都沒有似的。」

# 雜憶[1]

## 一

有人說 G.Byron[2]的詩多為青年所愛讀，我覺得這話很有幾分真。就自己而論，也還記得怎樣讀了他的詩而心神俱旺；尤其是看見他那花布裹頭，去助希臘獨立時候的肖像。這像，去年才從《小說月報》傳入中國了[3]。可惜我不懂英文，所看的都是譯本。聽近今的議論，譯詩是已經不值一文錢，即使譯得並不錯。但那時大家的眼界還沒有這樣高，所以我看了譯本，倒也覺得好，或者就因為不懂原文之故，於是便將臭草當作芳蘭。《新羅馬傳奇》中的譯文也曾傳誦一時，雖然用的是詞調，又譯

Sappho為「薩芷波」[4]，證明著是根據日文譯本的重譯。

蘇曼殊[5]先生也譯過幾首，那時他還沒有做詩「寄彈箏人」，因此與Byron也還有緣。但譯文古奧得很，也許曾經章太炎先生的潤色的罷，所以真像古詩，可是流傳倒並不廣。後來收入他自印的綠面金簽的《文學因緣》中，現在連這《文學因緣》也少見了。

其實，那時Byron之所以比較的為中國人所知，還有別一原因，就是他的助希臘獨立。時當清的末年，在一部分中國青年的心中，革命思潮正盛，凡有叫喊復仇和反抗的，便容易惹起感應。那時我所記得的人，還有波蘭的復仇詩人Adam Mickiewicz；匈牙利的愛國詩人Petöfi Sándor[6]；飛獵濱的文人而為西班牙政府所殺的厘沙路[7]，——他的祖父還是中國人，中國也曾譯過他的絕命詩。Hauptmann，Sudermann，Ibsen[8]這些人雖然正負盛名，我們卻不大注意。

別有一部分人，則專意搜集明末遺民的著作，滿人殘暴的記錄，鑽在東京或其他的圖書館裡，抄寫出來，印了，輸入中國，希望使忘卻的舊根復活，助革命成功。於是《揚州十日記》[9]，《嘉定屠城記略》[10]，《朱舜水集》[11]，《張蒼水集》[12]都翻印了，還有《黃蕭養回頭》[13]及其他單篇的匯集，我現在已經舉不出那些名目來。別有一部分人，則改名「撲滿」「打清」之類，算是英雄。這些大號，自然和實際的革命不甚相關，但也可見那時對於光復的渴望之心，是怎樣的旺盛。

不獨英雄式的名號而已，便是悲壯淋漓的詩文，也不過是紙片上的東西，於後來的武昌起義怕沒有什麼大關係。倘說影響，則別的千言萬語，大概都抵不過淺近直截的「革命軍馬前卒鄒容」所做的《革命軍》[14]。

## 二

待到革命起來，就大體而言，復仇思想可是減退了。我想，這大半是因為大家已經抱著成功的希望，又服了「文明」的藥，想給漢人掙一點面子，所以不再有殘酷的報復。但那時的所謂文明，卻確是洋文明，並不是國粹；所謂共和，也是美國法國式的共和，不是周召共和[15]的共和。革命黨人也大概竭力想給本族增光，所以兵隊倒不大搶掠。

南京的土匪兵小有劫掠，黃興[16]先生便勃然大怒，槍斃了許多，後來因為知道土匪是不怕槍斃而怕梟首的，就從死屍上割下頭來，草繩絡住了掛在樹上。從此也不再有什麼變故了，雖然我所住的一個機關的衛兵，當我外出時舉槍立正之後，就從窗門洞爬進去取了我的衣服，但究竟手段已經平和得多，也客氣得多了。

南京是革命政府所在地，當然格外文明。但我去一看先前的滿人的駐在處，卻是一片瓦礫；只有方孝孺血跡石[17]的亭子總算還在。這裡本是明的故宮，我做學生時騎馬經過，曾很被頑童罵詈和投石，——猶言你們不配這樣，聽說向來是如此的。現在卻面目全非了，居民寥寥；即使偶有幾間破屋，也無門窗；若有門，則是爛洋鐵做的。總之，是毫無一點木料。

那麼，城破之時，漢人大大的發揮了復仇手段了麼？並不然。知道情形的人告訴我：戰爭時候自然有些損壞；革命軍一進城，旗人[18]中間便有些人定要按古法殉難，在明的冷宮的遺址的屋子裡使火藥炸裂，以炸殺自己，恰巧一同炸死了幾個適從近旁經過的騎兵。革命軍以為埋藏地雷反抗了，便燒了一回，可是燹餘的房子還不少。此後是他們自己動手，拆屋材出賣，先拆自己的，次拆較多的別人的，待到屋無尺材寸椽，這才大家流散，還給我們一片瓦礫場。——但這是我耳聞的，保不定可是真話。

看到這樣的情形，即使你將《揚州十日記》掛在眼前，也不至於怎樣憤怒了罷。

據我感得，民國成立以後，漢滿的惡感彷彿很是消除了，各省的界限也比先前更其輕淡了。然而「罪孽深重不自殞滅」[19]的中國人，不到一年，情形便又逆轉：有宗社黨的活動和遺老的謬舉[20]而兩族的舊史又令人憶起，有袁世凱的手段而南北的交惡[21]加甚，有陰謀家的狡計而省界又被利用[22]，並且此後還要增長起來！

三

不知道我的性質特別壞，還是脫不出往昔的環境的影響之故，我總覺得復仇是不足為奇的，雖然也並不想誣無抵抗主義者為無人格。但有時也想：報復，誰來裁判，怎能公平呢？便又立刻自答：自己裁判，自己執行；既沒有上帝來主持，人便不妨以目償頭，也不妨以頭償目。有時也覺得寬恕是美德，但立刻也疑心這話是怯漢所發明，因為他沒有報復的勇氣；或者倒是卑怯的壞人所創造，因為他貽害於人而怕人來報復，便騙以寬恕的美名。

因此我常常欣慕現在的青年，雖然生於清末，而大抵長於民國，吐納共和的空氣，該不至於再有什麼異族軛下的不平之氣，和被壓迫民族的合輸[23]之悲罷。果然，連大學教授也已經不解何以小說要描寫下等社會的緣故了[24]，我和現代人要相距一世紀的話，似乎有些確鑿。但我也不想湔洗，——雖然很覺得慚惶。

當愛羅先珂君[25]在日本未被驅逐之前，我並不知道他的姓名。直到已被放逐，這才看起他的作品來；所以知道那迫辱放逐的情形的，是由於登在《讀賣新聞》[26]上的一篇江口渙氏的文字[27]。於是將這譯出，還譯他的童話，還譯他的劇本《桃色的雲》。其實，我當時的意思，不過要傳播被虐待者的苦痛的呼聲和激發國人對於強權者的憎惡和憤怒而已，並不是從什麼「藝術之宮」裡伸出手來，拔了海外的奇花瑤草，來移植在華國的藝苑。

日文的《桃色的雲》出版時，江口氏的文章也在，可是已被檢查機關（警察廳？）刪節得很多。我的譯文是完全的，但當這劇本印成本子時，卻沒有印上去。因為其時我又見了別一種情形，起了別一種意見，不想在中國人的憤火上，再添薪炭了。

## 四

孔老先生說：「毋友不如己者。」[28]其實這樣的勢利眼睛，現在的世界上還多得很。我們自己看看本國的模樣，就可知道不會有什麼友人的了，豈但沒有友人，簡直大半都曾經做過仇敵。不過仇甲的時候，向乙等候公論，後來仇乙的時候，又向甲期待同情，所以片段的看起來，倒也似乎並不是全世界都是怨敵。但怨敵總常有一個，因此每一兩年，愛國者總要鼓舞一番對於敵人的怨恨與憤怒。

這也是現在極普通的事情，此國將與彼國為敵的時候，總得先用了手段，煽起國民的敵愾心來，使他們一同去捍禦或攻擊。但有一個必要的條件，就是：國民是勇敢的。因為勇敢，這才能勇往直前，肉搏強敵，以報仇雪恨。假使是怯弱的人民，則即使如何鼓舞，也不會有面臨強敵的決心；然而引起的憤火卻在，仍不能不尋一個發洩的地方，這地方，就是眼見得比他們更弱的人民，無論是同胞或是異族。

我覺得中國人所蘊蓄的怨憤已經夠多了，自然是受強者的蹂躪所致的。但她們卻不很向強者反抗，而反在弱者身上發洩，兵和匪不相爭，無槍的百姓卻並受兵匪之苦，就是最近便的證據。再露骨地說，怕還可以證明這些人的卑怯。卑怯的人，即使有萬丈的憤火，除弱草以外，又能燒掉甚麼呢？

或者要說，我們現在所要使人憤恨的是外敵，和國人不相干，無從受害，可是這轉移是極容易的，雖曰國人，要藉以洩憤的時候，只要給與一種特異的名稱，即可放心剚刃。先前則有異端，妖人，奸黨，逆徒等類名目，現在就可用國賊，漢奸，二毛子，洋狗或洋奴。庚子年的義和團捉住路人，可以任意指為教徒，據云這鐵證是他的神通眼已在那人的額上看出一個「十」字。

然而我們在「毋友不如已者」的世上，除了激發自己的國民，使他們發些火花，聊以應景之外，又有什麼良法呢。可是我根據上述的理由，更進一步而希望於點火的青年的，是對於群眾，在引起他們的公憤之餘，還須設法注入深沉的勇氣，當鼓舞他們的感情的時候，還須竭力啟發明白的理性；而且還得偏重於勇氣和理性，從此繼續地訓練許多年。這聲音，自然斷乎不及大叫宣戰殺賊的大而閎，但我以為卻是更緊要而更艱難偉大的工作。

否則，歷史指示過我們，遭殃的不是什麼敵手而是自己的同胞和子孫。那結果，是反為敵人先驅，而敵人就做了這一國的所謂強者的勝利者，同時也就做了弱者的恩人。因為自己先已互相殘殺過了，所蘊蓄的怨憤都已消除，天下也就成為太平的盛世。

總之，我以為國民倘沒有智，沒有勇，而單靠一種所謂「氣」，實在是非常危險的。現在，應該更進而著手於較為堅實的工作了。

一九二五年六月十六日。

## 注釋

1 本篇最初發表於一九二五年六月十九日《莽原》周刊第九期。

2 G. Byron拜倫，參看本書〈摩羅詩力說〉第四、五節及注24。

3 指英國畫家菲力普斯（T. Phillips）所作的拜倫畫像。一九二四年四月《小說月報》第十五卷第四期《拜倫逝世百年紀念專號》曾予刊載。《小說月報》，一九一〇年創刊於上海，一九二一年經過改革，成為當時著名文學團體文學研究會主持的刊物。一九三二年停刊。

4 梁啟超根據自著的《義大利建國三傑傳》改編的戲曲，其中並無拜倫詩的譯文。按梁啟超在他所作的小說《新中國未來記》第四回中，曾以戲曲的形式介紹過拜倫長詩《唐・璜》第三篇中的一節：「（沉醉東風）咳！希臘啊，希臘啊！……你本是平和時代的愛嬌。你本是戰爭時代的天驕。撒芷波歌聲高，女詩人熱情好。」Sappho，通譯薩福，約西元前六世紀時的希臘女詩人。日語譯音為サッフォ，「ッ」（音芷）在此處不讀音，「撒芷波」係梁啟超的誤譯。

5 蘇曼殊（一八八四－一九一八）名玄瑛，字子谷，廣東中山人，文學家。二十歲時在惠州某寺為僧，號曼殊。他曾用古體詩形式翻譯過拜倫的詩五篇：《星耶峰耶俱無生》一篇，收入一九〇八年在日本東京出版的《文學因緣》；《讀大海》、《去國行》、《哀希臘》、《答美人贈束髮帶詩》四篇，收入一九〇九年在日本東京出版的《拜倫詩選》。「寄彈箏人」，指《寄調箏人》，是蘇曼殊自作的情調頹廢的三首七言絕句，最早發表在一九一〇年出版的《南社》第三集，思想風格與所譯拜倫詩異趣。

6 Adam Mickiewicz 密茨凱維支；Petőfi Sándor，裴多菲。參看本書〈摩羅詩力說〉第八、九節及有關注釋。

7 厘沙路（J. Rizal，一八六一—一八九六），通譯黎薩，菲律賓作家，民族獨立運動領袖。一八九二年發起成立「菲律賓聯盟」，同年被捕；一八九六年第二次被捕後，為西班牙殖民政府殺害。著有長篇小說《不許犯我》、《起義者》等。他的絕命詩《我的最後的告別》，曾由梁啟超譯成中文，題作《墓中呼聲》。

8 霍普德曼（一八六二—一九四六），德國劇作家。著有《織工》、《沉鐘》等。H. Sudermann，蘇德曼（一八五七—一九二八，德國作家。著有劇本《故鄉》、小說《憂愁夫人》等。Ibsen，易卜生，參看本書〈文化偏至論〉一文。

9 《揚州十日記》，清代江都王秀楚著，記順治二年（一六四五）清兵攻入揚州時慘殺漢族人民的實況。

10 《嘉定屠城記略》，清代嘉定朱子素著，記順治二年清兵攻入嘉定時三次屠殺漢族人民的實況。

11 《朱舜水集》，朱之瑜著。朱之瑜（一六〇〇—一六八二），字魯嶼，號舜水，浙江餘姚人，明末思想家。明亡後據舟山抗清，力圖恢復，失敗後流亡日本，客死水戶。他的著作有日本稻葉岩吉編輯的《朱舜水全集》，一九一二年印行；國內有馬浮就稻葉本重訂的《舜水遺書》二十五卷，一九一三年印行。

12 《張蒼水集》，張煌言著。張煌言（一六二〇—一六六四），字玄著，號蒼水，浙江鄞縣人，南明抗清義軍領袖，文學家。他於清順治二年（一六四五）在浙東起兵抗清，奉魯王（朱以海）監國，兵敗後被俘，不屈而死。清末章太炎從鄞縣得《奇零草》抄本，上卷雜文，下卷古今體詩，改題《張蒼水集》印行。

13《黃蕭養回頭》是以鼓吹反清革命為主題的粵劇，署名新廣東武生著，原載於一九〇二年（清光緒二十八年）梁啟超主編的《新小說》雜誌，後有上海廣智書局單行本。黃蕭養是明代正統末年廣東農民起義領袖，景泰元年（一四五〇）在戰鬥中中箭犧牲。劇本內容是說黃帝命黃蕭養的靈魂投生，從事救國運動，使中國進入「富強之邦」。

14 鄒容（一八八五－一九〇五），字蔚丹，四川巴縣人，清末革命家。曾留學日本，積極參加反清鬥爭，一九〇三年七月被清政府勾結上海英租界當局逮捕，判刑二年，一九〇五年四月死於獄中。《革命軍》是鄒容宣傳反清革命的著名作品，一九〇三年作，共七章，約兩萬言，前有章炳麟的序和作者的自序。自序後署「皇漢民族亡國後之二百六十年歲次癸卯三月日革命軍中馬前卒鄒容記」。該書揭露了清政府的殊酷統治，提出建立「自由獨立」的「中華共和國」的理想，起了很大的革命鼓動作用。

15 據《史記．周本紀》，西周時厲王無道，遭到國人反對，於三十七年（西元前八四一）出奔，「召公、周公二相行政，號曰共和」。又據《竹書紀年》，周厲王出奔後，由共伯和（共國國君名）代行王政，號共和元年。

16 黃興（一八七四－一九一六），字克強，湖南長沙人，近代民主革命家。早年組織華興會，一九〇五年參加孫中山組織的同盟會，居協理地位。辛亥革命時任革命軍總司令，一九一二年南京臨時政府成立，任陸軍總長。袁世凱竊國後，流亡日本，一九一六年在上海逝世。

17 方孝孺（一三五七－一四〇二），字希直，浙江寧海人，明惠帝建文時任侍講學士。建文四年（一四〇二）惠帝的叔父燕王朱棣起兵攻入南京，自立為帝（即永樂帝），命方孝孺起草即位詔書，他堅決不從，遂遭殺害，被滅十族，死者多達八百七十餘人。血跡石，相傳是方孝孺被鉤舌敲齒時染上血跡的石塊。

18 清代對編入八旗的人的稱呼。按，八旗是滿族的軍隊組織和戶口編制，後來一般稱滿族人為旗人。

19 宋代以來，一些人在父母死後印發的訃文中，常有「不孝某某罪孽深重，不自殞滅，禍延顯考（妣）」一類套語。

20 清朝貴族良弼、毓朗、鐵良等企圖保全清室政權，於一九一一年成立的一個反動組織。這些人曾於一九一二年三月七日（夏曆正月十九日）以「君主立憲維持會」的名義發表宣言，反對溥儀退位。民國成立後，他們潛伏天津、大連等地，在日本帝國主義操縱下，進行復辟陰謀活動。一九一四年五月，曾和遺老勞乃宣、劉廷琛、宋育仁等勾結圖謀復辟；一九一七年七月，又和張勳、康有為等勾結進行復辟，俱告失敗。

21 指一九一三年（民國二年）七月所發生的袁世凱與南方國民黨討袁軍之間的戰爭。這次戰爭是由袁世凱以陰謀手段挑起的，目的是為了消滅當時以孫中山為首、以南方為根據地的國民黨勢力。在戰爭前，袁世凱派人暗殺了國民黨重要人物宋教仁於上海，並依靠帝國主義的支持，積極準備戰爭；國民黨方面，原是對袁世凱妥協的，在宋教仁被刺後，孫中山由日本回上海發動討袁的軍事行動。戰爭於七月開始，八月底討袁軍即告失敗。此後在相當長的時間內，南北仍處於對立的局面。

22 段祺瑞在袁世凱失敗後出任國務總理時，為了團結北洋系的武力，曾使徐樹錚策動各省區派代表到徐州開會，於一九一六年成立了所謂「省區聯合會」。這是北洋軍閥利用所謂省界聯合的手段，以圖保存他們的封建割據的組織。與此同時，南方各省成立了聯合的「護國軍政府」。從此以後至第一次國內革命戰爭之前，盤據南北各省的軍閥就常在聯合的名義下，實行以省為單位的封建割據；而在利害衝突時，又進行相互之間的戰爭。

23 指異族統治者強制漢族人民遵從他們的制度和政策。轍，即軌道。古代車制，兩輪相距八尺，車行必與轍合。

24 指當時東南大學教授吳宓。作者在《二心集．上海文藝之一瞥》中曾說：「那時吳宓先生就曾經發表過文章，說是真不懂為什麼有些人竟喜歡描寫下流社會。」

25 愛羅先珂（一八八九—一九五二），俄國詩人、童話作家。童年時因病雙目失明。曾先後到過日本、泰國、緬甸、印度等國；一九二一年在日本因參加「五一」遊行，六月間被日本政府驅逐出境，輾轉來到中國，曾在北京大學、北京世界語專門學校任教，一九二三年四月回國。他用世界語和日語寫作，魯迅曾譯過他的作品《桃色的雲》、《愛羅先珂童話集》。

26 日本報紙，一八七四年（明治七年）十一月在東京創刊，一九二四年改革後成為全國性的大報。該報經常登載文藝作品及評論文章。

27 江口渙（一八八七—一九七五），日本作家。作品有《火山下》、《一個女人的犯罪》等。他所作的關於愛羅先珂的文章，題名《憶愛羅先珂華西理君》，文中記述愛羅先珂在日本受迫害的經過。該文曾由魯迅譯載於一九二三年五月十四日《晨報副刊》，現收入《魯迅譯文集》第十卷《譯叢補》。

28 語見《論語·學而》。

# 論「他媽的！」[1]

無論是誰，只要在中國過活，便總得常聽到「他媽的」或其相類的口頭禪。我想：這話的分佈，大概就跟著中國人足跡之所至罷；使用的遍數，怕也未必比客氣的「您好呀」會更少。假使依或人所說，牡丹是中國的「國花」，那麼，這就可以算是中國的「國罵」了。

我生長於浙江之東，就是西瀅先生之所謂「某籍」[2]。那地方通行的「國罵」卻頗簡單：專一以「媽」為限，決不牽涉餘人。後來稍遊各地，才始驚異於國罵之博大而精微：上溯祖宗，旁連姊妹，下遞子孫，普及同性，真是「猶河漢而無極也」[3]。而且，不特用於人，也以施之獸。前年，曾見一輛煤車的隻輪陷入很深的轍跡裡，車夫便憤然跳下，出死力打那拉車的騾子道：「你姊姊的！你姊姊的！」

別的國度裡怎樣，我不知道。單知道諾威人Hamsun[4]有一本小說叫《饑餓》，粗野的口吻是很多的，但我並不見這一類話。Gorky[5]所寫的小說中多無賴漢，就我所看過的而言，也沒有這罵法。惟獨Artzybashev[6]《工人綏惠略夫》裡，卻使無抵抗主義者亞拉借夫罵了一句「你媽的」。但其時他已經決計為愛而犧牲了，使我們也失卻笑他自相矛盾的勇氣。這罵的翻譯，在中國原極容易的，別國卻似乎為難，德文譯本作「我使用過你的媽」，日文譯本作「你的媽是我的母狗」。這實在太費解，——由我的眼光看起來。

那麼，俄國也有這類罵法的了，但因為究竟沒有中國似的精博，所以光榮還得歸到這邊來。好在這究竟又並非什麼大光榮，所以他們大約未必抗議；也不如「赤化」之可怕，中國的闊人，名人，高人，也不至於駭死的。但是，雖在中國，說的也獨有所謂「下等人」，例如「車夫」之類，至於有身分的上等人，例如「士大夫」之類，則決不出之於口，更何況筆之於書。

「予生也晚」，趕不上周朝，未為大夫，也沒有做士，本可以放筆直幹的，然而終於改頭換面，從「國罵」上削去一個動詞和一個名詞，又改對稱為第三人稱者，恐怕還因為到底未曾拉車，因而也就不免「有點貴族氣味」之故。那用途，既然只限於一部分，似乎又有些不能算作「國罵」了；但也不然，闊人所賞識的牡丹，下等人又何嘗以為「花之富貴者也」[7]？

這「他媽的」的由來以及始於何代，我也不明白。經史上所見罵人的話，無非是「役夫」，「奴」，「死公」[8]；較厲害的，有「老狗」，「貉子」[9]；更厲害，涉及先代的，也不外乎「而母婢也」，「贅閹遺醜」[10]罷了！還沒見過什麼「媽的」怎樣，雖然也許是士大夫諱而不錄。但《廣弘明集》[11]（七）記北魏邢子才「以為婦人不可保。謂元景曰，『卿何必姓王？』元景變色。子才曰，『我亦何必姓邢；能保五世耶？』」則頗有可以推見消息的地方。

晉朝已經是大重門第重到過度了，華胄世業，子弟便易於得官；即使是一個酒囊飯袋，也還是不失為清品。北方疆土雖失於拓跋氏[12]，士人卻更其發狂似的講究閥閱，區別等第，守護極嚴。庶民中縱有俊才，也不能和大姓比並。至於大姓，實不過承祖宗餘蔭，以舊業驕人，空腹高心，當然使人不耐。但士流既然用祖宗做護符，被壓迫的庶民自然也就將他們的祖宗當作仇敵。邢子才的話雖然說不定是否出於憤激，但對於躲在門第下的男女，卻確是一個致命的重傷。勢位聲氣，本來僅靠了「祖宗」這惟一的護符而存，「祖宗」倘一被毀，便什麼都倒敗了。這是倚賴「餘蔭」的必得的果報。

同一的意思，但沒有邢子才的文才，而直出於「下等人」之口的，就是：「他媽的！」要攻擊高門大族的堅固的舊堡壘，卻去瞄準他的血統，在戰略上，真可謂奇譎的了。最先發明這一句「他媽的」的人物，確要算一個天才，——然而是一個卑劣的天才。

唐以後，自誇族望的風氣漸漸消除；到了金元，已奉夷狄為帝王，自不妨拜屠沽作卿士，「等」的上下本該從此有些難定了，但偏還有人想辛辛苦苦地爬進「上等」去。劉時中[13]的曲子裡說：「堪笑這沒見識街市匹夫，好打那好頑劣。江湖伴侶，旋將表德官名相體呼，聲音多廝稱，字樣不尋俗。聽我一個個細數：糶米的喚子良；賣肉的呼仲甫……開張賣飯的呼君寶；磨麵登羅底叫德夫：何足云乎?!」（《樂府新編陽春白雪》三）這就是那時的暴發戶的醜態。

「下等人」還未暴發之先，自然大抵有許多「他媽的」在嘴上，但一遇機會，偶竊一位，略識幾字，便即文雅起來：雅號也有了；身分也高了；家譜也修了，還要尋一個始祖，不是名儒便是名臣。從此化為「上等人」，也如上等前輩一樣，言行都很溫文爾雅。然而愚民究竟也有聰明的，早已看穿了這鬼把戲，所以又有俗諺，說：「口上仁義禮智，心裡男盜女娼！」他們是很明白的。

於是他們反抗了，曰：「他媽的！」

但人們不能蔑棄掃蕩人我的餘澤和舊蔭，而硬要去做別人的祖宗，無論如何，總是卑劣的事。有時，也或加暴力於所謂「他媽的」的生命上，但大概是乘機，而不是造運會，所以無論如何，也還是卑劣的事。

中國人至今還有無數「等」，還是依賴門第，還是倚仗祖宗。倘不改造，即永遠有無聲的或有聲的「國罵」。就是「他媽的」，圍繞在上下和四旁，而且這還須在太平的時候。

但偶爾也有例外的用法：或表驚異，或表感服。我曾在家鄉看見鄉農父子一同午飯，兒子指一碗菜向他父親說：「這不壞，媽的你嘗嘗看！」那父親回答道：「我不要吃。媽的你吃去罷！」則簡直已經醇化為現在時行的「我的親愛的」的意思了。

一九二五年七月十九日。

## 注釋

1 本篇最初發表於一九二五年七月二十七日《語絲》周刊第三十七期。

2 在一九二五年北京女子師範大學學生反對校長楊蔭榆事件中，魯迅等七名教員曾在五月二十七日的《京報》上發表宣言，對學生表示支持。陳西瀅在《現代評論》第一卷第二十五期（一九二五年五月三十日）發表的《閒話》中，攻擊魯迅等人說：「以前我們常常聽說女師大的風潮，有在北京教育界占最大勢力的某籍某系的人在暗中鼓動，可是我們總不敢相信。……但是這篇宣言一出，免不了流言更加傳布得厲害了。」某籍，指魯迅的籍貫浙江。

陳西瀅（一八九六—一九七〇），即陳源，字通伯，現代評論派重要成員。

3 語見《莊子·逍遙遊》：「吾驚怖其言，猶河漢而無極也。」河漢，即銀河。

4 哈姆生（Hamsun，一八五九—一九五二），挪威小說家。《饑餓》是他在一八九〇年發表的長篇小說。

5 高爾基。參看本書〈論照相之類〉注釋21。

6 阿爾志跋綏夫。參看本書〈娜拉走後怎樣〉注釋5。

7 語見宋代周敦頤《愛蓮說》：「牡丹，花之富貴者也。」

8 見《左傳》，文公元年，楚成王妹江羋罵成王子商臣（即楚穆王）的話：「呼，役夫！宜君王之欲殺女（汝）而立職也。」晉代杜預注：「役夫，賤者稱。」按職是商臣的庶弟。「奴」，《南史·宋本紀》：「帝（前廢帝劉子業）自以為昔在東宮，不為孝武所愛，及即位，將掘景寧陵，太史言於帝不利而止；乃縱糞於陵，肆罵孝武帝為齇奴。」齇，鼻上的紅皰，俗稱「酒糟鼻子」。「死公」，《後漢書·文苑列傳》禰衡罵黃祖的話：「死公！云等道？」唐代李賢注：「死公，罵言也；等道，猶今言何勿語也。」

9「老狗」：漢代班固《漢孝武故事》：栗姬罵景帝「老狗，上心銜之未發也」。銜，懷恨在心。「貉子」：南朝宋劉義慶《世說新語·惑溺》：「孫秀降晉，晉武帝厚存寵之，妻以姨妹蒯氏，室家甚篤；妻嘗妒，乃罵秀為貉子，秀大不平，遂不復入。」

10《戰國策·趙策》：「周烈王崩，諸侯皆吊。齊後往，周怒，赴於齊曰：『天崩地坼，天子下席，東藩之臣田嬰齊後至則斮之。』（齊）威王勃然怒曰：『叱嗟，而（爾）母碑也！』」「贅閹遺醜」，陳琳《為袁紹檄豫州（劉備）文》：「操贅閹遺醜，本無懿德。」贅閹，指曹操的父親曹嵩過繼給宦官曹騰做兒子。

11《廣弘明集》，唐代和尚道宣編，三十卷。內容係輯錄自晉至唐闡明佛法的文章。邢子才（四九六—？），名邵，河間（今屬河北）人，北魏無神論者。東魏武定末任太常卿。元景（？—五五九），即王昕，字元景，北海劇（今山東東昌）人，東魏武定末任太子詹事，是邢子才的好友。

12古代鮮卑族的一支。西元三八六年拓跋珪自立為魏王，後日益強大，佔有黃河以北的土地；西元三九八年建都平城（今大同），稱帝改元，史稱北魏。

13劉時中，名致，字時中，號逋齋，石州寧鄉（今山西離石）人，元代詞曲家。這裡所引見於他的套曲《上高監司·端正好》。曲子中的「好頑劣」，意即很無知。「表德」，即正式名字外的「字」和「號」。「聲音多廝稱」，即聲音相同。子良取音於「糧」。仲甫取音於「脯」。君寶取音於「飽」。德夫取音於「麩」。《樂府新編陽春白雪》，元代楊朝英編選的一部散曲選，共十卷（另有九卷本一種）。

# 論睜了眼看[1]

虛生[2]先生所做的時事短評中，曾有一個這樣的題目：「我們應該有正眼看各方面的勇氣」（《猛進》十九期）。誠然，必須敢於正視，這才可望敢想，敢說，敢作，敢當。倘使並正視而不敢，此外還能成什麼氣候。然而，不幸這一種勇氣，是我們中國人最所缺乏的。

但現在我所想到的是別一方面——

中國的文人，對於人生，——至少是對於社會現象，向來就多沒有正視的勇氣。我們的聖賢，本來早已教人「非禮勿視」的了；而這「禮」又非常之嚴，不但「正視」，連「平視」「斜視」也不許。現在青年的精神未可知，在體質，卻大半還是彎腰曲背，低眉順眼，表示著老牌的老成的子弟，馴良的百姓，——至於說對外卻有大力量，乃是近一月來的新說，還不知道究竟是如何。

再回到「正視」問題去：先既不敢，後便不能，再後，就自然不視，不見了。一輛汽車壞了，停在馬路上，一群人圍著呆看，所得的結果是一團烏油油的東西。然而由本身的矛盾或社會的缺陷所生的苦痛，雖不正視，卻要身受的。文人究竟是敏感人物，從他們的作品上看來，有些人確也早已感到不滿，可是一到快要顯露缺陷的危機一發之際，他們總即刻連說「並無其事」，同時便閉上了眼睛。

這閉著的眼睛便看見一切圓滿，當前的苦痛不過是「天之將降大任於是人也，必先苦其心志，勞其筋骨，餓其體膚，空乏其身，行拂亂其為。」[3]於是無問題，無缺陷，無不平，也就無解決，無改革，無反抗。因為凡事總要「團圓」，正無須我們焦躁；放心喝茶，睡覺大吉。再說廢話，就有「不合時宜」之咎，免不了要受大學教授的糾正了。呸！

我並未實驗過，但有時候想：倘將一位久蟄洞房的老太爺拋在夏天正午的烈日底下，或將不出閨門的千金小姐拖到曠野的黑夜裡，大概只好閉了眼睛，暫續他們殘存的舊夢，總算並沒有遇到暗或光，雖然已經是絕不相同的現實。中國的文人也一樣，萬事閉眼睛，聊以自欺，而且欺人，那方法是：瞞和騙。

中國婚姻方法的缺陷，才子佳人小說作家早就感到了，他於是使一個才子在壁上題詩，一個佳人便來和，由傾慕——現在就得稱戀愛——而至於有「終身之約」。但約定之後，也就有了難關。我們都知道，「私訂終身」在詩和戲曲或小說上尚不失為美談（自然只以與終於中狀元的男人私訂為限），實際卻不容於天下的，仍然免不了要離異。明末的作家[4]便閉上眼睛，並這一層也加以補救了，說是：才子及第，奉旨成婚。「父母之命媒妁之言」[5]經這大帽子來一壓，便成了半個鉛錢也不值，問題也一點沒有了。假使有之，也只在才子的能否中狀元，而決不在婚姻制度的良否。

（近來有人以為新詩人的做詩發表，是在出風頭，引異性；且遷怒於報章雜誌之濫登，殊不知即使無報，牆壁實「古已有之」，早做過發表機關了；據《封神演義》，紂王已曾在女媧廟壁上題詩[6]，那起源實在非常之早。報章可以不取白話，或排斥小詩，牆壁卻拆不完，管不及的；倘一律刷成黑色，也還有破磁可劃，粉筆可書，真是窮於應付。做詩不刻木板，去藏之名山，卻要隨時發表，雖然很有流弊，但大概是難以杜絕的罷。）

《紅樓夢》中的小悲劇，是社會上常有的事，作者又是比較的敢於實寫的，而那結果也並不壞。無論賈氏家業再振，蘭桂齊芳，即寶玉自己，也成了個披大紅猩猩氈斗篷的和尚。和尚多矣，但披這樣闊斗篷的能有幾個，已經是「入聖超凡」無疑了。至於別的人們，則早在冊子裡一一註定，末路不過是一個歸結：是問題的結束，不是問題的開頭。讀者即小有不安，也終於奈何不得。然而後或續或改，非借屍還魂，即冥中另配，必令「生旦當場團圓」才肯放手者，乃是自欺欺人的癮太大，所以看了小騙局，還不甘心，定須閉眼胡說一通而後快。赫克爾（E・Haeckel）[7]說過：人和人之差，有時比類人猿和原人之差還遠。我們將《紅樓夢》的續作者和原作一比較，就會承認這話大概是確實的。

「作善降祥」[8]的古訓，六朝人本已有些懷疑了，他們作墓誌，竟會說「積善不報，終自欺人」[9]的話。但後來的昏人，卻又瞞起來。元劉信將三歲癡兒拋入醮紙火盆，妄希福佑，是見於《元典章》[10]的；劇本《小張屠焚兒救母》[11]卻道是為母延命，命得延，兒亦不死了。一女願侍痼疾之夫，《醒世恆言》中還說終於一同自殺的；後來改作的卻道是有蛇墜入藥罐裡，丈夫服後便痊癒了。[12]凡有缺陷，一經作者粉飾，後半便大抵改觀，使讀者落誣妄中，以為世間委實盡夠光明，誰有不幸，便是自作，自受。

有時遇到彰明的史實，瞞不下，如關羽岳飛的被殺，便只好別設騙局了，一是前世已造夙因，如岳飛；一是死後使他成神，如關羽[13]。定命不可逃，成神的善報更滿人意，所以殺人者不足責，被殺者也不足悲，冥冥中自有安排，使他們各得其所，正不必別人來費力了。

中國人的不敢正視各方面，用瞞和騙造出奇妙的逃路來，而自以為正路。在這路上，就證明著國民性的怯弱，懶惰，而又巧滑。一天一天的滿足著，即一天一天的墮落著，但卻又覺得日見其光榮。在事實上，亡國一次，即添加幾個殉難的忠臣，後來每不想光復舊物，而只去讚美那幾個忠臣；遭劫一次，即造成一群不辱的烈女，事過之後，也每每不思懲凶，自衛，卻只顧歌詠那一群烈女。彷彿亡國遭劫的事，反而給中國人發揮「兩間正氣」的機會，增高價值，即在此一舉，應該一任其至，不足憂悲似的。自然，此上也無可為，因為我們已經借死人獲得最上的光榮了。滬漢烈士的追悼會[14]中，活的人們在一塊很可景仰的高大的木主下互相打罵，也就是和我們的先輩走著同一的路。

文藝是國民精神所發的火光，同時也是引導國民精神的前途的燈火。這是互為因果的，正如麻油從芝麻榨出，但以浸芝麻，就使它更油。倘以油為上，就不必說；

否則，當摻入別的東西，或水或鹼去。中國人向來因為不敢正視人生，只好瞞和騙，由此也生出瞞和騙的文藝來，由這文藝，更令中國人更深地陷入瞞和騙的大澤中，甚而至於已經自己不覺得。世界日日改變，我們的作家取下假面，真誠地，深入地，大膽地看取人生並且寫出他的血和肉來的時候早到了；早就應該有一片嶄新的文場，早就應該有幾個兇猛的闖將！

現在，氣象似乎一變，到處聽不見歌吟花月的聲音了，代之而起的是鐵和血的讚頌。然而倘以欺瞞的心，用欺瞞的嘴，則無論說A和O，或Y和Z，一樣是虛假的；只可以嚇啞了先前鄙薄花月的所謂批評家的嘴，滿足地以為中國就要中興。可憐他在「愛國」大帽子底下又閉上了眼睛了——或者本來就閉著。

沒有衝破一切傳統思想和手法的闖將，中國是不會有真的新文藝的。

一九二五年七月二十二日。

## 注釋

1 本篇最初發表於一九二五年八月三日《語絲》周刊第三十八期。

2 《猛進》周刊主編徐炳昶的筆名。《猛進》是當時一種有進步傾向的政論性刊物，一九二五年三月六日創刊於北京，次年三月十九日出至第五十三期停刊。

3 「天之降大任於是人也」等語，見《孟子·告子》。

4 指明代末年寫才子佳人小說的那些作家，如著《平山冷燕》的荻岸山人、《好逑傳》的名教中人等。

5 「父母之命媒妁之言」語見《孟子·滕文公》。

6 明代許仲琳編寫的一部神魔小說，一百回。紂王在女媧廟壁上題詩的情節，見該書第一回。

7 通譯海克爾。這裡所引他的話，見所著《宇宙之謎》第四章《我們的胚胎史》。

8 「作善降祥」語出《尚書·伊訓》：「惟上帝不常，作善降之百祥，作不善降之百殃。」

9 「積善不報，終自欺人」，語見東魏《元湛墓志銘》：「口仁者壽，所期必信，積善不報，終自欺人。」

10 即《大元聖政國朝典章》，前集六十卷，新集不分卷。內容係匯輯元世祖中統元年（一二六〇）至英宗至治二年（一三二二）間的法令文牘。劉信的事載該書第五十七卷。

11 《小張屠焚兒救母》雜劇，元代無名氏作。見《古今雜劇》。

12 見《醒世恒言》第九卷《陳多壽生死夫妻》。魯迅所說後來的改作，大概是指清代宣鼎《夜與秋燈錄》第三卷中的《痲瘋女邱麗玉》。

13 關羽（一六〇—二一九）字雲長，河南解縣（今山西臨猗）人。三國時蜀漢大將。劉備定西蜀，他留鎮荆襄。建安二十四年在荆州與孫權軍作戰，兵敗被殺。在小說《三國演義》中有他死後顯聖成神的描述。

岳飛（一一〇三—一一四二），字鵬舉，相州湯陰（今河南湯陰）人。南宋名將。因堅持抗金，於紹興十二年被投降派趙構（宋高宗）和內奸秦檜殺害。小説《説岳全傳》中説，岳飛是大鵬轉世，秦檜是黑龍轉世；秦檜害死岳飛，是報前世大鵬啄傷黑龍的夙怨。

14 一九二五年上海五卅慘案發生後，六月十一日漢口群眾的反帝鬥爭也遭到英帝國主義及湖北督軍蕭耀南的鎮壓。六月二十五日，北京各界數十萬人遊行示威，並在天安門召開滬漢烈士追悼會，有人在會場設立了一座兩丈四尺高的木質靈位，懸掛著三丈六尺長的輓聯，上寫「在孔曰成仁在孟曰正命於禮為國殤於義為鬼雄」，指揮台正中的白布橫額上寫有「天地正氣」四個大字。

# 從鬍鬚說到牙齒[1]

一

一翻《吶喊》，才又記得我曾在中華民國九年雙十節[2]的前幾天做過一篇《頭髮的故事》；去年，距今快要一整年了罷，那時是《語絲》[3]出世未久，我又曾為它寫了一篇《說鬍鬚》。實在似乎很有些章士釗[4]之所謂「每況愈下」[5]了，——自然，這一句成語，也並不是章士釗首先用錯的，但因為他既以擅長舊學自居，我又正在給他打官司，所以就栽在他身上。

當時就聽說，——或者也是時行的「流言」，——一位北京大學的名教授就憤慨過，以為從鬍鬚說起，一直說下去，將來就要說到屁股，則於是乎便和上海的《晶報》[6]一樣了。為什麼呢？這須是熟精今典的人們才知道，後進的「東髮小生」[7]是不容易了然的。因為《晶報》上曾經登過一篇《太陽曬屁股賦》，屁股和鬍鬚又都是人身的一部分，既說此部，即難免不說彼部，正如看見洗臉的人，敏捷而聰明的學者即能推見他一直洗下去，將來一定要洗到屁股。所以有志於做gentleman[8]者，為防微杜漸起見，應該在背後給一頓奚落的。——如果說此外還有深意，那我可不得而知了。

昔者竊聞之：歐美的文明人諱言下體以及和下體略有淵源的事物。假如以生殖器為中心而畫一正圓形，則凡在圓周以內者均在諱言之列；而圓之半徑，則美國者大於英。中國的下等人，是不諱言的；古之上等人似乎也不諱，所以雖是公子而可以名為黑臀[9]。諱之始，不知在什麼時候；而將英美的半徑放大，直至於口鼻之間或更在其上，則昉於一千九百二十四年秋。

文人墨客大概是感性太銳敏了之故罷，向來就很嬌氣，什麼也給他說不得，見不得，聽不得，想不得。道學先生於是乎從而禁之，雖然很像背道而馳，其實倒是心心相印。然而他們還是一看見堂客的手帕或者姨太太的荒塚就要做詩。我現在雖然也弄弄筆墨做做白話文，但才氣卻彷彿早經註定是該在「水平線」[10]之下似的，所以看見手帕或荒塚之類，倒無動於衷；只記得在解剖室裡第一次要在女性的屍體上動刀的時候，可似乎略有做詩之意，——但是，不過「之意」而已，並沒有詩，讀者幸勿誤會，以為我有詩集將要精裝行世，傳之其人，先在此預告。後來，也就連「之意」都沒有了，大約是因為見慣了的緣故罷，正如下等人的說慣一樣。否則，也許現在不但不敢說鬍鬚，而且簡直非「人之初性本善論」或「天地玄黃賦」[11]便不屑做。遙想土耳其革命[12]後，撕去女人的面幕，是多麼下等的事？嗚呼，她們已將嘴巴露出，將來一定要光著屁股走路了！

## 二

雖然有人數我為「無病呻吟」[13]黨之一，但我以為自家有病自家知，旁人大概是不很能夠明白底細的。倘沒有病，誰來呻吟？如果竟要呻吟，那就已經有了呻吟病了，無法可醫。——但模仿自然又是例外。即如自鬍鬚直至屁股等輩，倘使相安無事，誰愛去紀念它們；我們平居無事時，從不想到自己的頭，手，腳以至腳底心。待到慨然於「頭顱誰斫」，「髀肉（又說下去了，尚希紳士淑女恕之）復生」[14]的時候，是早已別有緣故的了，所以，「呻吟」。而批評家們曰：「無病」。我實在艷羨他們的健康。

譬如腋下和胯間的毫毛，向來不很肇禍，所以也沒有人引為題目，來呻吟一通。頭髮便不然了，不但白髮數莖，能使老先生攬鏡慨然，趕緊拔去；清初還因此殺了許多人。民國既經成立，辮子總算剪定了，即使保不定將來要翻出怎樣的花樣來，但目下總不妨說是已經告一段落。於是我對於自己的頭髮，也就淡然若忘，而況女子應否剪髮的問題呢，因為我並不預備製造桂花油或販賣燙剪：事不干己，是無所容心於其間的。

但到民國九年，寄住在我的寓裡的一位小姐考進高等女子師範學校去了，而她是剪了頭髮的，再沒有法可梳盤龍髻或S髻。到這時，我才知道雖然已是民國九年，而有些人之嫉視剪髮的女子，竟和清朝末年之嫉視剪髮的男子相同；校長M先生雖被天奪其魄[15]，自己的頭頂禿到近乎精光了，卻偏以為女子的頭髮可繫千鈞，示意要她留起。設法去疏通了幾回，沒有效，連我也聽得麻煩起來，於是乎「感慨繫之矣」了，隨口呻吟了一篇《頭髮的故事》。但是，不知怎的，她後來竟居然並不留長，現在還是蓬蓬鬆鬆的在北京道上走。

本來，也可以無須說下去了，然而連鬍鬚樣式都不自由，也是我平生的一件感憤，要時時想到的。鬍鬚的有無，式樣，長短，我以為除了直接受著影響的人以外，是毫無容喙的權利和義務的，而有些人們偏要越俎代謀[16]，說些無聊的廢話，這真和女子非梳頭不可的教育，「奇裝異服」者要抓進警廳去辦罪的政治一樣離奇。要人沒有反撥，總須不加刺激；鄉下人捉進知縣衙門去，打完屁股之後，叩一個頭道：「謝大老爺！」這情形是特異的中國民族所特有的。

不料恰恰一周年，我的牙齒又發生問題了，這當然就要說牙齒。這回雖然並非說下去，而是說進去，但牙齒之後是咽喉，下面是食道，胃，大小腸，直腸，和吃飯很有相關，仍將為大雅所不齒；更何況直腸的鄰近還有膀胱呢，嗚呼！

## 三

中華民國十四年十月二十七日，即夏曆之重九，國民因為主張關稅自主，遊行示威[17]了。但巡警卻斷絕交通，至於發生衝突，據說兩面「互有死傷」。次日，幾種報章（《社會日報》，《世界日報》，《興論報》，《益世報》，《順天時報》[18]等）的新聞中就有這樣的話：

「學生被打傷者，有吳興身（第一英文學校），頭部刀傷甚重……周樹人（北大教員）齒受傷，脫門牙二。其他尚未接有報告。……」

這樣還不夠，第二天，《社會日報》，《興論報》，《黃報》，《順天時報》又道：「……遊行群眾方面，北大教授周樹人（即魯迅）門牙確落二個。……」

興論也好，指導社會機關也好，「確」也好，不確也好，我是沒有修書更正的閒情別致的。但被害苦的是先有許多學生們，次日我到L學校[19]去上課，缺席的學生就有二十餘，他們想不至於因為我被打落門牙，即以為講義也跌了價的，大概是預料我一定請病假。還有幾個嘗見和未見的朋友，或則面問，或則函問；尤其是朋其[20]君，先行肉薄中央醫院，不得，又到我的家裡，目睹門牙無恙，這才重回東城，而「昊天不吊」[21]，竟刮起大風來了。

假使我真被打落兩個門牙，倒也大可以略平「整頓學風」[22]者和其黨徒之氣罷；或者算是說了鬍鬚的報應，——因為有說下去之嫌，所以該得報應，——依博愛家言，本來也未始不是一舉兩得的事。但可惜那一天我竟不在場。我之所以不到場者，並非遵了胡適[23]教授的指示在研究室裡用功，也不是從了江紹原[24]教授的忠告在推敲作品，更不是依著易卜生博士的遺訓[25]正在「救出自己」；慚愧我全沒有做那些大工作，從實招供起來，不過是整天躺在窗下的床上而已。為什麼呢？曰：生些小病，非有他也。

然而我的門牙，卻是「確落二個」的。

## 四

這也是自家有病自家知的一例，如果牙齒健全，決不會知道牙痛的人的苦楚，只見他歪著嘴角吸風，模樣著實可笑。自從盤古開闢天地以來，中國就未曾發明過一種止牙痛的好方法，現在雖然很有些什麼「西法鑲牙補眼」的了，但大概不過學了一點皮毛，連消毒去腐的粗淺道理也不明白。以北京而論，以中國自家的牙醫而論，只有幾個留美出身的博士是好的，但是，yes，貴不可言。至於窮鄉僻壤，卻連皮毛家也沒有，倘使不幸而牙痛，又不安本分而想醫好，怕只好去即求城隍土地爺爺罷。

我從小就是牙痛黨之一，並非故意和牙齒不痛的正人君子們立異，實在是「欲罷不能」。聽說牙齒的性質的好壞，也有遺傳的，那麼，這就是我的父親賞給我的一份遺產，因為他牙齒也很壞，於是或蛀，或破，……終於牙齦上出血了，無法收拾；住的又是小城，並無牙醫。那時也想不到天下有所謂「西法……」也者，惟有《驗方新編》[26]是唯一的救星；然而試盡「驗方」都不驗。後來，一個善士傳給我一個秘方：擇日將栗子風乾，日日食之，神效。應擇那一日，現在已經忘卻了，好在這秘方的結果不過是吃栗子，隨時可以風乾的，我們也無須再費神去查考。自此之後，我才正式看中醫，服湯藥，可惜中醫彷彿也束手了，據說這是叫「牙損」，難治得很呢。

還記得有一天一個長輩斥責我，說，因為不自愛，所以會生這病的；醫生能有什麼法？我不解，但從此不再向人提起牙齒的事了，似乎這病是我的一件恥辱。如此者久而久之，直至我到日本的長崎再去尋牙醫，他給我刮去了牙後面的所謂「齒袱」，這才不再出血了，花去的醫費是兩元，時間是約一小時以內。

我後來也看看中國的醫藥書，忽而發見觸目驚心的學說了。它說，齒是屬於腎的，「牙損」的原因是「陰虧」。我這才頓然悟出先前的所以得到申斥的原因來，原來是它們在這裡這樣誣陷我。到現在，即使有人說中醫怎樣可靠，單方怎樣靈，我還都不信。自然，其中大半是因為他們耽誤了我的父親的病的緣故罷，但怕也很挾帶些切膚之痛的自己的私怨。

事情還很多哩，假使我有 Victor Hugo[27] 先生的文才，也許因此可以寫出一部《Les Miserables》的續集。然而豈但沒有而已麼，遭難的又是自家的牙齒，向人分送自己的冤單，是不大合式的，雖然所有文章，幾乎十之九是自身的暗中的辯護。現在還不如邁開大步一跳，一徑來說「門牙確落二個」的事罷：

袁世凱也如一切儒者一樣，最主張尊孔。做了離奇的古衣冠，盛行祭孔的時候，大概是要做皇帝以前的一兩年。[28] 自此以來，相承不廢，但也因秉政者的變換，儀式上，尤其是行禮之狀有些不同：大概自以為維新者出則西裝而鞠躬，尊古者興則古裝而頓首。我曾經是教育部的僉事，因為「區區」[29]，所以還不入鞠躬或頓首之列的；但屆春秋二祭，仍不免要被派去做執事。執事者，將所謂「帛」或「爵」[30] 遞給鞠躬或頓首之諸公的聽差之謂也。

民國十一年秋[31]，我「執事」後坐車回寓去，既是北京，又是秋，又是清早，天氣很冷，所以我穿著厚外套，帶了手套的手是插在衣袋裡的。那車夫，我相信他是因為瞌睡，糊塗，絕非章士釗黨；但他卻在中途用了所謂「非常處分」，以「迅雷不及掩耳之手段」，自己跌倒了，並將我從車上摔出。我手在袋裡，來不及抵按，結果便自然只好和地母接吻，以門牙為犧牲了。於是無門牙而講書者半年，補好於十二年之夏，所以現在使朋其君一見放心，釋然回去的兩個，其實卻是假的。

## 五

孔二先生[32]說，「雖有周公之才之美，使驕且吝，其餘，不足觀也矣。」這話，我確是曾經讀過的，也十分佩服。所以如果打落了兩個門牙，借此能給若干人們從旁快意，「痛快」，倒也毫無吝惜之心。而無如門牙，只有這幾個，而且早經脫落何？但是將前事拉成今事，卻也是不甚願意的事，因為有些事情，我還要說真實，便只好將別人的「流言」抹殺了，雖然這大抵也以有利於己，至少是無損於已者為限。準此，我便順手又要將章士釗的將後事拉成前事的糊塗賬揭出來。

又是章士釗。我之遇到這個姓名而搖頭，實在由來已久；但是，先前總算是為「公」，現在卻像憎惡中醫一樣，彷彿也挾帶一點私怨了，因為他「無故」將我免了官，所以，在先已經說過：我正在給他打官司。近來看見他的古文的答辯書了，很斥斤於「無故」之辯，其中有一段：

「……又該偽校務維持會擅舉該員為委員，該員又不聲明否認，顯係有意抗阻本部行政，既情理之所難容，亦法律之所不許。……不得已於八月十二日，呈請執政將周樹人免職，十三日由執政明令照准……」

於是乎我也「之乎者也」地駁掉他：

「查校務維持會公舉樹人為委員，係在八月十三日，而該總長呈請免職，據稱在十二日，豈先預知將舉樹人為委員而先為免職之罪名耶？……」

其實，那些什麼「答辯書」也不過是中國的胡牽亂扯的照例的成法，章士釗未必一定如此糊塗；假使真只糊塗，倒還不失為糊塗人，但他是知道舞文玩法的。他自己說過：「挽近政治，內包甚複，一端之起，其真意往往難於跡象求之。執法抗爭，不過跡象間事。……」[33]所以倘若事不干己，則與其聽他說政法，談邏輯，實在遠不如看《太陽曬屁股賦》，因為欺人之意，這些賦裡倒沒有的。

離題愈說愈遠了：這並不是我的身體的一部分。現在即此收住，將來說到那裡，且看民國十五年秋罷。

一九二五年十月三十日。

## 注釋

1 本篇最初發表於一九二五年十一月九日《語絲》周刊第五十二期。

2 一九一一年十月十日孫中山領導的革命黨舉行了武昌起義（即辛亥革命），次年一月一日建立中華民國，九月二十八日臨時參議院議決十月十日為國慶紀念日，俗稱「雙十節」。

3 文藝性周刊，最初由孫伏園等編輯。一九二四年十一月十七日創刊於北京。一九二七年十月被奉系軍閥張作霖查禁，隨後移至上海續刊。一九三〇年三月出至第五卷第五十二期停刊。魯迅是主要撰稿人和支持者之一，並於該刊在上海出版後一度擔任編輯。參看《三閒集·我和〈語絲〉的始終》。

4 章士釗（一八八一—一九七八），字行嚴，筆名孤桐，湖南長沙人。辛亥革命前，曾參加反清革命運動，一九一四年五月在東京主辦《甲寅》月刊（兩年後停刊）。五四運動後，他是一個復古主義者，在一九二四年至一九二六年間，他參加北洋軍閥段祺瑞政治集團，曾任段祺瑞執政府的司法總長兼教育總長，參與鎮壓學生愛國運動和人民群眾的愛國鬥爭；同時創辦《甲寅》周刊，提倡尊孔讀經，反對新文化運動。後來他在政治、思想上有所變化，轉而同情革命。

5 「每況愈下」，原作「每下愈況」，見《莊子·知北遊》。章太炎《新方言·釋詞》：「愈況，猶愈甚也」。後人引用常誤作「每況愈下」，章士釗在《甲寅》周刊第一卷第三號《孤桐雜記》中也同樣用錯：「嘗論明清相嬗，士氣驟衰。……民國承清。每況愈下。」

6 當時上海一個低級趣味的小報。原為《神州日報》的副刊，一九一九年三月單獨出版。下文所說《太陽曬屁股賦》，是張丹炘（延禮）寫的一篇無聊文章，發表於一九一七年四月二十六日《神州日報》副刊。

7 這是章士釗常用的輕視青年學生的一句話，如他在一九二三年作的《評新文化運動》一文中就說：「今之束髮小生。握筆登先。名流巨公。易節恐後。」束髮，古代指男子成童的年齡。

8 英語：紳士。

9 春秋時晉成公的名字，見《國語．周語》所記單襄公的話：「吾聞成公之生也，其母夢神規其臀以墨曰：『使有晉國……。』故名之曰黑臀。」

10 這是從當時現代評論社出版的《現代叢書》廣告中引用來的。在《現代評論》第一卷第九期（一九二五年二月七日）刊登的《〈現代叢書〉出版預告》中，吹噓他們自己的作品說：「《現代叢書》中不會有一本無價值的書，一本讀不懂的書，一本在水平線下的書。」

11 「人之初性本善」是《三字經》的首句，「天地玄黃」是《千字文》的首句，從前學塾中常用這類句子作為練習文章的題目。

12 指一九一九年基馬爾領導的反帝反封建的資產階級民主革命。經過多年的民族獨立戰爭，於一九二三年十月宣布成立土耳其共和國。隨後又對宗教、婚姻制度、社會習俗等進行了一系列的改革，婦女不帶面紗是風俗改革中的一項。

13 原是一句成語，當時復古主義者章士釗等人時常攻擊提倡寫白話文的人為「無病呻吟」，如他在《甲寅》周刊第一卷第十四期（一九二五年十月）《評新文學運動》一文中，就影射白話文作者「忘其簡陋，無病呻吟」。

14 據《資治通鑑》卷一八五記載，隋煬帝感到統治局面不穩時，曾「引鏡自照，顧謂蕭后曰：『好頭頸，誰當斫之？』」「髀肉復生」，《三國志．蜀書．先主紀》的注文中曾引《九州春秋》說，劉備投靠荊州牧劉表時，因無用武之如，久不乘馬，他「見髀裡肉生」，就「慨然流涕」。

15 M先生指毛邦偉，貴州遵義人。清光緒舉人，後赴日本留學，在東京高等師範學校畢業，一九二〇年時任北京女子高等師範學校校長。

16 「越俎代謀」語出《莊子・逍遙遊》，原作「越俎代庖」，意思是掌管祭祀的人，放下祭器去代替廚師做飯。天奪其魄，語出《左傳》宣公十五年，原作「天奪之魄」。

17 一九二五年十月二十六日（文中誤作「二十七」），段祺瑞政府根據一九二二年二月華盛頓會議所通過的九國關稅條約，邀請英、美、法等十二國在北京召開所謂「關稅特別會議」，企圖在不平等條約的基礎上與各帝國主義國家成立新的關稅協定。這是和當時全國人民要求徹底廢除不平等條約願望相反，因此在會議開幕的當日，北京各學校和團體五萬餘人在天安門集會遊行，反對關稅會議，主張關稅自主。遊行剛至新華門，即被大批武裝員警阻止，毆打，群眾受傷十餘人，被捕數人，造成流血事件。重九，即九月初九。

18 《社會日報》一九二一年創刊於北京，原名《新社會報》，一九二二年五月改名《社會日報》，林白水主編。《世界日報》，一九二四年創刊於北京，原為晚報，一九二五年二月起改為日報，成舍我主編。《輿論報》，一九二三年創刊於北京，侯疑始主辦。《益世報》，天主教教會報紙，一九一五年創刊於天津。次年增出北京版。比利時教士雷鳴遠（後入中國籍）主辦。《順天時報》，日本帝國主義者在中國辦的中文報紙，一九〇一年創刊於北京，創辦人中島美雄。下文的《黃報》，一九一八年創刊於北京，薛大可主編。這些都是為中外反動派利益服務的報紙。

19 指北京黎明中學。一九二五年魯迅曾在該校教課一學期。

20 即黃鵬基，四川仁壽人，當時是北京大學學生，《莽原》撰稿者之一。

21 「昊天不吊」語見《左傳》哀公十六年。

22 一九二五年五卅事件後，北京學生紛紛舉行罷課，聲援上海工人的反帝愛國鬥爭。為了鎮壓學生愛國運動，教育總長章士釗草擬了「整頓學風令」，於八月二十五日在內閣會議上通過，由段祺瑞執政府明令發布。

23 胡適（一八九一—一九六二），字適之，安徽績溪人。當時是北京大學教授。

24 江紹原，安徽旌德人。當時北京大學講師。他在《現代評論》第二卷第三十期（一九二五年七月四日）發表的《黃狗與青年作者》一文中，認為青年作者發表不成熟的作品等於「流產」，並說：「我的小提議是：——無論作什麼，非經過幾番精審的推敲修正，決不發表。」

25 易卜生在給勃蘭兑斯的信中說：「有的時候我真覺得全世界都像海上撞沉了船，最要緊的還是救出自己。」胡適在《愛國運動與求學》一文中也引用了這句話，並說閉門讀書就是「救出你自己」。

26 《驗方新編》，清代鮑相璈編，八卷。是過去很流行的通俗醫藥書。

27 雨果（一八〇二—一八八五），法國作家。《Les Miserables》，《悲慘世界》，長篇小說，雨果的代表作之一。

28 袁世凱於一九一四年四月通令全國祭孔，公佈《崇聖典例》。九月二十八日他率領各部總長和一批文武官員，穿著新制的古祭服，在北京孔廟舉行祀孔典禮。

29 作者從一九一二年八月起在教育部任僉事，一九二五年因支持北京女師大學生驅逐校長楊蔭榆的運動，被教育總長章士釗非法免職，作者曾在平政院提出控告。當時有人說他因為失了「區區僉事」就反對章士釗，器量狹小，沒有「學者的態度」等等。參看《華蓋集·碰壁之餘》。

30 古代祭祀時用來敬神的絲織品，祭後即行焚化，後來用紙作代替品。「爵」，古代的酒器，三足，銅制，祭祀時用來獻酒。

31 按應為民國十二年春。《魯迅日記》一九二三年：「三月二十五日晴，星期，黎明往孔廟執事。歸途墜車，落二齒。」

32 即孔丘。據《孔子家語·本姓解》，孔丘有兄孟皮，他排行第二。文中所引的話，見《論語·泰伯》。

33 章士釗的這段話見《甲寅》周刊第一卷第一號（一九二五年七月十八日）通訊欄，他對吳敬恒來信所加的附言（「內包甚復」，原作「內包深復」）。

# 堅壁清野主義[1]

新近，我在中國社會上發現了幾樣主義。其一，是堅壁清野主義。

「堅壁清野」[2]是兵家言，兵家非我的素業，所以這話不是從兵家得來，乃是從別的書上看來，或社會上聽來的。聽說這回的歐洲戰爭時最要緊的是壕塹戰，那麼，雖現在也還使用著這戰法——堅壁。至於清野，世界史上就有著有趣的事例：相傳十九世紀初拿破崙進攻俄國，到了莫斯科時，俄人便大發揮其清野手段，同時在這地方縱火，將生活所需的東西燒個乾淨，請拿破崙和他的雄兵猛將在空城裡吸西北風。吸不到一個月，他們便退走了。

中國雖說是儒教國，年年祭孔；「俎豆之事，則嘗聞之矣，軍旅之事，丘未之學也。」[3]但上上下下卻都使用著這兵法；引導我看出來的是本月的報紙上的一條新聞。據說，教育當局因為公共娛樂場中常常發生有傷風化情事，所以令行各校，禁止女學生往遊藝場和公園，並通知女主家屬，協同禁止。[4]自然，我並不深知這事是否確實；更未見明令的原文；也不明白教育當局之意，是因為娛樂場中的「有傷風化」情事，即從女生發生，所以不許其去，還是只要女生不去，別人也不發生，抑或即使發生，也就管他媽的了。

或者後一種的推測庶幾近之。我們的古哲和今賢，雖然滿口「正本清源」，「澄清天下」，但大概是有口無心的，「未有己不正，而能正人者」，所以結果是：收起來。第一，是「以己之心，度人之心」，想專以「不見可欲，使民心不亂」。第二，是器宇只有這麼大，實在並沒有「澄清天下」之才，正如富翁唯一的經濟法，只有將錢埋在自己的地下一樣。古聖人所教的「慢藏誨盜，冶容誨淫」[5]，就是說子女玉帛的處理方法，是應該堅壁清野的。

其實這種方法，中國早就奉行的了，我所到過的地方，除北京外，一路大抵只看見男人和賣力氣的女人，很少見所謂上流婦女。但我先在此聲明，我之不滿於這種現象者，並非因為預備遍歷中國，去竊窺一切太太小姐們；我並沒有積下一文川資，就是最確的證據。今年是「流言」鼎盛時代，稍一不慎，《現代評論》上就會彎彎曲曲地登出來的，所以特地先行預告。至於一到名儒，則家裡的男女也不給容易見面，霍渭厓的《家訓》[6]裡，就有那非常麻煩的分隔男女的房子構造圖。似乎有志於聖賢者，便是自己的家裡也應該看作遊藝場和公園；現在究竟是二十世紀，而且有「少負不羈之名，長習自由之說」的教育總長[7]，實在寬大得遠了。

北京倒是不大禁錮婦女走在外面，也不很加侮蔑的地方，但這和我們的古哲和今賢之意相左，或者這種風氣倒是滿洲人輸入的罷。滿洲人曾經做過我們的「聖上」，那習俗也應該遵從的。然而我想，現在卻也並非排滿，如民元之剪辮子，乃是老脾氣復發了，只要看舊曆過年的放鞭炮，就日見其多。可惜不再出一個魏忠賢[8]來試驗試驗我們，看可有人去作乾兒，並將他配享孔廟。

要風化好，是在解放人性，普及教育，尤其是性教育，這正是教育者所當為之事，「收起來」卻是管牢監的禁卒哥哥的專門。況且社會上的事不比牢監那樣簡單，修了長城，胡人仍然源源而至，深溝高壘，都沒有用處的。未有遊藝場和公園以前，閨秀不出門，小家女也逛廟會，看祭賽，誰能說「有傷風化」情事比高門大族為多呢？

總之，社會不改良，「收起來」便無用，以「收起來」為改良社會的手段，是坐了津浦車往奉天。這道理很淺顯：壁雖堅固，也會衝倒的。兵匪的「綁急票」[9]，搶婦女，於風化何如？沒有知道呢，還是知而不能言，不敢言呢？倒是歌功頌德的！

其實，「堅壁清野」雖然是兵家的一法，但這究竟是退守，不是進攻。或者就因為這一點，適與一般人的退嬰主義相稱，於是見得志同道合的罷。但在兵事上，是別有所待的，待援軍的到來，或敵軍的引退；倘單是困守孤城，那結果就只有滅亡，教育上的「堅壁清野」法，所待的是什麼呢？照歷來的女教來推測，所待的只有一件事：死。

天下太平或還能苟安時候，所謂男子者儼然地教貞順，說幽嫻，「內言不出於閫」，「男女授受不親」[10]。好！都聽你，外事就拜託足下罷。但是天下弄得鼎沸，暴力襲來了，足下將何以見教呢？曰：做烈婦呀！

宋以來，對付婦女的方法，只有這一個，直到現在，還是這一個。

如果這女教當真大行，則我們中國歷來多少內亂，多少外患，兵燹頻仍，婦女不是死盡了麼？不，也有倖免的，也有不死的，易代之際，就和男人一同降伏，做奴才。於是生育子孫，祖宗的香火幸而不斷，但到現在還很有帶著奴氣的人物，大概也就是這個流弊罷。「有利必有弊」，是十口相傳，大家都知道的。

但似乎除此之外，儒者，名臣，富翁，武人，闊人以至小百姓，都想不出什麼善法來，因此還只得奉這為至寶。更昏庸的，便以為只要意見和這些歧異者，就是土匪了。和官相反的是匪，也正是當然的事。但最近，孫美瑤據守抱犢崮，其實倒是「堅壁」，至於「清野」的通品，則我要推舉張獻忠。

張獻忠在明末的屠戮百姓，是誰也知道道，誰也覺得可駭的，譬如他使ABC三支兵殺完百姓之後，便令AB殺C，又令A殺B，又令A自相殺。為什麼呢？是李自成[11]已經入北京，做皇帝了。做皇帝是要百姓的，他就要殺完他的百姓，使他無皇帝可做。正如傷風化是要女生的，現在關起一切女生，也就無風化可傷一般。

連土匪也有堅壁清野主義，中國的婦女實在已沒有解放的路；聽說現在的鄉民，於兵匪也已經辨別不清了。

一九二五年十一月二十二日。

## 注釋

1 本篇最初發表於一九二六年一月上海《新女性》月刊創刊號。

2 「堅壁清野」語見《三國志·魏書·荀彧傳》。

3 「俎豆之事」等語，見《論語·衛靈公》（原文無「丘」字）。是孔丘回答衛靈公的話。俎、豆，古代禮器。

4 關於禁止女生往娛樂場的新聞，見一九二五年十一月十四日北京《京報》：「教部昨飭京師學務局，謂據各處報告，正陽門外香廠路城南遊藝園，及城內東安市場中央公園北海公園等處，迭次發生有傷風化情事。各女學校學生遊逛，亟應取締。特由該局通知各級女學校，禁止遊行各娛樂場，並由校通知各女生家長知照云。」

5 語見《周易·繫辭上》。意思是財物收藏得不嚴實，容易誘發人的盜心；容貌打扮得妖艷，容易誘發人的淫心。

6 霍渭厓（一四八七—一五四〇），名韜，廣東南海人，明代道學家。嘉靖時官禮部尚書。他著的《家訓》中有《合爨男女異路圖說》，圖中以朱墨兩色標明分隔男女進出所走的路。

7 指章士釗。「少負不羈之名，長習自由之說」，是他在《停辦北京女子師範大學呈文》中的自述。該文曾載於《甲寅》周刊第一卷第四號（一九二五年八月八日）。

8 魏忠賢（一五六八—一六二七），河間肅寧（今河北肅寧）人，明代天啟年間最跋扈的太監，曾利用特務機關東廠大殺較為正直有氣節的人。當時趨炎附勢的無恥之徒對他競相諂媚，醜態百出。據《明史·魏忠賢傳》載：「群小益求媚」，「相率歸忠賢稱義兒」，「監生陸萬齡至請以忠賢配孔子」。

9 舊時盜匪把人劫走，強迫被劫者的家屬在一定限期內用錢贖回，稱為「綁票」。限期很短的稱為「綁急票」。

10「內言不出於閫」語見《禮記・曲禮》：「外言不入於閫，內言不出於閫。」閫，即婦女所居內室的門限。「男女授受不親」，語見《孟子・離婁》。

11 李自成（一六〇六—一六四五），陝西米脂人，明末農民起義領袖。他於崇禎二年（一六二九）起義，後被推為闖王。

# 寡婦主義[1]

范源廉[2]先生是現在許多青年所欽仰的；各人有各人的意思，我當然無從推度那些緣由。但我個人所嘆服的，是在他當前清光緒末年，首先發明了「速成師範」。一門學術而可以速成，迂執的先生們也許要覺得離奇罷；殊不知那時中國正鬧著「教育荒」，所以這正是一宗急賑的款子。半年以後，從日本留學回來的師資就不在少數了，還帶著教育上的各種主義，如軍國民主義，尊王攘夷主義[3]之類。在女子教育，則那時候最時行，常常聽到嚷著的，是賢母良妻主義。

我倒並不一定以為這主義錯，愚母惡妻是誰也不希望的。然而現在有幾個急進的人們，卻以為女子也不專是家庭中物，因而很攻擊中國至今還鈔了日本舊刊文來教育自己的女子的謬誤。人們真容易被聽慣的訛傳所迷，例如近來有人說：誰是賣國的，誰是只為子孫計的。於是許多人也都這樣說。其實如果真能賣國，還該得點更大的利，如果真為子孫計，也還算較有良心；現在的所謂誰者，大抵不過是送國，也何嘗想到子孫。這賢母良妻主義也不在例外，急進者雖然引以為病，而事實上又何嘗有這麼一回事；所有的，不過是「寡婦主義」罷了。

這「寡婦」二字，應該用純粹的中國思想來解釋，不能比附歐，美，印度或亞剌伯的；倘要翻成洋文，也決不宜意譯或神譯，只能譯音：Kuofuism。

我生以前不知道怎樣，我生以後，儒教卻已經頗「雜」了：「奉母命權作道場」[4]者有之，「神道設教」[5]者有之，佩服《文昌帝君功過格》[6]者又有之，我還記得那《功過格》，是給「談人閨閫」者以很大的罰。我未出戶庭，中國也未有女學校以前不知道怎樣，自從我涉足社會，中國也有了女校，卻常聽到讀書人談論女學生的事，並且照例是壞事。有時實在太謬妄了，但倘若指出它的矛盾，則說的聽的都大不悅，仇恨簡直是「若殺其父兄」[7]。這種言動，自然也許是合於「儒行」[8]的罷，因為聖道廣博，無所不包；或者不過是小節，不要緊的。

我曾經也略略猜想過這些謠諑的由來：反改革的老先生，色情狂氣味的幻想家，製造流言的名人，連常識也沒有或別有作用的新聞訪事和記者，被學生趕走的校長高教員，謀做校長的教育家，跟著一犬而群吠的邑犬[9]……。但近來卻又發現了一種另外的，是：「寡婦」或「擬寡婦」的校長及舍監[10]。這裡所謂「寡婦」，是指和丈夫死別的；所謂「擬寡婦」，是指和丈夫生離以及不得已而抱獨身主義的。

中國的女性出而在社會上服務，是最近才有的，但家族制度未曾改革，家務依然紛繁，一經結婚，即難於兼做別的事。於是社會上的事業，在中國，則大抵還只有教育，尤其是女子教育，便多半落在上文所說似的獨身者的掌中。這在先前，是道學先生所佔據的，繼而以頑固無識等惡名失敗，她們即以曾受新教育，曾往國外留學，同是女性等好招牌，起而代之。社會上也因為她們並不與任何男性相關，又無兒女繫累，可以專心於神聖的事業，便漫然加以信託。但從此而青年女子之遭災，就遠在於往日在道學先生治下之上了。

即使是賢母良妻，即使是東方式，對於夫和子女，也不能說可以沒有愛情。愛情雖說是天賦的東西，但倘沒有相當的刺戟和運用，就不發達。譬如同是手腳，坐著不動的人將自己的和鐵匠挑夫的一比較，就非常明白。在女子，是從有了丈夫，有了情人，有了兒女，而後真的愛情才覺醒的；否則，便潛藏著，或者竟會萎落，甚且至於變態。

所以托獨身者來造賢母良妻，簡直是請盲人騎瞎馬上道，更何論於能否適合現代的新潮流。自然，特殊的獨身的女性，世上也並非沒有，如那過去的有名的數學家Sophie Kowalewsky[11]，現在的思想家Ellen Key[12]等；但那是一則欲望轉了向，一則思想已經透澈的。然而當學士會院以獎金表彰Kowalewsky的學術上的名譽時，她給朋友的信裡卻有這樣的話：「我收到各方面的賀信。運命的奇異的譏刺呀，我從來沒有感到過這樣的不幸。」

至於因為不得已而過著獨身生活者，則無論男女，精神上常不免發生變化，有著執拗猜疑陰險的性質者居多。歐洲中世的教士，日本維新前的御殿女中（女內侍），中國歷代的宦官，那冷酷險狠，都超出常人許多倍。別的獨身者也一樣，生活既不合自然，心狀也就大變，覺得世事都無味，人物都可憎，看見有些天真歡樂的人便生恨惡。尤其是因為壓抑性欲之故，所以於別人的性底事件就敏感，多疑；欣羨，因而妒嫉。其實這也是勢所必至的事：為社會所逼迫，表面上固不能不裝作純潔，但內心卻終於逃不掉本能之力的牽掣，不自主地蠢動著缺憾之感的。

然而學生是青年，只要不是童養媳或繼母治下出身，大抵涉世不深，覺得萬事都有光明，思想言行，即與此輩正相反。此輩倘能回憶自己的青年時代，本來就可以瞭解的。然而天下所多的是愚婦人，那裡能想到這些事；始終用了她多年練就的眼光觀察一切：見一封信，疑心是情書了；聞一聲笑，以為是懷春了；只要男人來訪，就是情夫；為什麼上公園呢，總該是赴密約。被學生反對，專一運用這種策略的時候不待言，雖在平時，也不免如此。加以中國本是流言的出產地方，「正人君子」一也常以這些流言作談資，擴勢力，自造的流言尚且奉為至寶，何況是真出於學校當局者之口的呢，自然就更有價值地傳布起來了。

我以為在古老的國度裡，老於世故者和許多青年，在思想言行上，似乎有很遠的距離，倘觀以一律的眼光，結果即往往謬誤。譬如中國有許多壞事，各有專名，在書籍上又偏多關於它的別名和隱語。當我編輯周刊時，所收的文稿中每有直犯這些別名和隱語的；在我，是向來避而不用。但細一查考，作者實茫無所知，因此也坦然寫出；其咎卻在中國的壞事的別名隱語太多，而我亦太有所知道，疑慮及避忌。

看這些青年，彷彿中國的將來還有光明；但再看所謂學士大夫，卻又不免令人氣塞。他們的文章或者古雅，但內心真是乾淨者有多少。即以今年的士大夫的文言而論，章士釗呈文[13]中的「荒學逾閑恣為無忌」，「兩性銜接之機緘締構」，「不受檢制竟體忘形」，「謹願者盡喪所守」等……可謂臻褻黷之極致了。但其實，被侮辱的青年學生們是不懂的；即使彷彿懂得，也大概不及我讀過一些古文者的深切地看透作者的居心。

言歸正傳罷。因為人們因境遇而思想性格能有這樣不同，所以在寡婦或擬寡婦所辦的學校裡，正當的青年是不能生活的。青年應當天真爛漫，非如她們的陰沉，她們卻以為中邪了；青年應當有朝氣，敢作為，非如她們的萎縮，她們卻以為不安本分了：都有罪。只有極和她們相宜，——說得冠冕一點罷，就是極其「婉順」的，以她們為師法，使眼光呆滯，面肌固定，在學校所化成的陰森的家庭裡屏息而行，這才能敷衍到畢業；拜領一張紙，以證明自己在這裡被多年陶冶之餘，已經失了青春的本來面目，成為精神上的「未字先寡」[14]的人物，自此又要到社會上傳布此道去了。

雖然是中國，自然也有一些解放之機，雖然是中國婦女，自然也有一些自立的傾向；所可怕的是幸而自立之後，又轉而凌虐還未自立的人，正如童養媳一做婆婆，也就像她的惡姑一樣毒辣。我並非說凡在教育界的獨身女子，一定都得去配一個男人，無非願意她們能放開思路，再去較為遠大地加以思索；一面，則希望留心教育者，想到這事乃是一個女子教育上的大問題，而有所挽救，因為我知道凡有教育學家，是決不肯說教育是沒有效驗的。

大約中國此後這種獨身者還要逐漸增加，倘使沒有善法補救，則寡婦主義教育的聲勢，也就要逐漸浩大，許多女子，都要在那冷酷險狠的陶冶之下，失其活潑的青春，無法復活了。全國受過教育的女子，無論已嫁未嫁，有夫無夫，個個心如古井，臉若嚴霜，自然倒也怪好看的罷，但究竟也太不像真要人模樣地生活下去了；為他貼身的使女，親生的女兒著想，倒是還在其次的事。

我是不研究教育的，但這種危害，今年卻因為或一機會，深切地感到了，所以就趁《婦女周刊》[15]徵文的機會，將我的所感說出。

一九二五年十一月二十三日。

## 注釋

1 本篇最初發表於一九二五年十二月二十日《京報》附刊《婦女周刊》周年紀念特號。

2 范源廉（一八七四—一九三四），字靜生，湖南湘陰人。清末曾在日本創設速成法政、師範諸科，民國以後曾任北洋政府內務總長、教育總長、北京師範大學校長等職。一九二五年春，因師大經費不足辭校長職，該校學生會曾發動挽留運動。作者這裡說他為「現在許多青年所欽仰」，大概即指此事。

3 也叫軍國主義。它主張擴充軍備，使國內的政治、經濟和文化教育都為對外擴張的軍事目的服務；從「明治維新」時開始，日本的資產階級和封建勢力便合力推行軍國主義的教育。尊王攘夷主義，在我國春秋時代稱擁護周王室、排斥異族為尊王攘夷。傳入日本後，成為一種封建性的改良主義思想：尊王，即擁護以天皇為首的中央集權政府而削弱幕府權力；攘夷，即抵抗外來侵略。但其後即轉化為對內專制，對外侵略，成為日本帝國主義的特點之一。下文的賢母良妻主義，是當時在日本和別的國家流行的一種資產階級女子教育思想。

4 清代梁章鉅《楹聯叢話》卷一：「陸稼書先生從祀文廟，初議時，或以先生家中曾延僧諷誦為疑。其後人出先生手書廳事一聯云：『讀儒書不奉佛教，遵母命權作道場』。議乃定。」作者引用這句話是指當時一般兼信佛教的道學家。

5 封建統治階級利用迷信以欺騙人民的一種方法。見《周易・觀卦》：「聖人以神道設教，而天下服矣。」章士釗在任段祺瑞執政府教育總長時，曾認為這種做法也有理由，他在《甲寅》周刊第一卷第十七號（一九二五年十一月七日）《再疏解車軍義》一文中說：「故神道設教，聖人不得已而為之。」

6 據迷信傳說，晉時四川梓潼人張亞死後成神，掌管人間功名祿籍，稱為「文昌帝君」。《功過格》是一種宣傳封建道德、帶有濃厚迷信性質的所謂勸善書。它將人們的言行列為十類，分別善惡，各定若干功過，要人們逐日根據自己的言行記錄功過，用這種方法勸人為善以積所謂「陰德」。《功過格》的「敬慎」類「言語過格」中有這樣一條：「談人閨閫五十過。」

7 語見《孟子・梁惠王》。

8 儒家理想中的道德行為。《禮記》有《儒行》篇，詳細記載孔丘回答魯哀公所問關於儒者道德行為的言論。

9 即鄉里中的狗。《楚辭・九章・抽思》：「邑犬之群吠兮，吠所怪也。」這裡說的「跟著一大而群吠的邑犬」，指不辨是非的盲從的人們。

10 這裡的「寡婦」或「擬寡婦」的校長及舍監，是指當時北京女子師範大學校長楊蔭榆和舍監秦竹平一類人。舍監，學校裡管理寄宿學生生活的職員。

11 Sophie Kowalewsky，索菲婭・科瓦列夫斯卡雅（一八五〇－一八九一），俄國數學家、作家，以研究微積分方程式著名，一八八八年獲得巴黎科學院的保爾丹獎金。她還寫有劇本《為幸福而鬥爭》、小說《女虛無主義者》等。

12 Ellen Key，愛倫・凱（一八四九－一九二六），瑞典思想家、女權運動者。著有《兒童之世紀》、《愛情與倫理》等。

13 指章士釗的《停辦北京女子師範大學呈文》。作者所引的文句，都是呈文中污辱女學生的詞語。褻黷，即輕薄玩弄的意思。見《漢書・枚乘傳》：「褻黷貴幸。」

14 即在未許婚時，心情就已同寡婦一樣。舊時女子許婚叫「字」。

15 當時北京《京報》的附刊之一。北京女子師範大學薔薇社編輯。一九二四年十二月十日創刊，至一九二五年十一月二十五日共出五十期，同年十二月二十日周年紀念特號發行後停刊。

# 論「費厄潑賴」應該緩行[1]

## 一 解題

《語絲》五七期上語堂[2]先生曾經講起「費厄潑賴」（fair play）[3]，以為此種精神在中國最不易得，我們只好努力鼓勵；又謂不「打落水狗」，即足以補充「費厄潑賴」的意義。我不懂英文，因此也不明這字的涵義究竟怎樣，如果不「打落水狗」也即這種精神之一體，則我卻很想有所議論。但題目上不直書「打落水狗」者，乃為回避觸目起見，即並不一定要在頭上強裝「義角」[4]之意。總而言之，不過說是「落水狗」未始不可打，或者簡直應該打而已。

## 二 論「落水狗」有三種，大都在可打之列

今之論者，常將「打死老虎」與「打落水狗」相提並論，以為都近於卑怯[5]。我以為「打死老虎」者，裝怯作勇，頗含滑稽，雖然不免有卑怯之嫌，卻怯得令人可愛。至於「打落水狗」，則並不如此簡單，當看狗之怎樣，以及如何落水而定。考落水原因，大概可有三種：（1）狗自己失足落水者，（2）別人打落者，（3）親自打落者。倘遇前二種，便即附和去打，自然過於無聊，或者竟近於卑怯；但若與狗奮戰，親手打其落水，則雖用竹竿又在水中從而痛打之，似乎也非已甚，不得與前二者同論。

聽說剛勇的拳師，決不再打那已經倒地的敵手，這實足使我們奉為楷模。但我以為尚須附加一事，即敵手也須是剛勇的鬥士，一敗之後，或自愧自悔而不再來，或尚須堂皇地來相報復，那當然都無不可。而於狗，卻不能引此為例，與對等的敵手齊觀，因為無論牠怎樣狂嗥，其實並不解什麼「道義」；況且狗是能浮水的，一定仍要爬到岸上，倘不注意，牠先就聳身一搖，將水點灑得人們一身一臉，於是夾著尾巴逃

走了。但後來性情還是如此。老實人將牠的落水認作受洗，以為必已懺悔，不再出而咬人，實在是大錯而特錯的事。

總之，倘是咬人之狗，我覺得都在可打之列，無論牠在岸上或在水中。

## 三　論叭兒狗尤非打落水裡，又從而打之不可

叭兒狗一名哈吧狗，南方卻稱為西洋狗了，但是，聽說倒是中國的特產，在萬國賽狗會裡常常得到金獎牌，《大不列顛百科全書》的狗照相上，就很有幾匹是咱們中國的叭兒狗。這也是一種國光。但是，狗和貓不是仇敵麼？牠卻雖然是狗，又很像貓，折中，公允，調和，平正之狀可掬，悠悠然擺出別個無不偏激，惟獨自己得了「中庸之道」[6]似的臉來。因此也就為闊人、太監、太太、小姐們所鍾愛，種子綿綿不絕。牠的事業，只是以伶俐的皮毛獲得貴人豢養，或者中外的娘兒們上街的時候，脖子上拴了細鏈子跟在腳後跟。

這些就應該先行打牠落水，又從而打之；如果牠自墜入水，其實也不妨又從而打之，但若是自己過於要好，自然不打亦可，然而也不必為之嘆息。叭兒狗如可寬

容，別的狗也大可不必打了，因為牠們雖然非常勢利，但究竟還有些像狼，帶著野性，不至於如此騎牆。

以上是順便說及的話，似乎和本題沒有大關係。

## 四　論不「打落水狗」是誤人子弟的

總之，落水狗的是否該打，第一是在看牠爬上岸了之後的態度。

狗性總不大會改變的，假使一萬年之後，或者也許要和現在不同，但我現在要說的是現在。如果以為落水之後十分可憐，則害人的動物，可憐者正多，便是霍亂病菌，雖然生殖得快，那性格卻何等地老實。然而醫生是決不肯放過牠的。

現在的官僚和土紳士或洋紳士，只要不合自意的，便說是赤化，是共產；民國元年以前稍不同，先是說康黨，後是說革黨[7]，甚至於到官裡去告密，一面固然在保全自己的尊榮，但也未始沒有那時所謂「以人血染紅頂子」[8]之意。

可是革命終於起來了，一群臭架子的紳士們，便立刻皇皇然若喪家之狗，將小辮子盤在頭頂上。革命黨也一派新氣，——紳士們先前所深惡痛絕的新氣，「文明」

得可以；說是「咸與維新」[9]了，我們是不打落水狗的，聽憑牠們爬上來罷。

於是牠們爬上來了，伏到民國二年下半年，二次革命[10]的時候，就突出來幫著袁世凱咬死了許多革命人，中國又一天一天沉入黑暗裡，一直到現在，遺老不必說，連遺少也還是那麼多。這就因為先烈的好心，對於鬼蜮的慈悲，使牠們繁殖起來，而此後的明白青年，為反抗黑暗計，也就要花費更多更多的氣力和生命。

秋瑾[11]女士就是死於告密的，革命後暫時稱為「女俠」，現在是不大聽見有人提起了。革命一起，她的故鄉就到了一個都督，——等於現在之所謂督軍，——也是她的同志：王金發[12]，他捉住了殺害她的謀主[13]，調集了告密的案卷，要為她報仇。然而終於將那謀主釋放了，據說是因為已經成了民國，大家不應該再修舊怨罷。但等到二次革命失敗後，王金發卻被袁世凱的走狗槍決了，與有力的是他所釋放的殺過秋瑾的謀主。

這人現在也已「壽終正寢」了，但在那裡繼續跋扈出沒著的也還是這一流人，所以秋瑾的故鄉也還是那樣的故鄉，年復一年，絲毫沒有長進。從這一點看起來，生長在可為中國模範的名城[14]裡的楊蔭榆[15]女士和陳西瀅先生，真是洪福齊天。

## 五　論塌台人物不當與「落水狗」相提並論

「犯而不校」[16]是恕道，「以眼還眼以牙還牙」[17]是直道。中國最多的卻是枉道：不打落水狗，反被狗咬了。但是，這其實是老實人自己討苦吃。

俗語說：「忠厚是無用的別名」，也許太刻薄一點罷，但仔細想來，卻也覺得並非唆人作惡之談，乃是歸納了許多苦楚的經歷之後的警句。譬如不打落水狗說，其成因大概有二：一是無力打；二是比例錯。前者且勿論；後者的大錯就又有二：一是誤將塌台人物和落水狗齊觀，二是不辨塌台人物又有好有壞，於是視同一律，結果反成為縱惡。即以現在而論，因為政局的不安定，真是此起彼伏如轉輪，壞人靠著冰山，恣行無忌，一旦失足，忽而乞憐，而曾經親見，或親受其噬嚙的老實人，乃忽以「落水狗」視之，不但不打，甚至於還有哀矜之意，自以為公理已伸，俠義這時正在我這裡。

殊不知牠何嘗真是落水，巢窟是早已造好的了，食料是早經儲足的了，並且都在租界裡。雖然有時似乎受傷，其實並不，至多不過是假裝跛腳，聊以引起人們的惻隱之心，可以從容避匿罷了。他日復來，仍舊先咬老實人開手，「投石下井」[18]，無所不為，尋起原因來，一部分就正因為老實人不「打落水狗」之故。所以，要是說得苛刻一點，也就是自家掘坑自家埋，怨天尤人，全是錯誤的。

## 六　論現在還不能一味「費厄」

仁人們或者要問：那麼，我們竟不要「費厄潑賴」麼？我可以立刻回答：當然是要的，然而尚早。這就是「請君入甕」[19]法。雖然仁人們未必肯用，但我還可以言之成理。土紳士或洋紳士們不是常常說，中國自有特別國情，外國的平等自由等等，不能適用麼？我以為這「費厄潑賴」也是其一。否則，他對你不「費厄」，你卻對他去「費厄」，結果總是自己吃虧，不但要「費厄」而不可得，並且連要不「費厄」而亦不可得。所以要「費厄」，最好是首先看清對手，倘是些不配承受「費厄」的，大可以老實不客氣；待到它也「費厄」了，然後再與它講「費厄」不遲。

這似乎很有主張二重道德之嫌，但是也出於不得已，因為倘不如此，中國將不能有較好的路。中國現在有許多二重道德，主與奴，男與女，都有不同的道德，還沒有劃一。要是對「落水狗」和「落水人」獨獨一視同仁，實在未免太偏，太早，正如紳士們之所謂自由平等並非不好，在中國卻微嫌太早一樣。所以倘有人要普遍施行「費厄潑賴」精神，我以為至少須俟所謂「落水狗」者帶有人氣之後。但現在自然也非絕不可行，就是，有如上文所說：要看清對手。而且還要有等差，即「費厄」必視對手之如何而施，無論其怎樣落水，為人也則幫之，為狗也則不管之，為壞狗也則打之。一言以蔽之：「黨同伐異」[20]而已矣。

滿心「婆理」而滿口「公理」[21]的紳士們的名言暫且置之不論不議之列，即使真心人所大叫的公理，在現今的中國，也還不能救助好人，甚至於反而保護壞人。因為當壞人得志，虐待好人的時候，即使有人大叫公理，他決不聽從，叫喊僅止於叫喊，好人仍然受苦。然而偶有一時，好人或稍稍蹶起，則壞人本該落水了，可是，真心的公理論者又「勿報復」呀，「仁恕」呀，「勿以惡抗惡」呀……的大嚷起來。

這一次卻發生實效，並非空嚷了：好人正以為然，而壞人於是得救。但他得救之後，無非以為占了便宜，何嘗改悔；並且因為是早已營就三窟，又善於鑽謀的，所以不多時，也就依然聲勢赫奕，作惡又如先前一樣。這時候，公理論者自然又要大叫，但這回他卻不聽你了。

但是，「嫉惡太嚴」，「操之過急」，漢的清流和明的東林[22]，卻正以這一點傾敗，論者也常常這樣責備他們。殊不知那一面，何嘗不「嫉善如仇」呢？人們卻不說一句話。假使此後光明和黑暗還不能作徹底的戰鬥，老實人誤將縱惡當作寬容，一味姑息下去，則現在似的混沌狀態，是可以無窮無盡的。

## 七　論「即以其人之道還治其人之身」[23]

中國人或信中醫或信西醫，現在較大的城市中往往並有兩種醫，使他們各得其所。我以為這確是極好的事。倘能推而廣之，怨聲一定還要少得多，或者天下竟可以臻於郅治。例如民國的通禮是鞠躬，但若有人以為不對的，就獨使他磕頭。民國的法律是沒有笞刑的，倘有人以為肉刑好，則這人犯罪時就特別打屁股。碗筷飯菜，是為今人而設的，有願為燧人氏以前之民者，就請他吃生肉；再造幾千間茅屋，將在大宅子裡仰慕堯舜的高士都拉出來，給住在那裡面；反對物質文明的，自然更應該不使他銜冤坐汽車。這樣一辦，真所謂「求仁得仁又何怨」[24]，我們的耳根也就可以清淨許多罷。

但可惜大家總不肯這樣辦，偏要以己律人，所以天下就多事。「費厄潑賴」尤其有流弊，甚至於可以變成弱點，反給惡勢力佔便宜。例如劉百昭毆拽女師大學生[25]，《現代評論》上連屁也不放，一到女師大恢復，陳西瀅鼓動女大學生佔據校舍時，卻道「要是她們不肯走便怎樣呢？你們總不好意思用強力把她們的東西搬走了罷？」[26]毆而且拉，而且搬，是有劉百昭的先例的，何以這一回獨獨「不好意思」？這就因為給他嗅到了女師大這一面有些「費厄」氣味之故。但這「費厄」卻又變成弱點，反而給人利用了來替章士釗的「遺澤」保鑣。

## 八　結末

或者要疑我上文所言，會激起新舊，或什麼兩派之爭，使惡感更深，或相持更烈罷。但我敢斷言，反改革者對於改革者的毒害，向來就並未放鬆過，手段的厲害也已經無以複加了。只有改革者卻還在睡夢裡，總是吃虧，因而中國也總是沒有改革，自此以後，是應該改換些態度和方法的。

一九二五年十二月二十九日。

## 注釋

1 本篇最初發表於一九二六年一月十日《莽原》半月刊第一期。

2 林語堂（一八九五—一九七六），福建龍溪人，作家。早年留學美國、德國，曾任北京大學、北京女子師範大學教授，廈門大學文科主任，《語絲》撰稿人之一。當時與魯迅有交往，後因立場志趣日益歧異而斷交。三十年代，他在上海主編《論語》、《人間世》、《宇宙風》等雜誌，以自由主義者的姿態，提倡「性靈」、「幽默」。他在一九二五年十二月十四日《語絲》第五十七期發表《插論語絲的文體——穩健、罵人、及費厄潑賴》一文，其中說「『費厄潑賴』精神在中國最不易得，我們也只好努力鼓勵，中國『潑賴』的精神就很少，更談不到『費厄』，惟有時所謂不肯『下井投石』即帶有此義。罵人的人卻不可沒有這一樣條件，能駡人，也須能挨罵。且對於失敗者不應再施攻擊，因為我們所攻擊的在於思想非在人，以今日之段祺瑞、章士釗為例，我們便不應再攻擊其個人。」

3 「費厄潑賴」為Fair play的音譯，原為體育比賽和其他競技所用的術語，意思是光明正大的比賽，不用不正當的手段。英國資產階級曾有人提倡將這種精神用於社會生活和黨派鬥爭中，認為這是每一個資產階級紳士應有的涵養和品德，並自稱英國是一個費厄潑賴的國度。

4 即假角。陳西瀅在《現代評論》第三卷五十三期（一九二五年十二月十二日）《閒話》中「攻擊魯迅說：「花是人人愛好的，魔鬼是人人厭惡的。然而因為要取好於眾人，不惜在花瓣上加上顏色，在鬼頭上裝上義角，我們非但覺得無聊，還有些嫌它肉麻。」意思是說：魯迅的文章為讀者所歡迎，是因為魯迅為了討好讀者而假裝成一個戰鬥者。

5 指吳稚暉、周作人、林語堂等人。吳稚暉在一九二五年十二月一日《京報副刊》發表的《官歟——共產黨歟——吳稚暉歟》一文中說：現在批評章士釗，「似乎是打死老虎」。周作人在同月七日《語絲》五十六期的《失題》中則說：「打『落水狗』（吾鄉方言，即『打死老虎』之意）也是不大好的事。……一旦樹倒猢猻散，更從哪裡去找這班散了的，況且在平地上追趕猢猻，也有點無聊卑劣。」林語堂在《插論語絲的文體——穩健、罵人、及費厄潑賴》一文中贊同周作人的意見，認為這正足以補充「『費厄潑賴』的意義」。

6 儒家學說。《論語．雍也》：「中庸之為德也，其至矣乎！」宋代朱熹注：「中者，無過無不及之名；庸，平常也。……程子曰：『不偏之謂中，不易之謂庸。中者，天下之正道，庸者，天下之定理。』」

7 康黨，指曾經參加和贊成康有為等發動變法維新的人。革黨，即革命黨，指參加和贊成反清革命的人。

8 清朝官服用不同質料和顏色的帽頂子來區分官階的高低，最高的一品官是用紅寶石或紅珊瑚珠作帽頂子。清末的官僚和紳士常用告密和捕殺革命黨人作為升官的手段，所以當時有「以人血染紅頂子」的說法。

9 語見《尚書．胤征》：「舊染汙俗，咸與維新。」原意是對一切受惡習影響的人都給以棄舊從新的機會。這裡指辛亥革命時革命派與反動勢力妥協，地主官僚等乘此投機的現象。

10 指一九一三年七月孫中山發動的討伐袁世凱的戰爭。與辛亥革命相對而言，故稱「二次革命」。在討袁軍發動之前和失敗之後，袁世凱曾指使他的走狗殺害了不少革命者。

11 秋瑾（一八七五—一九○七），字璿卿，號競雄，別號鑑湖女俠，浙江紹興人。一九○四年留學日本，積極參加留日學生的革命活動，先後加入光復會、同盟會。一九○六年春回國，一九○七年在紹興主持大通師範學堂，組織光復軍，和徐錫麟準備在浙、皖兩省同時起義。徐錫麟起事失敗後，她於同年七月十三日被清政府逮捕，十五日凌晨被殺害於紹興軒亭口。

12 王金發（一八八二—一九一五），浙江嵊縣人，原是浙東洪門會黨平陽黨的首領，後加入光復會。辛亥革命後任紹興軍政分府都督，二次革命後，於一九一五年七月被袁世凱的走狗浙江都督朱瑞殺害於杭州。

13 指當時紹興的大地主章介眉。他在作浙江巡撫增韞的幕僚時，極力慫恿掘毀西湖邊上的秋瑾墓。辛亥革命後，因貪汙納賄、平毀秋墓等罪被王金發逮捕，他用「捐獻」田產等手段獲釋，脫身後，到北京任袁世凱總統府的秘書，一九一三年二次革命失敗後，他「捐獻」的田產即由袁世凱下令發還，不久他又參與朱瑞殺害王金發的謀劃。按秋瑾案的告密者是紹興劣紳胡道南，他在一九〇八年被革命黨人處死。

14 指無錫。陳西瀅在《現代評論》第二卷第三十七期（一九二五年八月二十二日）發表的《閒話》中說：「無錫是中國的模範縣」。

15 楊蔭榆（一八八四－一九三八），江蘇無錫人，曾留學美國，一九二四年任北京女子師範大學校長。她依附北洋軍閥，壓迫學生，是當時推行帝國主義和封建主義的奴化教育的代表人物之一。

16 這是孔丘弟子曾參的話，見《論語・泰伯》。

17 摩西的話，見《舊約・申命記》：「以眼還眼，以牙還牙，以手還手，以腳還腳。」

18 俗作「落井下石」，語出唐代韓愈的《柳子厚墓誌銘》：「一旦臨小利害，僅如毛髮，比反眼若不相識，落陷阱不一引手救，反擠之又下石焉者，皆是也。」林語堂在《插論語絲的文體——穩健、罵人、及費厄潑賴》一文中說：「不肯下井投石即帶有費厄潑賴之意」。

19 唐朝酷吏周興的故事，見《資治通鑑》卷二〇四則天后天授二年：「或告文昌右丞周興與丘神勣通謀，太后命來俊臣鞫之，俊臣與興方推事對食，謂興曰：『囚多不承，當為何法？』興曰：『此甚易耳！取大甕，以炭四周炙之，令囚入中，何事不承！』俊臣乃索大甕，火圍如興法，因起謂興曰：『有內狀推兄，請兄入此甕！』興惶恐叩頭服罪。」

20 語見《後漢書・黨錮傳序》。意思是糾合同夥，攻擊異己。陳西瀅曾在《現代評論》第三卷第五十三期（一九二五年十二月十二日）的《閒話》中用此語影射攻擊魯迅：「中國人是沒有是非的。……凡是同黨，什麼都是好的，凡是異黨，什麼都是壞的。」同時又標榜他們自己：「在『黨同伐異』的社會裡，有人非但攻擊公認的仇敵，還要大膽的批評自己的朋友。」

21 對「公理」而言，陳西瀅等人在女師大風潮中，竭力為楊蔭榆辯護，後又組織「教育界公理維持會」，反對女師大復校。這裡所說的「紳士們」，即指他們。參看《華蓋集・「公理」的把戲》。

22 指東漢末年的太學生郭泰、賈彪和大臣李膺、陳蕃等人。他們聯合起來批評朝政，暴露宦官集團的罪惡，於漢桓帝延熹九年（一六六）為宦官所誣陷，以結黨為亂的罪名遭受捕殺，十餘年間，先後四次被殺戮、充軍和禁錮的達七八百人，史稱「黨錮之禍」。

23 東林，指明末的東林黨。主要人物有顧憲成、高攀龍等，他們聚集在無錫東林書院講學，議論時政，批評人物，對輿論影響很大。在朝的一部分比較正直的官吏，也和他們互通聲色，形成了一個以上層知識分子為主的政治集團。明天啟五年（一六二五）他們為宦官魏忠賢所屠殺，被害者數百人。

24 語見朱熹在《中庸》第十三章的注文。

25 「求仁得仁又何怨」語見《論語·述而》。

26 劉百昭，湖南武岡人，曾任北洋政府教育部專門教育司司長。一九二五年八月，章士釗解散女師大，另立女子大學，派劉百昭前往籌辦，劉於二十二日雇用流氓女丐毆打女師大學生，並將她們強拉出校。

27 一九二五年十一月，女師大學生鬥爭勝利，宣告復校，仍回原址上課。這時，陳西瀅在《現代評論》第三卷第五十四期（一九二五年十二月十九日）發表的《閒話》中，說了這裡所引的話，鼓動女子大學學生佔據校舍，破壞女師大復校。

# 人之歷史[1]

## ——德國黑克爾氏種族發生學之一元研究詮釋

進化之說，黠灼[2]於希臘智者德黎（Thales）[3]，至達爾文（Ch. Darwin）[4]而大定。德之黑克爾（E. Haeckel）[5]者，猶赫胥黎（T. H. Huxley）[6]然，亦近世達爾文說之謳歌者也，顧亦不篤於舊，多所更張，作生物進化系圖，遠追動植之繩跡，明其曼衍之由，間有不足，則補以化石，區分記述，蔚為鴻裁，上自單幺[7]，近迄人類，會成一統，徵信歷然。雖後世學人，或更上徵而無底極，然十九世紀末之言進化者，固已大就於斯人矣。

中國邇日，進化之語，幾成常言，喜新者憑以麗其辭，而篤故者則病儕人類於獼猴，輒沮遏以全力。德哲學家保羅生（Fr. Paulsen）[8]亦曰，讀黑克爾書者多，吾德之羞也。夫德意志為學術淵藪，保羅生亦愛智之士[9]，而猶有斯言，則中國抱殘守闕之輩，耳新聲而疾走，固無足異矣。雖然，人類進化之說，實未嘗瀆靈長[10]也，自卑而高，日進無既，斯益見人類之能，超乎群動，系統何昉，寧足恥乎？黑氏著書至多，輒明斯旨，且立種族發生學（Phylogenie）[11]，使與個體發生學（Ontogenie）[12]並，遠稽人類由來，及其曼衍之跡，群疑冰泮，大閟犁然[13]，為近日生物學之峰極。今乃敷張其義，先述此論造端，止於近世，而以黑氏所張皇者終。

人類種族發生學者，乃言人類發生及其系統之學，職所治理，在動物種族，何所由昉，事始近四十年來，生物學分支之最新者也。蓋古之哲士宗徒，無不目人為靈長，超邁群生，故縱疑官品[14]起原，亦彷徨於神話之歧途，詮釋率神閟而不可思議。如中國古說，謂盤古闢地，女媧死而遺骸為天地[15]，則上下未形，人類已現，冥昭瞢暗[16]，安所措足乎？屈靈均[17]謂鰲戴山抃，何以安之，衷懷疑而詞見也。

西國創造之譚，摩西[18]最古，其《創世記》開篇，即云帝以七日作天地萬有，摶埴[19]成男，析其肋為女。當十三世紀時，力大偉於歐土，科學隱耀，妄信橫行，羅馬法王[20]又竭全力以塞學者之口，天下為之智昏，黑克爾謚之曰世界史之大欺罔者

（Die grossten Gaukler Weltgeschichte）[21]非虛言也。已而宗教改萌[22]，景教[23]之迷信亦漸破，歌白尼（Copernicus）[24]首出，知地實繞日而運，恆動不居，於此地球中心之説隳，而考核人類之士亦稍稍現，如韋賽黎（A. Vesalius）[25]歐斯泰幾（Eustachi）[26]等，無不以觚驗[27]之術，進智識於光明。至動物系統論，則以林那[28]出而一振。

林那（K. von Linné）者，瑞典耆宿也，病其時諸國之治天物者，率以方言命名，繁雜而不可理，則著《天物系統論》，悉名動植以臘丁，立二名法，與以屬名與種名二。如貓虎獅三物大同，則謂之貓屬（Felis）；而三物又各異，則貓曰 Felis domestica，虎曰 Felis tigris，獅曰 Felis leo。又集與此相似者，謂之貓科；科進為目，為綱，為門，為界。界者，動植之判也。且所著書中，復各各記其特點，使一披而了然。惟天物繁多，不可猝盡，故每見新種，必與新名，於是世之欲以得新種博令譽者，皆相競搜採，所得至多，林那之名大顯，而物種（Arten）者何，與其內容界域之疑問，亦同為學者所注目矣。

雖然，林那於此，固仍襲摩西創造之說也，《創世記》謂今之生物，皆造自世界開闢之初，故《天物系統論》亦云免諾亞時洪水之難[29]，而留遺於今者，是為物種，凡動植種類，絕無增損變化，以殊異於神所手創云。蓋林那僅知現在之生物，而往古無量數年前，嘗有生物棲息地球之上，為今日所無有者，則未之覺，故起原之研究，遂不可幾。

並世博物家，亦篤守舊說，無所發揮，即偶有覺者，謂生物種類，經久久年月間，不無微變，而世人聞之皆峻拒，不能昌也。遞十九世紀初，乃始誠有知生物進化之事實，立理論以詮釋之者，其人曰蘭麻克[30]，而寇偉[31]實先之。

寇偉（G. Cuvier）法國人，勤學博識，於學術有偉績，尤所致力者，為動物比較解剖及化石之研究，著《化石骨骼論》，為今日古生物學所由昉。蓋化石者，太古生物之遺體，留跡石中，歷無數劫以至今，其形了然可識，於以知前世界動植之狀態，於以知古今生物之不同，實造化之歷史，自泐其業於人間者也。揣古希臘哲人，似不無微知此意者，而厥後則牽強附會之說大行，或謂化石之成，不過造化之遊戲，或謂兩間精氣，中人為胎，迷入石中，則為石蛤石螺之屬。逮蘭麻克查貝類之化石，寇偉查魚獸之化石，始知化石誠古生物之留蛻，其物已不存於今，而林那創造以來無增減變遷之說遂失當。

然寇偉為人，固仍襲生物種類永住不變之觀念者也，前說垂破，則別建「變動說」[32]以解之。其言曰，今日生存動物之種屬，皆開闢之時，造自天帝之手者爾。特動植之遭開闢，非止一回，每開闢前，必有大變，水轉成陸，海墳為山，於是舊種死而新種生，故今茲化石，悉由神造，惟造之之時不同，則為狀自異，其間無系屬也。高山之顛，實見魚貝，足為故海之徵，而化石為形，大率撐拒慘苦，人可知其變之劇矣。

自開闢以至今，地球表面之大故，至少亦十五六度，每一變動起，舊種悉亡，爰成化石，留後世也。其說逞臆，無實可徵，而當時力乃至偉，崇信者滿學界，惟聖契黎（E. Geoffroy St. Hilaire）[33]與抗於巴黎學士會院，而寇偉博識，據壘極堅，聖契黎動物進化之說復不具足。於是千八百三十年七月三十日之討論，聖契黎遂敗。寇偉變動之說，盛行於時。

雖然，不變之說，遂不足久饜學者之心也，十八世紀後葉，已多欲以自然釋其疑問，於是有瞿提（W. von Goethe）[34]起，建「形蛻論」。瞿提者，德之大詩人也，又邃於哲理，故其論雖憑理想以立言，不盡根於事實，而識見既博，思力復豐，則犁然知生物有相互之關係，其由來本於一源。千七百九十年，著《植物形態論》，謂諸種植物皆出原型，即其機關，亦悉從原官而出；原官者，葉也。次復比較骨骼，造詣至深，知動物之骨，亦當歸一，即在人類，更無別於他種動物之型，而外狀之異，特緣形變而已。

形變之因，有大力之構成作用二：在內謂之求心力，在外謂之離心力，求心力所以歸同，離心力所以趨異。歸同猶今之遺傳，趨異猶今之適應。蓋瞿提所研究，為從自然哲學深入官品構造及變成之因，雖謂為蘭麻克達爾文之先驅，蔑不可也。所憾者則其進化之觀念，與康德（I. Kant）[35]倭堪（L. Oken）[36]諸哲學家立意略同，不能奮其偉力，以撼種族不變說之基礎耳。有之，自蘭麻克始。

蘭麻克（Jean de Lamarck）者，法之大科學家也，千八百二年所著《生體論》，已言及種族之不恆，與形態之轉變；而精力所注，尤在《動物哲學》一書，中所張皇，先在生物種別，由於人為之立異。其言曰，凡在地球之上，無間有生無生，決無差別，空間凡有，悉歸於一，故支配非官品之原因，亦即支配有官品之原因，而吾黨所執以治非官品者，亦即治有官品之途術。蓋世所謂生，僅力學的現象而已。動植諸物，與人類同，無不能詮解以自然之律；惟種亦然，決非如《聖書》所言，出天帝之創造。

況寇偉之說，謂經十餘回改作者乎？凡此有生，皆自古代聯綿繼續而來，起於無官，結構至簡，繼隨地球之轉變，以漸即於高等，如今日也。至最下等生物，漸趨高等之因，則氏有二律，一曰假有動物，雛而未壯，用一官獨多，則其官必日強，作用亦日盛。至新能力之大小強弱，則視使用之久暫有差。淺譬之，如鍛人之腕，荷夫之脛，初固弗殊於常人，逮就職之日多，則力亦加進，使反是，廢而不用，則官漸小弱，能力亦亡，如盲腸者，鳥以轉化食品，而無用於人，則日萎，耳筋者，獸以動耳者也，至人而失其用，則留微跡而已：是為適應。二曰凡動物一生中，由外緣所得或失之性質，必依生殖作用，而授諸子孫。官之大小強弱亦然，惟在此時，必其父母之性質相等：是為遺傳。

適應之說，迄今日學人猶奉為圭臬，遺傳之說，則論諍方烈，未有折衷，惟其所言，固進化之大法，即謂以機械作用，進動物於高等是已。試翻《動物哲學》一書，殆純以一元論眼光，燭天物之系統，而所憑藉，則進化論也。故進化論之成，自破神造說始。蘭麻克亦如聖契黎然，力駁寇偉，而不為世所知。

蓋當是時，生物學之研究方殷，比較解剖及生理之學亦盛，且細胞說[37]初成，更近於個體發生學者一步，於是萃人心於一隅，遂蔑有致意於物種由來之故者。而一般人士，又篤守舊說，得新見無所動其心，故蘭麻克之論既出，應者寂然，即寇偉之《動物學年報》中，亦不為一記，則說之孤立無和，可以知矣。迨千八百五十八年而達爾文暨華累斯（A. R. Wallace）[38]之「天擇論」現，越一年而達爾文《物種由來》成，舉世震動，蓋生物學界之光明，掃群疑於一說之下者也。

達爾文治生學[39]之術，不同蘭麻克，主用內籀[40]，集知識之大成，年二十二，即乘汽艦壁克耳[41]，環世界一周，歷審生物，因悟物種所由始，漸而搜集事實，融會貫通，立生物進化之大源，且曉形變之因，本於淘汰，而淘汰原理，乃在爭存，建「淘汰論」，亦曰「達爾文說」（Selektionstheorie od. Darwinismus），空前古者也。舉其要旨，首為人擇，設有人立一定之儀的[42]，擇動物之與相近者育之，既得苗裔，則又育其子之近似，歷年既永，宜者遂傳。

古之牧者園丁，已知此術，赫胥黎謂亞美利加有繫[43]羊者，懼羊跳踉，超圈而去，則留短足者而漸汰其他，遞生子孫，亦復如是，久之短足者獨傳，修脛遂絕，此以人力傳宜種者也。然此特人擇動植而已，天然之力，亦擇生物，與人擇動植無大殊，所異者人擇出人意，而天擇則以生物爭存之故，行於不知不覺間耳。

蓋生物增加，皆遵幾何級數，設有動物一偶於此，畢生能產四子，四子又育，當得八孫，五傳六十四，十傳而千二十八[44]，如是遞增，繁殖至迅。然時有強物，滅其軟弱，沮其長成，故強之種日昌，而弱之種日耗；時代既久，宜者遂留，而天擇即行其中，使生物臻於極適。達爾文言此，所徵引信據，蓋至繁博而堅實也。故究進化論歷史，當首德黎，繼乃局脊[45]於神造之論；比至蘭麻克而一進；得達爾文而大成；迨黑克爾出，復總會前此之結果，建官品之種族發生學，於是人類演進之事，昭然無疑影矣。

黑克爾以前，凡云發生，皆指個體，至氏而建此學，使與個體發生學對立，著《生物發生學上之根本律》一卷，言二學有至密之關係，種族進化，亦緣遺傳及適應二律而來，而尤所置重者，為形蛻論。其律曰，凡個體發生，實為種族發生之反覆，特期短而事迅者耳，至所以決定之者，遺傳及適應之生理作用也。

黑氏以此法治個體發生，知禽獸魚蟲，雖繁不可計，而逖推本源，咸歸於一；又以治種族發生，知一切生物實肇自至簡之原官，由進化而繁變，以至於人。蓋人類女性之胚卵，亦與他種脊椎動物之胚卵同為極簡之細胞；男性精絲亦復無異。二性既會，是成根幹細胞[46]，此細胞成，而個人之存在遂始。

若求諸動物界，為阿彌巴[47]屬，構造至簡，僅有自動及求食之力而已，繼乃分裂，依幾何級數成細胞群，如班陀黎那（Pandorina）[48]，作桑葚狀，葚空其中，漸而內陷，是成原腸[49]，今日淡水溝渠中動物希特拉（Hydra）[50]，亦如是也。更進，則由心房生血管四偶，曲向左右，狀如魚鰓，胎兒屆此時，適合動物界之魚類；復次之發達，皆與人類以外之高等動物無微殊，即已有腦髓耳目及足，而以較他種脊椎動物之胎兒仍無辨也。

凡此研究，皆能目擊，日審胚胎之發育而得其變化。惟種族發生學獨不然，所追跡者，事距今數千萬載，其為演進，目不可窺，即直接觀察，亦局於至隘之分域，可據者僅間接推理與批判反省二術，及取諸科學所經驗薈萃之材，較量學究之而已。故黑克爾曰，此其為學，肄治滋難，決非個體發生學所能較也。

往之言此事者，有達爾文《原人論》，赫胥黎《化中人位論》。黑克爾著《人類發生學》，則以古生物學個體發生學及形態學證人類之系統，知動物進化，與人類胎兒之發達同，凡脊椎動物之始為魚類，見地質學上太古代之僦羅紀[51]，繼為疊逢紀之蛙魚，為石墨紀之兩棲，為二疊紀之爬蟲，及中古代之哺乳動物，遞近古代第三紀，乃見半猿，次生真猿，猿有狹鼻族，由其族生犬猿，次生人猿，人猿生猿人，不能言語，降而能語，是謂之人，此皆比較解剖個體發生及脊椎動物所明證者也。

惟個體發達之序亦然，故曰種族發生，為個體發生之反覆。然此僅有脊椎動物而已，若更上溯無脊椎動物而探其統系，為業尤艱巨於前。蓋此種動物，無骨骼之存，故不見於化石[52]，特據生物學原則，知人類所始為原生動物，與胎孕時之根幹細胞相當，下此亦各有相當之動物。於是黑克爾乃追進化之跡而識別之，間有不足，則補以化石與懸擬之生物，而自單幺以至人類之系圖遂成，圖中所載，即自穆那羅（Monera）[53]漸進以至人類之歷史，生物學上所謂種族的發生者是也。

其系圖如別幅。

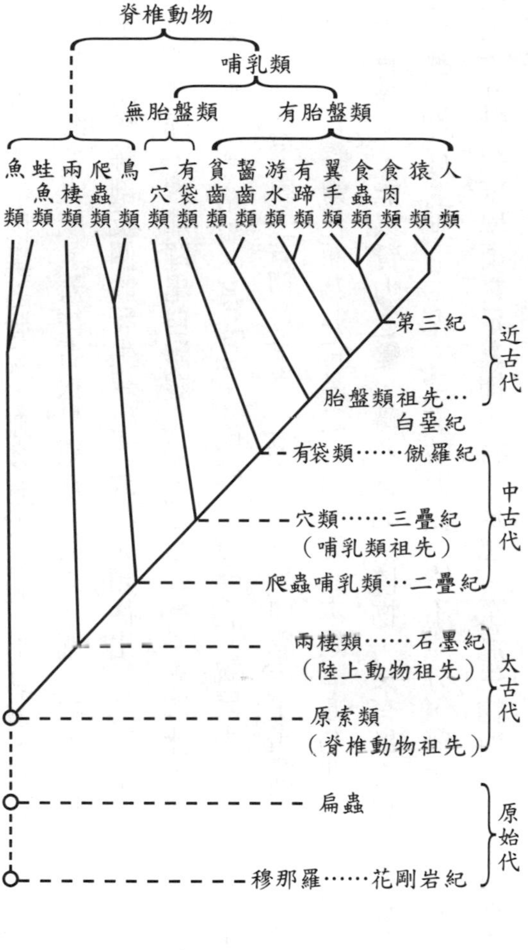

近三十年來，古生物學之發現，亦多有力之證，最著者為爪哇之猿人化石[54]，是石現，而人類系統遂大成。蓋往者狹鼻猿類與人之系屬，缺不可見，逮得化石，徵信彌真，力不遜比較解剖及個體發生學也。故論人類從出，為物至卑，曰原生動物。原生動物出自穆那羅，穆那羅出自潑羅比翁（Probion）；潑羅比翁，原生物也。若更究原生物由來，則以那格黎（Naegeli）[55]氏說為近理，其說曰，有生始於無生，蓋質力不滅律[56]所生之成果爾；若物質全界，無不由因果而成，宇宙間現象亦遵此律，則成於非官品之質，且終轉化而為非官品之官品，究其本始，亦為非官品必矣。

近者法有學人，能以質力之變，轉非官品為植物，又有以毒鴆金屬殺之，易其導電傳熱之性者。故有生無生二界，且日益近接，終不能分，無生物之轉有生，是成不易之真理，十九世紀末學術之足驚怖，有如是也。至無生物所始，則當俟宇宙發生學（Kosmogenie）言之。

一九〇七年作。

## 注釋

1 本篇最初發表於一九〇七年十二月日本東京《河南》月刊第一號，原題《人間之歷史》，署名令飛。

按本篇及《科學史教篇》、《文化偏至論》、《摩羅詩力說》等，都是作者開始文學活動時的作品。其時作者在日本東京。據《吶喊・自序》說，他最初提倡文藝運動，是想運用文藝來改變人們的精神。這些作品就是在當時的革命潮流和作者的愛國主義與民主主義思想的推動之下，為著促進革命的文化啟蒙運動而撰寫的。

本篇以解釋黑克爾的《人類發生學》為主，介紹了達爾文的生物進化學說及其發展的歷史，是中國早期介紹達爾文學說的重要論文之一。《科學史教篇》則論述了西方科學思潮的演變，指出科學的發展和人類生產事業的相互關係，說明了科學在改造自然，推動社會進步和豐富人類生活等方面所起的作用。這兩篇文章，闡明了科學的重要性，對於反對當時的頑固派和一般守舊思想，具有重要的意義。

在《文化偏至論》中，作者尖銳地揭露了清朝統治階級洋務派的反動本質，同時批判了改良主義運動的不徹底，並且認為中國不應該盲目地搬用西方資產階級的文明和制度，這些在當時更有現實的戰鬥意義。在《文化偏至論》裡，作者用肯定的態度評介了一些唯心主義的或個人無政府主義的思想家，其中特別是叔本華、尼采這樣的人。

在《摩羅詩力說》中，作者通過一些富有民主革命思想和愛國主義精神的詩人的介紹，激發人們起來反對封建專制主義的統治以及垂死的封建文化。這是中國真正介紹近代歐洲民主主義文藝思潮，並對中國文學也提出了民主主義的革命要求的第一篇論文。

2 煔爍，這裡是初放光芒的意思。

3 德黎（Thalas，約西元前六二四—約前五四七），通譯泰勒斯，古希臘唯物主義哲學家。他認為萬物（包括生命）都起源於水，水是真正的本體。

4 達爾文（一八〇九—一八八二）英國生物學家，進化論的奠基者。他在科學上的最大貢獻是創立了以自然選擇為基礎的進化論學說，即達爾文主義。馬克思想和恩格斯對他的生物進化理論給以很高的評價，認為它是十九世紀自然科學三大發現（能量守恆和轉換定律、細胞學說以及進化論）之一。主要著作有《物種起源》、《人類起源》（即文中所說的《原人論》）等。

5 黑克爾（Haecker，一八三四—一九一九），通譯海克爾，德國生物學家，達爾文主義的捍衛者和宣傳者。他建立種系發生學，創立生物進化的系譜樹，提出生物發生律，發展了達爾文的進化論。主要著作有《宇宙之謎》、《人類發展史》、《人類種族的起源和系統論》（即文中所說的《人類發生學》）等。

6 赫胥黎（一八二五—一八九五）英國生物學家，達爾文學說的積極支持者和宣傳者。主要著作有《人類在自然界的位置》（即文中所說的《化中人位論》）、《動物分類學導論》、《進化論與倫理學及其他論文》等，最後一書的前兩篇曾由嚴復譯成中文，題名《天演論》。

7 即單細胞微生物。

8 保羅生（一八四六—一九〇八），德國哲學家，客觀唯心主義者。著有《倫理學系統》、《戰鬥的哲學：反對教權主義和自然主義》等。他所說的這段話，見於《戰鬥的哲學》一書第五章第九節：「我讀了這本書（按指黑克爾的《宇宙之謎》）感到極大的羞恥，對我們民族的一般教育和哲學教育的狀況感到羞恥」。

9 愛智之士意即哲學家。

10 靈長指人類。生物進化系統分類，最高的一類為「靈長目」，其中最進化的是人類。

11 種族發生學即種系發生學，是海克爾總結了古生物學、比較解剖學和胚胎學的豐富資料而建立的一門關於生物種系發展史的學科。主要研究細胞發育的歷史，現存生物的構造、型態、生理、分布等情況和古代生物的化石，分析生物界各類種系之間的互相關係及其進化狀態等。

12 個體發生學是研究生物個體的發生，從胚卵逐漸發育以至形成程完全的個體過程的一門學科。

13 即大的秘密，指自然的秘密。犁然，清楚明白的意思。

14 官指器官。嚴復在《天演論・能實》篇按語中說：「晚近生學家，謂有生者如人禽蟲魚草木之屬，為有官之物，是名官品。而金石水土無官，曰非官品。」這裡魯迅沿用了嚴復的用語，「官品」指生物，「非官品」指無生物。

15 盤古，我國古代神話中開天闢地的人。《太平御覽》卷二引三國吳徐整《三五歷記》說：「天地混沌如雞子，盤古生其中萬八千歲。天地開闢，陽清為天，陰濁為地。盤古在其中，一日九變，神於天，聖於地。天日高一丈，地日厚一丈，盤古日長一丈；如此萬八千歲，天數極高，地數極深，盤古極長。」又清代馬驌《繹史》卷一曾引徐整《五運歷年紀》說：「首生盤古，垂死化身，氣成風雲，聲為雷霆；左眼為日，右眼為月；四肢五體為四極五岳，血液為江河，筋脈為地理；肌肉為田土，髮髭為星辰；皮毛為草木，齒骨為金石；精髓為珠玉，汗流為雨澤；身之諸蟲，因風所感，化為黎甿。」南朝梁任昉《述異記》也有類似的記載。按正文中說的女媧似應為盤古。

16 即天地尚未形成。冥昭瞢暗，即晝夜不分，渾渾沌沌的意思。見《楚辭・天問》：「上下未形，何由考之？冥昭瞢暗，誰能極之？」

17 屈原（約西元前三四〇－約前二七八），名平，字原，又字靈均，戰國後期楚國詩人。作品有《離騷》、《九歌》、《九章》、《天問》等。「鼇戴山抃，何以安之」，見《天問》。漢代王逸注引劉向《列仙傳》說：「有巨靈之鼇，背負蓬萊之山而抃，舞戲滄海之中。」抃，鼓掌。

18 摩西（Mosheh），《聖經》故事中，古代猶太人的領袖，猶太教的創始人。《創世記》是《舊約》摩西五書之一，《舊約全書》的第一卷，共五十章，前兩章記上帝創造天地萬物的故事。

19 揉合黏土。

20 即教皇。

21 海克爾在《宇宙之謎》一書中曾說：「羅馬教整個歷史，……只不過是一部由謊言和欺詐無恥編造起來的東西而已，……他們大多數是無恥的巫師和騙子。」

22 即宗教改革，指歐洲十四世紀至十六世紀，基督教內反對羅馬教皇封建統治的資產階級性質的革命運動。其中比較溫和的一派代表市民階級（如德國的路德），激進的一派代表被壓迫的農民和城市貧民

（如德國的閔采爾）。宗教改革對歐洲歷史的發展起了推進作用。

23 基督教的一支，又稱聶斯托利派，唐太宗貞觀九年（六三五）傳入我國，稱為景教。作者在這裡是泛指整個基督教而言。

24 歌白尼（一四七三—一五四三）通譯哥白尼，波蘭天文學家，宇宙太陽中心說的創立人。他推翻了在天文學上統治了一千餘年的地心天動學說，動搖了歐洲中世紀神權論的基礎，不僅是天文學史上一次重大的革命，而且引起了人類宇宙觀的革新。他的《天體運行》一書，是把自然科學從神學的勢力下解放出來的巨著之一。

25 韋賽黎（一五一四—一五六四）通譯維薩里，比利時人體解剖學家。第一個採用屍體解剖的方法講授解剖學，並以自己的實驗研究為根據，寫成了《人體的構造》一書。

26 歐斯泰幾（約一五二〇—一五七四），義大利解剖學家。他發現「歐氏管」和「歐氏瓣膜」。著有《解剖學圖解》等。

27 即解剖。釽，劈的意思。

28 林那（一七〇七—一七七八），通譯林奈，瑞典生物學家，動植物系統分類的創造者。他定出了五個互相依屬的分類的名稱：綱、目、屬、種和變種，奠定了分類學的基礎。主要著作有《自然界系統》（即文中所說的《天物系統論》）等。

29 《舊約全書·創世記》第七章載：上古洪水氾濫，生物盡滅，但諾亞（Noah）得上帝啟示，造方舟避難，此後地球上的生物，包括人類，都是方舟中的生物傳下來的。

30 蘭麻克（一七四四—一八二九），通譯拉馬克，法國生物學家，生物進化論的先驅者。最先提出生物進化的學說（即拉馬克主義）。他在一八〇九年作的《動物學哲學》一書中提出「直接順應說」（即「環境說」），認為生物進化的主要原因，是由於受環境的直接影響，器官用進廢退，而後天獲得的性狀又可以遺傳。它有力地反對了宗教的「神造論」和「物種不變論」，在科學上為達爾文學說的創立準備了條件。主要著作還有《法國植物志》、《對有生命天然物體的觀察》（即文中所說的《生體論》）等。

31 寇偉（一七六九—一八三二）通譯居維葉，法國動物學家，古生物學家。一八一二年作《化石骨骼論》，創立了古生物學。但他是一個加爾文教徒，不相信進化論，確信種的不變性，從不同地層有不同生物的事實，臆造出形而上學的「地球革命說」（即「激辯論」）以符合化石上的事實。恩格斯批判他說：「居維葉關於地球經歷多次革命的理論，在詞句上是革命的，而在實質上是反動的。」（見《自然辯證法》）主要著作有《地球表面的生物進化》、《比較解剖學教程》等。按他的《化石骨骼論》作於拉馬克的《動物學哲學》之後三年，文中說「寇偉實先之」，疑有誤。

32 「變動說」，今稱「激變論」或「災變論」。

33 聖契學（一七七二—一八四四）通譯聖希雷爾，法國動物學家。他認為生物是由以前為數不多的物種經過變化而繁生，變化的原因是由環境的影響。著有《哺乳動物自然史》、《大型獸類分類論》等。一八三〇年，他和居維葉在巴黎法國科學院（即文中所說的「巴黎學士會院」）的辯論，是科學史上有名的事件。

34 翟提（一七四九—一八三二），通譯歌德，德國詩人和學者。他在動植物學、解剖學上都有貢獻，同時是進化論思想的先驅者之一。在這方面的主要著作有《植物形態學》（即文中所說的《植物形態論》）等。

35 康德（一七二四—一八〇四）德國哲學家，唯心主義者。他早期主要研究自然哲學，一七五五年出版《自然通史和天體論》，提出關於太陽系起源的星雲假說，對於進化論思想體系的創立有很大啟發。後期著重於所謂「批判哲學」的研究，企圖調和唯物論與唯心論、科學與宗教的衝突。其重要哲學著作有《純粹理性批判》、《實踐理性批判》等。

36 倭堪（一七七九—一八五一）通譯奧鏗，德國自然科學家和自然哲學家。他在哲學上傾向泛神論。著有《自然哲學教本》等。

37 德國植物學家施萊登（M. J. Schleiden）和德國動物學家施旺（T. Schwann）於一八三九年所創立的學說，認為一切動植物都是由細胞發育而來，並且是由細胞和細胞產物所構成的。恩格斯認為，細胞學說是十九世紀自然科學三大發現之一。

38 華累斯（一八二三—一九一三），通譯華萊士，英國動物學家，自然選擇說的建立者之一。他和達爾文的關於自然選擇理論的論文，在一八五八年七月林奈學會上同時宣讀。但他在哲學上是一個唯心主義的心靈論者。著有《動物的地理分布》、《海島上的生命》等。
39 即生物學。
天擇論，即自然選擇論。
40 即歸納法。
41 通譯「貝格爾」，一艘英國海軍的勘探船。
42 目的
43 繫，同系，飼養的意思。
44 按十傳應為二千四十八。
45 通作踊躇，拘束的意思。
46 即受精卵。
47 通譯阿米巴，拉丁文Amoeba的音譯，即變形蟲。
48 即實球藻，單細胞生物進化到多細胞生物中間階段的一種生物。它的身體由八個、十六個或三十二個細胞組成一個實心的球體。
49 即消化腔。按實球藻無此器官，到腔腸動物才有。
50 即水螅，腔腸動物的一種。
51 按這裡所說的太古代以及下文的中古代、近古代三個地質歷史年代，現在通作古生代、中生代、新生代。又這裡所說的僦羅紀及下文的疊逢紀、石墨紀，現在通作志留紀、泥盆紀、石炭紀，各是古生代中的一紀。
52 作者當時未見，現已多有發現。
53 原生動物的一種。

54 世界上最早發現的猿人化石。一八九一年由荷蘭人類學家杜柏亞在印度尼西亞爪哇特里尼爾發現，計有頭蓋骨一具，臼齒二枚，左側股骨一根。形態特徵，介於猿與人之間。據推斷，其地質年代屬更新世中期，距今約五十萬年前。

55 那格黎（一八一七—一八九一）通譯耐格里，瑞士植物學家。他研究種子的起源，創造了水藻新分類法。著有《自然科學的種的概念和發生》等。

56 即物質不滅定律和能量不滅定律。

# 科學史教篇[1]

觀於今之世，不瞿然者幾何人哉？自然之力，既聽命於人間，發縱指揮，如使其馬，束以器械而用之；交通貿遷，利於前時，雖高山大川，無足沮核[2]；饑癘之害減；教育之功全；較以百祀[3]前之社會，改革蓋無烈於是也。孰先驅是，孰偕行是？察其外狀，雖不易於犁然，而實則多緣科學之進步。蓋科學者，以其知識，歷探自然現象之深微，久而得效，改革遂及於社會，繼復流衍，來濺遠東，浸及震旦[4]，而洪流所向，則尚浩蕩而未有止也。

觀其所發之強，斯足測所蘊之厚，知科學盛大，決不緣於一朝。索其真源，蓋遠在夫希臘，既而中止，幾一千年，遞十七世紀中葉，乃復決為大川，狀益汪洋，流溢曼衍，無有斷絕，以至今茲。實益駢生，人間生活之幸福，悉以增進。第相科學歷來發達之繩跡，則勤劬艱苦之影在焉，謂之教訓。

希臘羅馬科學之盛，殊不遜於藝文。爾時巨制，有畢撒哥拉（Pythagoras）[5]之生理音階，亞里士多德（Aristoteles）[6]之解剖氣象二學，柏拉圖（Platon）[7]之《諦妙斯篇》（Timaeus）暨《邦國篇》，迪穆克黎多（Demokritos）[8]之「質點論」，至流質力學則昉於亞勒密提士（Archimedes）[9]，幾何則建於宥克立（Eukleides）[10]，械具學則成於希倫（Heron）[11]，此他學者，猶難列舉。其亞利山德大學[12]，特稱學者淵藪，藏書至十萬餘卷，較以近時，蓋無愧色。而思想之偉妙，亦至足以鑠今。

蓋爾時智者，實不僅啟上舉諸學之端而已，且運其思理，至於精微，冀直解宇宙之元質[13]，德黎（Thales）謂水，亞那克希美納（Anaximenes）[14]謂氣，希拉克黎多（Herakleitos）[15]謂火。其說無當，固不俟言。華惠爾[16]嘗言其故曰，探自然必賴夫玄念[17]，而希臘學者無有是，即有亦極微，蓋緣定此念之意義，非名學[18]之助不為功也。（中略）而爾時諸士，直欲以今日吾曹濫用之文字，解宇宙之玄紐[19]而去之。然其精神，則毅然起叩古人所未知，研索天然，不肯止於膚廓，方諸近世，直無優劣之可言。蓋世之評一時代歷史者，褒貶所加，輒不一致，以當時人文所現，合之近今，得其差池，因生不滿。

若自設為古之一人，返其舊心，不思近世，平意求索，與之批評，則所論始云不妄，略有思理之士，無不然矣。若據此立言，則希臘學術之隆，為至可褒而不可黜；其他亦然。世有哂神話為迷信，斥古教為譾陋者，胥自迷之徒耳，足僩諫也。蓋凡論往古人文，加之軒輊，必取他種人與是相當之時劫，相度其所能至而較量之，決論之出，斯近正耳。

惟張皇近世學說，無不本之古人，一切新聲，胥為紹述，則意之所執，與蔑古亦相同。蓋神思[20]一端，雖古之勝今，非無前例，而學則構思驗實，必與時代之進而俱升，古所未知，後無可愧，且亦無庸諱也。昔英人設水道[21]於天竺[22]，其國人惡而拒之，有謂水道本創自天竺古賢，久而術失，白人不過竊取而更新之者，水道始大行。舊國篤古之餘，每至不惜於自欺如是。震旦死抱國粹之士，作此說者最多，一若今之學術藝文，皆我數千載前所已具。不知意之所在，將如天竺造說之人，聊弄術以入新學，抑誠尸祝[23]往時，視為全能而不可越也？雖然，非是不協不聽之社會，亦有罪焉已。

希臘既苓落，羅馬亦衰，而亞剌伯人繼起，受學於那思得理亞與僦思[24]人，翻譯詮釋之業大盛；眩其新異，妄信以生，於是科學之觀念漠然，而進步亦遂止。蓋希臘羅馬之科學，在探未知，而亞剌伯之科學，在模前有，故以注疏易徵驗，以評騭代會通，博覽之風興，而發現之事少，宇宙現象，在當時乃又神秘而不可測矣。懷念既爾，所學遂妄，科學隱，幻術興，天學[25]不昌，占星[26]代起，所謂點金通幽[27]之術，皆以昉也。

顧亦有不可貶者，為爾時學士，實非懶散而無為，精神之弛，因入退守；徒以方術之誤，結果乃止於無功，至所致力，固有足以驚嘆。如當時回教新立，政事學術，相輔而蒸，可爾特跋[28]暨巴格達德[29]之二帝，對峙東西，競導希臘羅馬之學傳之其國，又好讀亞里士多德與柏拉圖書。而學校亦林立，以治文理數理愛智質學[30]及醫藥之事；質學有醇酒[31]硝硫酸之發明，數學有代數三角之進步；又復設度測地，以擺計時，星表[32]之作，亦始此頃，其學術之盛，蓋幾世界之中樞矣。而景教子弟，復多出入於日斯巴尼亞[33]之學校，取亞剌伯科學而傳諸宗邦，景教國之學術，為之一振；遞十一世紀，始衰微也。

赫胥黎作《十九世紀後葉科學進步志》論之曰，中世學校，咸以天文幾何算術音樂為高等教育之四分科，學者非知其一，不足稱有適當之教育；今不遇此，吾徒恥之。此其言表，與震旦謀新之士，大號興學者若同，特中之所指，乃理論科學居其三，非此之重有形應用科學而又其方術者，所可取以自塗澤其說者也。

時亞剌伯雖如是，而景教諸國，則於科學無發揚。且不獨不發揚而已，又進而擯斥夭閼[34]之，謂人之最可貴者，無逾於道德上之義務與宗教上之希望，苟致力於科學，斯謬用其所能。有拉克坦諦（Lactantius）[35]者，彼教之能才也，嘗曰，探萬匯之原因，問大地之動定，談月表之隆陷，究星辰之懸屬，考成天之質分，而焦心苦思於此諸問端者，猶絮陳未見之國都，其愚為不可幾及。賢者如是，庸俗可知，科學之光，遂以黯淡。顧大勢如是，究亦不起於無因。

准丁達爾（J. Tyndall）[36]言，則以其時羅馬及他國之都，道德無不頹廢，景教適以時起，宣福音於平人，制非極嚴，不足以矯俗，故宗徒之遘害雖多，而終得以制勝。惟心意之受嬰久，斯痕跡之漫漶也難，於是雖奉為靈糧[37]之聖文，亦以供科學之判決。現象如是，夫何進步之可期乎？至厥後教會與列國政府間之衝突，亦於學究之受妨，與有力也。由是觀之，可知人間教育諸科，每不即於中道，甲張則乙弛，乙盛則甲衰，迭代往來，無有紀極。如希臘羅馬之科學，以極盛稱，迨亞剌伯學者興，則一歸於學古；景教諸國，則建至嚴之教，為德育本根，知識之不絕者如線。特以世事反覆，時勢遷流，終乃屹然更興，蒸蒸以至今日。

所謂世界不直進，常曲折如螺旋，大波小波，起伏萬狀，進退久之而達水裔，蓋誠言哉。且此又不獨知識與道德為然也，即科學與美藝之關係亦然。歐洲中世，畫事各有原則，迨科學進，又益以他因，而美術為之中落，迨復遵守，則輓近事耳。惟此消長，論者亦無利害之可言，蓋中世宗教暴起，壓抑科學，事或足以震驚，而社會精神乃於此不無洗滌，薰染陶冶，亦胎嘉葩。二千年來，其色益顯，或為路德[38]，或為克靈威爾[39]，為彌耳敦[40]，為華盛頓[41]，為嘉來勒[42]，後世瞻思其業，將孰謂之不偉歟？此其成果，以償沮遏科學之失，綽然有餘裕也。

蓋無間教宗學術美藝文章，均人間蔓衍之要旨，定其孰要，今茲未能。惟若眩至顯之實利，摹至膚之方術，則準史實所垂，當反本心而獲惡果，可決論而已。此何以故？則以如是種人之得久，蓋於文明政事二史皆未之見也。

迄今所述，止於昏黃[43]，若去而求明星於爾時，則亦有可言者一二，如十二世紀有摩格那思（A. Magnus）[44]，十三世紀有洛及培庚（Roger Bacon，生於一二一四年，中國所習聞者生十六世紀，與此異）[45]，嘗作書論失學之故，畫恢復之策，中多名言至足稱述；然其見知於世，去今才百餘年耳。

書首舉失學原因凡四：曰摹古，曰偽智，曰泥於習，曰惑於常[46]。近世華惠爾亦論之，藉當時現象，統歸四因，與培庚言殊異，因一曰思不堅，二曰卑瑣，三曰不假之性，四曰熱中之性[47]，且多援例以實之。丁達爾後出，於第四因有違言，謂熱中妨學，蓋指腦之弱者耳，若其誠強，乃反足以助學。科學者耄，所發現必不多，此非智力衰也，正坐熱中之性漸微故。故人有謂知識的事業，當與道德力分者，此其說為不真，使誠脫是力之鞭策而惟知識之依，則所營為，特可憫者耳。發現之故，此其一也。

今更進究發現之深因，則尤有大於此者。蓋科學發現，常受超科學之力，易語以釋之，亦可曰非科學的理想之感動，古今知名之士，概如是矣。闌喀[48]曰，孰輔相人，而使得至真之知識乎？不為真者，不為可知者，蓋理想耳。此足據為鐵證者也。英之赫胥黎，則謂發現本於聖覺[49]，不與人之能力相關；如是聖覺，即名曰真理發現者。有此覺而中才亦成宏功，如無此覺，則雖天縱之才，事亦終於不集。說亦至深切而可聽也。

苐勒那爾[50]以力數學之研究有名，嘗諫其友曰，名譽之心，去己久矣。吾今所為，不以令譽，特以吾意之嘉受耳。其恬淡如是。且發現之譽大矣，而威累司[51]遜其成就於達爾文，本生付其勤劬於吉息霍甫[52]，其謙遜又如是。故科學者，必常恬淡，常遜讓，有理想，有聖覺，一切無有，而能貽業績於後世者，未之有聞。即其他事業，亦胥如此矣。若曰，此累葉之言，皆空虛而無當於實歟？則曰然亦近世實益增進之母耳。此述其母，為厥子故，即以慰之。

前此黑暗期中，雖有圖復古[53]之一二偉人出，而終亦不能如其所期，東方之光，蓋實作於十五六兩世紀頃。惟苓落既久，思想大荒，雖冀履前人之舊跡，亦不可以猝得，故直近十七世紀中葉，人始誠聞夫曉聲，回顧其前，則歌白尼（N. Copernicus）首出，說太陽系，開布勒（J. Kepler）[54]行星運動之法繼續之，此他有格里累阿（Galileo Galilei）[55]，於星力二學多所發明，又善導人使事斯學；後復有思迭文（S. Stevin）[56]之機械學，吉勒哀德（W. Gilbert）[57]之磁學，哈維（W. Harvey）[58]之生理學。法朗西義大利諸國學校，則解剖之學大盛；科學協會亦始立，意之林舍亞克特美（Accademiadel Lincei）[59]即科學研究之淵藪也。事業之盛，足驚嘆矣。夫氣運所趣既如此，則桀士自以篤生，故英則有法朗希思培庚[60]，法則有特嘉爾[61]。

培庚（F. Bacon 一五六一——一六二六）著書，序古來科學之進步，與何以達其主的之法曰《格致新機》。雖後之結果不如著者所希，而平議其業，決不可云不偉。惟中所張主，為循序內籀之術，而不更云徵驗：後以是多訝之。顧培庚之時，學風至異，得一二瑣末之事實，輒視為大法之前因，培庚思矯其俗，勢自不得不斥前古懸擬誇大之風，而一偏於內籀，則其不崇外籀[62]之事，固非得已矣。況此又特未之語耳，察其思惟，亦非偏廢；氏所述理董自然現象者凡二法：初由經驗而入公論[63]，次更由公論而入新經驗。故其言曰，事物之成，以手乎，抑以心乎？此不完於一。必有機械而輔以其他，乃以具足焉。[64]

蓋事業者，成以手，亦賴乎心者也。觀於此言，則《新機論》第二分中，當必有言外籀者，然其第二分未行世也。顧由是而培庚之術為不完，凡所張皇，僅至具足內籀而止。內籀之具足者，不為人所能，其所成就，亦無逾於實歷；就實歷而探新理，且更進而窺宇宙之大法，學者難之。況懸擬雖培庚所不喜，而今日之有大功於科學，致諸盛大之域者，實多懸擬為之乎？然其說之偏於一方，視為匡世之術可耳，無足深難也。

後斯人幾三十年，有特嘉爾（R. Descartes，一五九六－一六五〇），生於法，以數學名，近世哲學之基，亦賴以立。嘗屹然扇尊疑之大潮，信真理之有在，於是專心一志，求基礎於意識，覓方術於數理。其言有曰，治幾何者，能以至簡之名理，會解定理之繁多。

吾因悟凡人智以內事，亦咸得以如是法解。若不以不真者為真，而履當履之道，則事之不成物之不解者，將無有矣[65]。故其哲理，蓋全本外籀而成，擴而用之，即以馭科學，所謂由因入果，非自果導因，為其著《哲學要義》中所自述，亦特嘉爾方術之本根，思理之樞機也。至其方術，則論者亦謂之不完，奉而不貳，弊亦弗異於偏倚培庚之內籀，惟於過重經驗者，可為救正之用而已。若其執中，則偏於培庚之內籀者固非，而篤於特嘉爾之外籀者，亦不云是。二術俱用，真理始昭，而科學之有今日，亦實以有會二術而為之者故。

如格里累阿，如哈維，如波爾（R. Boyle）[66]，如奈端（I. Newton）[67]，皆偏內籀不如培庚，守外籀不如特嘉爾，卓然獨立，居中道而經營者也。培庚生時，於國民之富有，與實踐之結果，企望極堅，越百年，科學益進而事乃不如其意。奈端發現至卓，特嘉爾數理亦至精，而世人所得，僅腦海之富而止；國之安舒，生之樂易，未能獲也。他若波爾立質力二學徵實之法，巴斯加耳（B. Pascal）[68]暨多烈舍黎（E. Torricelli）[69]測大氣之量，摩勒畢奇（M. Malpighi）[70]等精擘官品之理，而工業如故，交通未良，礦業亦無所進益，惟以機械學之結果，始見極粗之時辰表而已。

至十八世紀中葉，英法德意諸國科學之士輩出，質學生學地學之進步，燦然可觀，惟所以福社會者若何，則論者尚難於置對。迨醞釀既久，實益乃昭，當同世紀末葉，其效忽大著，舉工業之械具資材，植物之滋殖繁養，動物之畜牧改良，無不蒙科學之澤，所謂十九世紀之物質文明，亦即胚胎於是時矣。洪波浩然，精神亦以振，國民風氣因而一新。顧治科學之桀士，則不以是嬰心也，如前所言，蓋僅以知真理為惟一之儀的，擴腦海之波瀾，掃學區之荒穢，因舉其身心時力，日探自然之大法而已。爾時之科學名家，無不如是，如侯失勒（J. Herschel）[71]暨拉布拉（S. deLaplace）[72]之於星學，揚俱（Th. Young）[73]暨弗勒那爾（A. Fresnel）之於光學，歐思第德（H. C. Oersted）[74]之於力學，蘭麻克（J. de Lamarck）之於生學，迭亢陀耳（A. de Candolle）[75]之於植物學，威那（A. G. Werner）[76]之於礦物學，哈敦（J. Hutton）[77]之於地學，瓦特（J. Watt）[78]之於機械學，其尤著者也。試察所儀，豈在實利哉？然防火燈作矣，汽機出矣，礦術興矣。而社會之耳目，乃獨震驚有此點，日頌當前之結果，於學者獨恝然而置之。倒果為因，莫甚於此。欲以求進，殆無異鼓鞭於馬勒歟，夫安得如所期？第謂惟科學足以生實業，而實業更無利於科學，人皆慕科學之榮，則又不如是也。

社會之事繁，分業之要起，人自不得不有所專，相互為援，於以兩進。故實業之

蒙益於科學者固多，而科學得實業之助者亦非鮮。今試置身於野人之中，顯鏡衡機[79]

不俟言，即醇酒玻璃，亦不可致，則科學者將何如，僅得運其思理而已。思理孤運，此雅典暨亞歷山德府科學之所以中衰也。事多共其悲喜，蓋亦誠言也夫。

故震他國之強大，栗然自危，興業振兵之說，日騰於口者，外狀固若成然[80]覺矣，按其實則僅眩於當前之物，而未得其真諦。夫歐人之來，最眩人者，固莫前舉二事若，然此亦非本柢而特葩葉耳。尋其根源，深無底極，一隅之學，夫何力焉。顧著者於此，亦非謂人必以科學為先務，待其結果之成，始以振兵興業也，特信進步有序蔓衍有源，慮舉國惟枝葉之求，而無一二士尋其本，則有源者日長，逐末者仍立撥[81]耳。

居今之世，不與古同，尊實利可，摹方術亦可，而有不為大潮所漂泛，屹然當橫流，如古賢人，能播將來之佳果於今茲，移有根之福祉於宗國者，亦不能不要求於社會，且亦當為社會要求者矣。丁達爾不云乎：止屬目於外物，或但以政事之感，而誤凡事之真者，每謂邦國安危，一繫於政治之思想，顧至公之歷史，則立證其不然。夫法之有今日也，寧有他因耶？特以科學之長，勝他國耳。

千七百九十二年之變[82]，全歐囂然，爭執干戈以攻法國，聯軍伺其外，內訌興於中，武庫空虛，戰士多死，既不能以疲卒當銳兵，而又無糧以濟守者，武人撫劍而視太空，政家飲淚而悲來日，束手銜恨，俟天運矣。而時之振作其國人者何人？震怖其外敵者又何人？曰，科學也。其時學者，無不盡其心力，竭其智能，見兵士不足，則補以發明，武具不足，則補以發明，當防守之際，即知有科學者在，而後之戰勝必矣。然此猶可曰丁達爾自治科學，因阿所好而立言耳，然證以阿羅戈[83]之所載書，乃益明其不妄，書所記曰，時公會徵九十萬人，蓋禦外敵之四集，實非此不勝用爾。而人不如數；眾乃大懼。加以武庫久空，戰備不足，故目前之急，有非人力所能救者。

蓋時所必要，首為彈藥，而原料硝石，曩悉來自印度，至此時遂窮。次為槍炮，而法地產銅不多，必仰俄英印度之給，至今亦絕。三為鋼鐵，然平日亦取諸外國，製造之術，無知之者。於是行最後之策，集通國學者，開會議之，其最要而最難得者為火藥。政府使者皆知不能成，嘆曰，硝石安在？聲未絕，學者孟耆[84]即起曰，有之。至適當之地，如馬廄土倉中，有硝石無量，為汝所夢想不到者。氏稟天才，加以知識，愛國出於至誠，乃睥睨闔室曰，吾能集其土為之，不越三日，火藥就矣，於是以至簡之法，曉諭國中，老弱婦稚悉能製造，俄頃間全法國如大工廠也。此外有質學家，以法化分鐘銅，用作武器，而煉鐵新法亦昉於是時，凡鑄刀劍槍械，無不可用國產。柔皮術亦不日竟成，製履之韋，因以不匱。爾時所稱異之氣球暨空氣中之電報[85]，亦均改良擴張，用之爭戰，前者即摩洛[86]將軍乘之探敵陣，得其情實，因制殊勝者也。

丁達爾乃論曰，法國爾時，實生二物，曰：科學與愛國。其至有力者，為孟耆（Monge）與加爾諾（Carnot）[87]，與有力者，為孚勒克洛[88]，穆勒惠[89]，暨巴列克黎[90]之徒。大業之成，此其樞紐。故科學者，神聖之光，照世界者也，可以遏末流而生感動。時泰，則為人性之光；時危，則由其靈感，生整理者如加爾諾，生強者強於拿坡侖[91]之戰將云。今試總觀前例，本根之要，洞然可知。蓋末雖亦能燦爛於一時，而所宅不堅，頃刻可以蕉萃，儲能於初，始長久耳。

顧猶有不可忽者，為當防社會入於偏，日趨而之一極，精神漸失，則破滅亦隨之。蓋使舉世惟知識之崇，人生必大歸於枯寂，如是既久，則美上之感情漓，明敏之思想失，所謂科學，亦同趣於無有矣。故人群所當希冀要求者，不惟奈端已也，亦希詩人如狹斯丕爾（Shakespeare）[92]；不惟波爾，亦希畫師如洛菲羅（Raphaelo）[93]；既有康得，亦必有樂人如培得訶芬（Beethoven）[94]；既有達爾文，亦必有文人如嘉來勒（Garlyle）。凡此者，皆所以致人性於全，不使之偏倚，因以見今日之文明者也。嗟夫，彼人文史實之所垂示，固如是已！

一九〇七年作。

## 注釋

1 本篇最初發表於一九〇八年六月《河南》月刊第五號，署名令飛。

2 「沮核」意即阻隔。

3 「百祀」即百年。

4 古代印度對中國的稱呼。

5 畢撒哥拉（約西元前五八〇—前五〇〇），通譯畢達哥拉斯，古代希臘數學家、哲學家。他認為數是萬物的本質，又把音樂的和諧歸結為數學的關係，從這個理論出發去實驗音律，知道音的高低係根據音波的長短而定，因此發現了音階。他又發現了數學上的「畢達哥拉斯定理」。這裡的「生理」似應作「數理」。

6 亞里士多德（西元前三八四—前三二二），古希臘哲學家。他具有辯證法思想，恩格斯稱他為古代世界的黑格爾。他對解剖學、氣象學、倫理學、美學等都有研究。主要著作有《工具論》、《形而上學》、《物理學》、《詩學》等。

7 柏拉圖（西元前四二七—前三四七），古希臘哲學家，客觀唯心主義者。著有《對話集》，《諦妙斯篇》和《邦國篇》是其中的兩篇。《諦妙斯篇》今譯《蒂邁歐篇》，是關於宇宙生成的理論；《邦國篇》今譯《理想國》，是關於政治社會觀點的闡述。

8 迪穆克黎多（約西元前四六〇—前三七〇），通譯德謨克利特，古希臘唯物主義哲學家，原子論的創始人之一。「質點論」，即原子論，認為世界是由原子和虛空所組成，原子在虛空中永遠地運動著；它不可滲透，不可分割，永遠不變，數目無限。自然界萬物即由這種原子互相結合而成。

9 亞勒密提士（約西元前二八七—前二一二），通譯阿基米德，古希臘數學家、力學家。他發現槓桿、浮力等定理。著有《論球面和柱面》、《論浮體》、《論力學理論的方法》等。流質力學，即流體力學。

10 宥克立（約西元前三三〇—前二七五），通譯歐幾里德，古希臘數學家。他的《幾何原本》是世界上最早的一部有系統的數學著作，是現代幾何學的基礎。

11 希倫（西元一世紀前後），古希臘數學家、物理學家。在機械學和流體靜力學上有許多發現，又創立三角形面積的公式。著有《幾何學》、《空氣力學》、《度量》等。械具學，即機械學。

12 指亞歷山大圖書館。西元前三世紀初建於埃及亞歷山大城，館內藏書豐富，學者雲集，研究各種學科，形成當時國際性的學術研究中心。西元前四十八年羅馬人入侵時被焚燒過半，殘存部分傳說於西元六四一年阿拉伯人攻入該城時被毀。

13 指元素。

14 亞那克希美納（約西元前五八八—約前五二五），通譯阿那克西米尼，古希臘唯物主義哲學家、自然科學家。他把空氣當作本源，認為它是無限的，萬物都從它產生，又復歸於它。著有《論自然》，已失傳。

15 希拉克黎多（約西元前五四〇—約前四八〇），通譯赫拉克利特，古希臘唯物主義哲學家。他具有豐富的自發的辯證法思想，列寧稱他為辯證法的奠基人之一。他認為宇宙萬物都起源於火，火是萬物的本源。著有《論自然》。

16 華惠爾（W. Whewell，一七九四—一八六六），英國哲學家、科學史家。著有《歸納科學的歷史》等。

17 抽象概念。

18 即邏輯學。

19 奧妙的關鍵。
20 指理想或想像。
21 日語，即自來水。
22 我國古代對印度的稱呼。
23 指古代祭祀時任尸和祝的人。尸，代表受祭者；祝，向尸祝告者。尸祝引伸為崇拜。《莊子·庚桑楚》：「子胡不相與尸而祝之。」
24 那思得理亞（Nestorians），即基督教中的聶斯托利派，我國古稱景教。猶思（Jews），今譯猶太。
25 天文學。
26 即占星術，以觀察星辰運行預言人事禍福的一種巫術。
27 即「煉金術」，中古時代起源於阿拉伯的一種方術。通幽，即「接神學」，認為由直覺或默示可以與神鬼交通。
28 可爾特跋（Cordoba），通譯科爾多瓦，西班牙地名。西元八世紀時，阿拉伯翁米亞族侵入西班牙後所建立的白衣大食國（即西薩拉森帝國）的都城，是歐洲中世紀科學與藝術的中心之一。
29 巴格達德（Baghdad），通譯巴格達，美索不達米亞地名，今伊拉克的首都。西元七世紀末，阿拉伯阿拔斯族所建立的黑衣大食國（即東薩拉森帝國）的都城，建有圖書館及大學。
30 即修辭學、數學、哲學、化學。
31 即乙醇，通稱酒精。
32 即星體運行表，著名的有托勒坦（Toletan）星表和亞豐沙（Alphonso）星表。
33 即西班牙。日斯巴尼亞之學校，指設在科爾多瓦的大學。
34 遏止。
35 拉克坦諦（約二五〇—三三〇），古羅馬拉丁語修辭學家。出生於非洲。他信仰基督教，著有《神之教》等。

36 丁達爾（一八二〇—一八九三），通譯丁鐸爾，英國物理學家。著有《熱——一種運動形式》、《論聲》等。

37 精神食糧。

38 路德（M. Luther，一四八三—一五四六），即馬丁·路德，德國十六世紀宗教改革運動的倡導者。

39 克靈威爾（O. Cromwell，一五九九—一六五八），通譯克倫威爾，英國政治家。他領導了十七世紀英國資產階級革命，於一六四九年判處英王查理一世死刑，宣布英國為共和國。

40 彌耳敦（J. Milton，一六〇八—一六七四），通譯彌爾頓，英國詩人、政論家。克倫威爾共和政府時曾任國會秘書。主要著作有《失樂園》、《為英國人聲辯》等。

41 華盛頓（G. Washington，一七三二—一七九九），美國政治家。他領導一七七五年至一七八三年美國反對英國殖民統治的獨立戰爭，勝利後任美國第一任總統。

42 嘉來勒（T. Carlyle，一七九五—一八八一），通譯卡萊爾，英國著作家、歷史學家。他從貴族立場出發，批判揭露了資本主義制度。著有《論英雄與英雄崇拜》、《法國革命史》等。

43 指黑暗的時代。

44 摩格那思（一一九三—一二八〇），德國哲學家、自然科學家。他注重實驗，對動物學和植物學都有研究。

45 洛及培庚（約一二一四—約一二九二），通譯羅吉爾·培根，英國哲學家，實驗科學的前驅者。著有《大著作》、《小著作》等。「中國所習聞者」，指弗蘭西斯·培根，見本篇注釋60。

46 羅吉爾·培根論述造成人類無知的四個原因是：一、崇拜權威；二、因循舊習；三、固執偏見；四、狂妄自負。見他所著《大著作》一書。

47 華惠爾所說當時學術衰微的四個原因是：一、觀念不確定；二、經院學派的煩瑣哲學；三、神秘主義；四、單憑熱情而不憑理智的主觀武斷。見他所著《歸納科學的歷史》一書。

48 闌喀（L. vonLange，一七九五—一八八六），通譯蘭克，德國歷史學家。著有《世界史》、《羅馬教皇史》等。

靈感。

50 弗勒那爾（A. J. Fresnel，一七八八—一八二七），通譯菲涅耳，法國物理學家、數學家。他用實驗證明了光的波動性，創光學上的「波動說」，並建立了有關的數學理論以說明光波衍射的規律性。著有《光的衍射》等。

51 即華萊士，參看本書〈人之歷史〉注釋38。

52 本生（R. W.Bunsen，一八一一—一八九九），德國化學家。著有《氣體測定法》等。吉息霍甫（G. R. Kirchhoff，一八二四—一八八七），通譯基爾霍夫，德國物理學家。著有《數學物理講座》等。他與本生於一八五九年共同完成「光譜分析」。

53 這裡指反對中世紀黑暗的宗教統治，復興古希臘的科學文化。

54 開布勒（一五七一—一六三〇）」通譯開普勒，德國天文學家。他研究行星運動的軌道，發現了行星運動的三大定律，被稱為「開普勒定律」。著有《立體幾何學》等。

55 格里累阿（一五六四—一六四二），通譯伽利略，義大利物理學家、天文學家。他是力學原理的發現者，確定了慣性定律、自由落體定律和合力定律。一六〇九年首先用望遠鏡觀察和研究天體，證實了哥白尼的宇宙太陽中心說。著有《兩種新科學的對話》、《關於兩種世界體系的對話》等。

56 思迭文（一五四八—一六二〇），荷蘭數學家、物理學家。對靜力學方面的力的平衡關係有不少闡發。著有《靜力學及流體力學》等。

57 吉勒袞德（一五四四—一六〇三），通譯吉爾伯特，英國物理學家、醫學家。對於磁學有不少貢獻，創立磁氣分子說。著有《磁石論》等。

58 哈維（一五七八—一六五七），英國醫學家。他發現了血液循環現象，使生理學確立為科學。著有《動物心血運動的解剖研究》等。

59 即義大利的科學院，一六〇三年創立於羅馬。

60 通譯弗蘭西斯·培根，近代英國唯物主義哲學家，實驗科學的創始人。著有《新工具》（即文中所說的《格致新機》、《新機論》)、《論科學的價值和發展》等。

61 通譯笛卡兒，法國哲學家、數學家和物理學家，解析幾何學的創始人。他的哲學思想傾向於二元論。著有《哲學原理》(即文中所説的《哲學要義》)、《方法論》等。

62 即演繹法。

63 即定理。

64 培根的這段話，見於他的著作《新工具》第一卷第二條。

65 笛卡兒的這段話，見於他的著作《方法論》第二編。

66 波爾(一六二七—一六九一)，通譯波義耳，英國物理學家、化學家。他用實驗闡明氣壓升降的原理，發現著名的「波義耳定律」；他在化學分析方面也有重要貢獻。著有《關於空氣彈性及其效應的物理——力學的新實驗》、《關於顏色的實驗與想法》等。

67 奈端(一六四二—一七二七)，通譯牛頓，英國數學家、物理學家。他發現了力學基本定律、萬有引力定律，創立了微積分學和光的分析。著有《自然哲學的數學原理》、《光學》等。

68 巴斯加耳(一六二三—一六六二)，通譯帕斯卡，法國物理學家、數學家。他用水銀器測量大氣的壓力，發現「帕斯卡定律」。著有《關於真空的新實驗與想法》、《算術三角論》等。

69 多烈舍黎(一六〇八—一六四七)，通譯托里拆利，義大利物理學家、數學家。他從水利工程中研究液體的運動，發明氣壓計。著有《運動論》、《幾何概貌》等。

70 摩勒畢奇(一六二八—一六九四)，通譯馬爾比基，義大利解剖學家。他精密地研究了生理組織，發現毛細管。著有《肺炎的解剖學觀察》、《蹠解剖學》等。

71 侯失勒(一七九二—一八七一)，通譯赫歇耳，英國天文學家、物理學家。他完成了全天體系統的觀測，著有《天文學大綱》等。

72 拉布拉(一七四九—一八二七)，通譯拉普拉斯，法國天文學家、數學家。他是宇宙進化論的先驅者之一，發展了康得的星雲説，認為太陽系是由星雲發展而來，不是上帝創造的，並以天體的運行闡明牛頓的學説，著有《天體力學》等。

73 揚俱（一七七三—一八二九），通譯楊格，英國物理學家。研究光的波動，發現「楊格率」。著有《自然哲學和力學工藝講座》等。

74 歐思第德（一七七七—一八五一），丹麥物理學家。一八二〇年通過實驗研究，發現電和磁之間的關係，奠定了電磁學的基礎。著有《關於電的不一致效應的實驗》、《大自然的靈魂》等。

75 迭亢陀耳（一七七八—一八四一），通譯德堪多，瑞士植物學家。主要研究植物的自然分類法，對植物生理學、解剖學等方面也有貢獻。著有《植物界自然分類長編》等。

76 威那（一七五〇—一八一七），通譯魏爾納，德國地質學家。他認為一切岩石都由海底沉積形成，是「水成學派」的創始人。著有《化石的外表特徵》等。

77 哈敦（一七二六—一七九七），通譯赫頓，英國地質學家。他認為一切岩石都由火山的爆發形成，是「火成學派」的創始人。著有《地球的理論》等。

78 瓦特（一七三六—一八一九），英國發明家。一七七四年完成對原始蒸汽機的重大改進，使它能夠廣泛應用於工業生產，促成近代史上有名的產業革命。

79 即顯微鏡和天平。

80 頃刻，很快。《莊子·大宗師》：「成然寐，蘧然覺。」

81 立刻覆滅。

82 指一七八九年法國大革命。這次革命開始後，法國貴族、僧侶、地主等勾引普、奧等國軍隊，於一七九二年七月向法國大舉進攻。當時法國革命的資產階級和愛國人民群眾奮起抵抗，八月推翻君主政體，九月召開國民公會，成立法蘭西共和國，最後擊退了外國侵略者。下文說到的科學家蒙日、穆勒惠等都參加了這一鬥爭。

83 阿羅戈（J. Arago，一七八六—一八五三），法國天文學家、物理學家。著有《大眾天文學》等。

84 孟耆（G. Monge，一七四六—一八一八），通譯蓋帕德·蒙日，法國數學家。著有《靜力學引論》等。

85 有線電報發明於一八三三年，無線電報至一八九八年才進入實際應用。此處疑有誤。

86 摩洛（V. Moreau，一七六三—一八一三），法國將軍。先學法律，在法國大革命時加入軍隊。

87 加爾諾（一七五三—一八二三），通譯卡爾諾，法國數學家、政治家。著有《論微積分中的形而上學》、《平衡與運動的基本原理》等。

88 孚勒克洛（F. de Fourcroy，一七五五—一八〇九），法國化學家。著有《博學和化學要旨》等。

89 穆勒惠（G. de Morveau，一七三七—一八一六），法國化學家。他與巴列克黎、孚勒克洛等合著有《化學命名方法》。

90 巴列克黎（L.de Berthollet，一七四八—一八二二），法國化學家。他是人造硝的發明者，著有《親合力規律研究》等。

91 拿坡侖（Napoleon Bonaparte，一七六九—一八二一），即拿破崙·波拿巴，法國大革命時期軍事家、政治家。一七九九年任共和國執政。一八〇四年建立法蘭西第一帝國，自稱拿破崙一世。

92 狹斯丕爾（一五六四—一六一六），通譯莎士比亞，英國戲劇家、詩人，歐洲文藝復興時期文學上的主要代表人物之一。作品有《仲夏夜之夢》、《羅密歐與朱麗葉》、《哈姆雷特》等三十七種。

93 洛菲羅（一四八三—一五二〇），通譯拉斐爾，義大利畫家、雕刻家，歐洲文藝復興時期藝術上的主要代表人物之一。作品有《西克斯丁聖母》、《雅典學院》等。

94 培得訶芬（一七七〇—一八二七），通譯貝多芬，德國音樂家，維也納古典樂派的代表人物之一。他的作品豐富，對近代西洋音樂的發展有很大影響。

# 文化偏至論[1]

中國既以自尊大昭聞天下，善詆諆者，或謂之頑固；且將抱守殘闕，以底於滅亡。近世人士，稍稍耳新學之語，則亦引以為愧，翻然思變，言非同西方之理弗道，事非合西方之術弗行，掊擊舊物，惟恐不力，曰將以革前繆而圖富強也。

間嘗論之：昔者帝軒轅氏之戡蚩尤[2]而定居於華土也，典章文物，於以權輿，有苗裔之繁衍於茲，則更改張皇，益臻美大。其蠢蠢於四方者，胥蕞爾小蠻夷耳，厥種之所創成，無一足為中國法，是故化成發達，咸出於己而無取乎人。降及周秦，西方有希臘羅馬起，藝文思理，燦然可觀，顧以道路之艱，波濤之惡，交通梗塞，未能擇其善者以為師資。洎元明時，雖有一二景教父師[3]，以教理暨曆算質學於中國，而其道非盛。故迄於海禁既開，皙人[4]踵至之頃，中國之在天下，見夫四夷之則效上國，革面來賓者有之；或野心怒發，狡焉思逞者有之；若其文化昭明，誠足以相上下者，蓋未之有也。

屹然出中央而無校讎[5]，則其益自尊大，寶自有而傲睨萬物，固人情所宜然，亦非甚背於理極者矣。雖然，惟無校讎故，則宴安日久，苓落以胎，迫拶不來，上征亦輟，使人苶，使人屯，其極為見善而不思式。有新國林起於西，以其殊異之方術來向，一施吹拂，塊然踣傹[6]，人心始自危，而輇才小慧之徒，於是競言武事。後有學於殊域者，近不知中國之情，遠復不察歐美之實，以所拾塵芥，羅列人前，謂鉤爪鋸牙，為國家首事，又引文明之語，用以自文，征印度波蘭[7]，作之前鑑。

夫以力角盈絀者，於文野亦何關？遠之則羅馬之於東西戈爾[8]，邇之則中國之於蒙古女真，此程度之離距為何如，決之不待智者。然其勝負之數，果奈何矣？苟曰是惟往古為然，今則機械其先，非以力取，故勝負所判，即文野之由分也。則曷弗啟人智而開發其性靈，使知罟獲戈矛，不過以禦豺虎，而喋喋譽白人肉攫之心，以為極世界之文明者又何耶？且使如其言矣，而舉國猶孱，授之巨兵，奚能勝任，仍有僵死而已矣。

嗟夫，夫子蓋以習兵事為生，故不根本之圖，而僅提所學以干天下；雖兜牟[9]深隱其面，威武若不可陵，而干祿之色，固灼然現於外矣！計其次者，乃復有製造商估立憲國會之說[10]。前二者素見重於中國青年間，縱不主張，治之者亦將不可縷數。蓋國若一日存，固足以假力圖富強之名，博志士之譽，即有不幸，宗社為墟，而廣有金資，大能溫飽，即使怙恃既失，或被虐殺如猶太遺黎[11]，然善自退藏，或不至於身受；縱大禍垂及矣，而倖免者非無人，其人又適為己，則能得溫飽又如故也。若夫後二，可無論已。中較善者，或誠痛乎外侮迭來，不可終日，自既荒陋，則不得已，姑拾他人之緒餘，思鳩大群以抗禦，而又飛揚其性，善能攘擾，見異己者興，必借眾以陵寡，托言眾治，壓制乃尤烈於暴君。

此非獨於理至悖也，即緣救國是圖，不惜以個人為供獻，而考索未用，思慮粗疏，茫未識其所以然，輒皈依於眾志，蓋無殊痼疾之人，去藥石攝衛之道弗講，而乞靈於不知之力，拜禱稽首於祝由[12]之門者哉。至尤下而居多數者，乃無過假是空名，遂其私欲，不顧見諸實事，將事權言議，悉歸奔走干進之徒，或至愚屯之富人，否亦善壟斷之市儈，特以自長營搰[13]，當列其班，況復掩自利之惡名，以福群之令譽，捷徑在目，斯不憚竭蹶以求之耳。嗚呼，古之臨民者，一獨夫也；由今之道，且頓變而為千萬無賴之尤，民不堪命矣，於興國究何與焉。

顧若而人者，當其號召張皇，蓋蔑弗托近世文明為後盾，有佛戾[14]其說者起，輒謚之曰野人，謂為辱國害群，罪當甚於流放。第不知彼所謂文明者，將已立準則，慎施去取，指善美而可行諸中國之文明乎，抑成事舊章，咸棄捐不顧，獨指西方文化而為言乎？物質也，眾數也，十九世紀末葉文明之一面或在茲，而論者不以為有當。蓋今所成就，無一不繩前時之遺跡，則文明必日有其遷流，又或抗往代之大潮，則文明亦不能無偏至。

誠若為今立計，所當稽求既往，相度方來，掊物質而張靈明，任個人而排眾數。人既發揚踔厲矣，則邦國亦以興起。奚事抱枝拾葉，徒金鐵[15]國會立憲之云乎？夫勢利之念昌狂於中，則是非之辨為之昧，措置張主，輒失其宜，況乎志行汙下，將借新文明之名，以大遂其私欲者乎？是故今所謂識時之彥，為按其實，則多數常為盲子，寶赤菽以為玄珠，少數乃為巨奸，垂微餌以冀鯨鯢。即不若是，中心皆中正無瑕玷矣，於是拮据辛苦，展其雄才，漸乃志遂事成，終致彼所謂新文明者，舉而納之中國，而此遷流偏至之物，已陳舊於殊方者，馨香頂禮，吾又何為若是其芒芒哉！是何也？曰物質也，眾數也，其道偏至。根史實而見於西方者不得已：橫取而施之中國則非也。借曰非乎？請循其本——

夫世紀之元，肇於耶穌[16]出世，歷年既百，是為一期，大故若興，斯即此世紀所有事，蓋從歷來之舊貫，而假是為區分，無奧義也。誠以人事連綿，深有本柢，如流水之必自源泉，卉木之茁於根茇[17]，倏忽隱見，理之必無。

故苟為尋繹其條貫本末，大都蟬聯而不可離，若所謂某世紀文明之特色何在者，特舉犖犖大者而為言耳。按之史實，乃如羅馬統一歐洲以來，始生大洲通有之歷史；已而教皇以其權力，制御全歐，使列國靡然受圈，如同社會，疆域之判，等於一區；益以梏亡人心，思想之自由幾絕，聰明英特之士，雖摘發新理，懷抱新見，而束於教令，胥緘口結舌而不敢言。

雖然，民如大波，受沮益浩，則於是始思脫宗教之繫縛，英德二國不平者多，法皇[18]宮庭，實為怨府，又以居於意也，乃並意大利人而疾之。林林之民，咸致同情於不平者，凡有能阻泥教旨，抗拒法皇，無間是非，輒與贊和。時則有路德（M. Luther）者起於德，謂宗教根元，在乎信仰，制度戒法，悉其榮華，力擊舊教而仆之。自所創建，在廢棄階級，黜法皇僧正[19]諸號，而代以牧師，職宣神命，置身社會，弗殊常人；儀式禱祈，亦簡其法。至精神所注，則在牧師地位，無所勝於平人也。

轉輪[20]既始，烈栗遍於歐洲，受其改革者，蓋非獨宗教而已，且波及於其他人事，如邦國離合，爭戰原因，後茲大變，多基於是。加以束縛弛落，思索自由，社會蔑不有新色，則有爾後超形氣學[21]上之發現，與形氣學上之發明。以是胚胎，又作新事：發隱地[22]也，善機械也，展學藝而拓貿遷也，非去羈勒而縱人心，不有此也。

顧世事之常，有動無定，宗教之改革已，自必益進而求政治之更張。溯厥由來，則以往者顛覆法皇，一假君主之權力，變革既畢，其力乃張，以一意孤臨萬民，在下者不能加之抑制，日夕孳孳，惟開拓封域是務，驅民納諸水火，絕無所動於心：生計絀，人力耗矣。而物反於窮，民意遂動，革命於是見於英，繼起於美，復次則大起於法朗西[23]，掃蕩門第，平一尊卑，政治之權，主以百姓，平等自由之念，社會民主之思，瀰漫於人心。

流風至今，則凡社會政治經濟上一切權利，義必悉公諸眾人，而風俗習慣道德宗教趣味好尚言語暨其他為作，俱欲去上下賢不肖之閒，以大歸乎無差別。同是者是，獨是者非，以多數臨天下而暴獨特者，實十九世紀大潮之一派，且蔓衍入今而未有既者也。更舉其他，則物質文明之進步是已。當舊教盛時，威力絕世，學者有見，大率默然，其有毅然表白於眾者，每每獲囚戮之禍。

遞教力墮地，思想自由，凡百學術之事，勃焉興起，學理為用，實益遂生，故至十九世紀，而物質文明之盛，直傲睨前此二千餘年之業績。數其著者，乃有棉鐵石炭之屬，產生倍舊，應用多方，施之戰鬥製造交通，無不功越於往日；為汽為電，咸聽指揮，世界之情狀頓更，人民之事業益利。久食其賜，信乃彌堅，漸而奉為圭臬，視若一切存在之本根，且將以之範圍精神界所有事，現實生活，膠不可移，惟此是尊，惟此是尚，此又十九世紀大潮之一派，且蔓衍入今而未有既者也。

雖然，教權龐大，則覆之假手於帝王，比大權盡集一人，則又顛之以眾庶。理若極於眾庶矣，而眾庶果足以極是非之端也耶？宴安逾法，則矯之以教宗，遞教宗淫用其權威，則又掊之以質力。事若盡於物質矣，而物質果足盡人生之本也耶？平意思之，必不然矣。然而大勢如是者，蓋如前言，文明無不根舊跡而演來，亦以矯往事而生偏至，緣督[24]校量，其頗灼然，猶孑與躄[25]焉耳。

特其見於歐洲也，為不得已，且亦不可去，去孑與躄，斯失孑與躄之德，而留者為空無。不安受寶重之者奈何？顧橫被之不相繫之中國而膜拜之，又寧見其有當也？明者微睇，察逾眾凡，大士哲人，乃早識其弊而生憤嘆，此十九世紀末葉思潮之所以變矣。德人尼佉（Fr. Nietzsche）[26]氏，則假察羅圖斯德羅（Zarathustra）[27]之言曰，吾行太遠，孑然失其侶，返而觀夫今之世，文明之邦國會，斑斕之社會矣。特其為社會也，無確固之崇信；眾庶之於知識也，無作始之性質。

邦國如是，奚能淹留？吾見放於父母之邦矣！聊可望者，獨苗裔耳。此其深思遐矚，見近世文明之偽與偏，又無望於今之人，不得已而念來葉者也。

然則十九世紀末思想之為變也，其原安在，其實若何，其力之及於將來也又奚若？曰言其本質，即以矯十九世紀文明而起者耳。蓋五十年來，人智彌進，漸乃返觀前此，得其通弊，察其黮暗，於是浡焉興作，會為大潮，以反動破壞充其精神，以獲新生為其希望，專向舊有之文明，而加之掊擊掃蕩焉。

全歐人士，為之慄然震驚者有之，茫然自失者有之，其力之烈，蓋深入於人之靈府矣。然其根柢，乃遠在十九世紀初葉神思一派[28]；遞夫後葉，受感化於其時現實之精神，已而更立新形，起以抗前時之現時，即所謂神思宗之至新者[29]也。

若夫影響，則眇眇來世，臆測殊難，特知此派之興，決非突見而靡人心，亦不至突滅而歸烏有，據地極固，涵義甚深。以是為二十世紀文化始基，雖云早計，然其為將來新思想之朕兆，亦新生活之先驅，則按諸史實所昭垂，可不俟繁言而解者已。顧新者雖作，舊亦未僵，方遍滿歐洲，冥通其地人民之呼吸，餘力流衍，乃擾遠東，使中國之人，由舊夢而入於新夢，沖決囂叫，狀猶狂醒。夫方賤古尊新，而所得既非新，又至偏而至偽，且復橫決，浩乎難收，則一國之悲哀亦大矣。今為此篇，非云已盡西方最近思想之全，亦不為中國將來立則，惟疾其已甚，施之抨彈，猶神思新宗之意焉耳。故所述止於二事：曰非物質，曰重個人。

個人一語，入中國未三四年，號稱識時之士，多引以為大詬，苟被其謚，與民賊同。意者未遑深知明察，而迷誤為害人利己之義也歟？夷考其實，至不然矣。而十九世紀末之重個人，則弔詭[30]殊恆，尤不能與往者比論。

試案爾時人性，莫不絕異其前，入於自識，趣於我執，剛愎主己，於庸俗無所顧忌。如詩歌說部之所記述，每以驕蹇不遜者為全局之主人。此非操觚之士，獨憑神思構架而然也，社會思潮，先發其朕，則逐之載籍而已矣。

蓋自法朗西大革命以來，平等自由，為凡事首，繼而普通教育及國民教育，無不基是以遍施。久浴文化，則漸悟人類之尊嚴；既知自我，則頓識個性之價值；加以往之習慣墜地，崇信蕩搖，則其自覺之精神，自一轉而之極端之主我。且社會民主之傾向，勢亦大張，凡個人者，即社會之一分子，夷隆實陷，是為指歸，使天下人人歸於一致，社會之內，蕩無高卑。此其為理想誠美矣，顧於個人殊特之性，視之蔑如，既不加之別分，且欲致之滅絕。更舉黮暗，則流弊所至，將使文化之純粹者，精神益趨於固陋，頹波日逝，纖屑靡存焉。

蓋所謂平社會者，大都夷峻而不湮卑，若信至程度大同，必在前此進步水準以下。況人群之內，明哲非多，傖俗橫行，浩不可禦，風潮剝蝕，全體以淪於凡庸。非超越塵埃，解脫人事，或愚鈍罔識，惟眾是從者，其能緘口而無言乎？物反於極，則先覺善鬥之士出矣：德人斯契納爾（M. Stirner）[31]乃先以極端之個人主義現於世。謂真之進步，在於己之足下。人必發揮自性，而脫觀念世界之執持。惟此自性，即造物主。惟有此我，本屬自由；既本有矣，而更外求也，是曰矛盾。自由之得以力，而力即在乎個人，亦即資財，亦即權利。故苟有外力來被，則無間出於寡人，或出於眾庶，皆專制也。

國家謂吾當與國民合其意志，亦一專制也。眾意表現為法律，吾即受其束縛，雖曰為我之輿台[32]，顧同是輿台耳。去之奈何？曰：在絕義務。義務廢絕，而法律與偕亡矣。意蓋謂凡一個人，其思想行為，必以己為中樞，亦以己為終極：即立我性為絕對之自由者也。至勖賓霍爾（A. Schopenhauer）[33]，則自既以兀傲剛愎有名，言行奇觚，為世稀有；又見夫盲瞽鄙倍之眾，充塞兩間，乃視之與至劣之動物並等，愈益主我揚己而尊天才也。至丹麥哲人契開迦爾（S. Kierkegaard）[34]則憤發疾呼，謂惟發揮個性，為至高之道德，而顧瞻他事，胥無益焉。

其後有顯理伊勃生（HenrikIbsen）[35]見於文界，瑰才卓識，以契開迦爾之詮釋者稱。其所著書，往往反社會民主之傾向，精力旁注，則無間習慣信仰道德，苟有拘於虛[36]而偏至者，無不加之抵排。更睹近世人生，每托平等之名，實乃愈趨於惡濁，庸凡涼薄，日益以深，頑愚之道行，偽詐之勢逞，而氣宇品性，卓爾不群之士，乃反窮於草莽，辱於泥塗，個性之尊嚴，人類之價值，將咸歸於無有，則常為慷慨激昂而不能自己也。

如其《民敵》一書，謂有人寶守真理，不阿世媚俗，而不見容於人群，狡獪之徒，乃巍然獨為眾愚領袖，藉多陵寡，植黨自私，於是戰鬥以興，而其書亦止：社會之象，宛然具於是焉。若夫尼佉，斯個人主義之至雄傑者矣，希望所寄，惟在大士天才；而以愚民為本位，則惡之不殊蛇蠍。意蓋謂治任多數，則社會元氣，一旦可隳，不若用庸眾為犧牲，以冀一二天才之出世，遞天才出而社會之活動亦以萌，即所謂超人之說，嘗震驚歐洲之思想界者也。

由是觀之，彼之謳歌眾數，奉若神明者，蓋僅見光明一端，他未遍知，因加讚頌，使反而觀諸黑暗，當立悟其不然矣。一梭格拉第[37]也，而眾希臘人鴆之，一耶穌基督也，而眾猶太人磔之，後世論者，孰不云繆，顧其時則從眾志耳。設留今之眾志，迻諸載籍，以俟評騭於來哲，則其是非倒置，或正如今人之視往古，未可知也。故多數相朋，而仁義之途，是非之端，樊然淆亂；惟常言是解，於奧義也漠然。常言奧義，孰近正矣？是故布魯多既殺該撒[38]，昭告市人，其詞秩然有條，名分大義，炳如觀火；而眾之受感，乃不如安多尼指血衣之數言。

於是方群推為愛國之偉人，忽見逐於域外。夫譽之者眾數也，逐之者又眾數也，一瞬息中，變易反覆，其無特操不俟言；即觀現象，已足知不祥之消息矣。故是非不可公於眾，公之則果不誠；政事不可公於眾，公之則治不郅。惟超人出，世乃太平。苟不能然，則在英哲。

嗟夫，彼持無政府主義者，其顛覆滿盈，鏟除階級，亦已至矣，而建說創業諸雄，大都以導師自命。夫一導眾從，智愚之別即在斯。與其抑英哲以就凡庸，曷若置眾人而希英哲？則多數之說，繆不中經，個性之尊，所當張大，蓋揆之是非利害，已不待繁言深慮而可知矣。雖然，此亦賴夫勇猛無畏之人，獨立自強，去離塵垢，排輿言而弗淪於俗囿者也。

若夫非物質主義者，猶個人主義然，亦興起於抗俗。蓋唯物之傾向，固以現實為權輿，浸潤人心，久而不止。故在十九世紀，爰為大潮，據地極堅，且被來葉，一若生活本根，捨此將莫有在者。不知縱令物質文明，即現實生活之大本，而崇奉逾度，傾向偏趨，外此諸端，悉棄置而不顧，則按其究竟，必將緣偏頗之惡因，失文明之神旨，先以消耗，終以滅亡，歷世精神，不百年而俱盡矣。

遞夫十九世紀後葉，而其弊果益昭，諸凡事物，無不質化，靈明日以虧蝕，旨趣流於平庸，人惟客觀之物質世界是趨，而主觀之內面精神，乃捨置不之一省。重其外，放其內，取其質，遺其神，林林眾生，物欲來蔽，社會憔悴，進步以停，於是一切詐偽罪惡，蔑弗乘之而萌，使性靈之光，愈益就於黯淡：十九世紀文明一面之通弊，蓋如此矣。時乃有新神思宗徒出，或崇奉主觀，或張皇意力[39]，匡糾流俗，厲如電霆，使天下群倫，為聞聲而搖蕩。

即其他評騭之士，以至學者文家，雖意主和平，不與世迕，而見此唯物極端，且殺精神生活，則亦悲觀憤嘆，知主觀與意力主義之興，功有偉於洪水之有方舟[40]者焉。主觀主義者，其趣凡二：一謂惟以主觀為準則，用律諸物；一謂視主觀之心靈界，當較客觀之物質界為尤尊。前者為主觀傾向之極端，力特著於十九世紀末葉，然其趨勢，頗與主我及我執殊途，僅於客觀之習慣，無所盲從，或不置重，而以自有之主觀世界為至高之標準而已。以是之故，則思慮動作，咸離外物，獨往來於自心之天地，確信在是，滿足亦在是，謂之漸自省其內曜之成果可也。

若夫興起之由，則原於外者，為大勢所向，胥在平庸之客觀習慣，動不由己，發如機緘[41]，識者不能堪，斯生反動；其原於內者，乃實以近世人心，日進於自覺，知物質萬能之說，且逸個人之情意，使獨創之力歸於槁枯，故不得不以自悟者悟人，冀挽狂瀾於方倒耳。如尼佉伊勃生諸人，皆據其所信，力抗時俗，示主觀傾向之極致；而契開迦爾則謂真理準則，獨在主觀，惟主觀性，即為真理，至凡有道德行為，亦可弗問客觀之結果若何，而一任主觀之善惡為判斷焉。

其說出世，和者日多，於是思潮為之更張，騖外者漸轉而趣內，淵思冥想之風作，自省抒情之意甦，去現實物質與自然之樊，以就其本有心靈之域；知精神現象實人類生活之極顛，非發揮其輝光，於人生為無當；而張大個人之人格，又人生之第一義也。然爾時所要求之人格，有甚異於前者。往所理想，在知見情操，兩皆調整，若主智一派，則在聰明睿智，能移客觀之大世界於主觀之中者。

如是思惟，迨黑格爾（F. Hegel）[42]出而達其極。若羅曼暨尚古[43]一派，則息孚支培黎（Shaftesbury）[44]承盧騷（J. Rousseau）[45]之後，尚容情感之要求，特必與情操相統一調和，始合其理想之人格。而希籟（Fr. Schiller）[46]氏者，乃謂必知感兩性，圓滿無間，然後謂之全人。顧至十九世紀垂終，則理想為之一變。明哲之士，反省於內面者深，因以知古人所設具足調協之人，決不能得之今世；惟有意力軼眾，所當希求，能於情意一端，處現實之世，而有勇猛奮鬥之才，雖屢踣屢僵，終得現其理想：其為人格，如是焉耳。故如勖賓霍爾所張主，則以內省諸己，豁然貫通，因曰意力為世界之本體也；尼佉之所希冀，則意力絕世，幾近神明之超人也；伊勃生之所描寫，則以更革為生命，多力善鬥，即迕萬眾不懾之強者也。

夫諸凡理想，大致如斯者，誠以人丁轉輪之時，處現實之世，使不若是，每至捨己從人，沉溺逝波，莫知所屆，文明真髓，頃刻蕩然；惟有剛毅不撓，雖遇外物而弗為移，始足作社會楨幹。排斥萬難，黽勉上征，人類尊嚴，於此攸賴，則具有絕大意力之士貴耳。雖然，此又特其一端而已。試察其他，乃亦以見末葉人民之弱點，蓋往之文明流弊，浸灌性靈，眾庶率纖弱頹靡，日益以甚，漸乃反觀諸己，為之欿然[47]，於是刻意求意力之人，冀倚為將來之柱石。此正猶洪水橫流，自將滅頂，乃神馳彼岸，出全力以呼善沒者爾，悲夫！

由是觀之，歐洲十九世紀之文明，其度越前古，凌駕亞東，誠不俟明察而見矣。然既以改革而胎，反抗為本，則偏於一極，固理勢所必然。洎夫末流，弊乃自顯。於是新宗崛起，特反其初，復以熱烈之情，勇猛之行，起大波而加之滌蕩。直至今日，益復浩然。其將來之結果若何，蓋未可以率測。

然作舊弊之藥石，造新生之津梁，流衍方長，曼不遽已，則相其本質，察其精神，有可得而徵信者。意者文化常進於幽深，人心不安於固定，二十世紀之文明，當必沉邃莊嚴，至與十九世紀之文明異趣。新生一作，虛偽道消，內部之生活，其將愈深且強歟？精神生活之光耀，將愈興起而發揚歟？

成然以覺，出客觀夢幻之世界，而主觀與自覺之生活，將由是而益張歟？內部之生活強，則人生之意義亦愈邃，個人尊嚴之旨趣亦愈明，二十世紀之新精神，殆將立狂風怒浪之間，恃意力以闢生路者也。中國在今，內密既發，四鄰竟集而迫拶，情狀自不能無所變遷。夫安弱守雌，篤於舊習，固無以爭存於天下。

第所以匡救之者，繆而失正，則雖日易故常，哭泣叫號之不已，於憂患又何補矣？此所為明哲之士，必洞達世界之大勢，權衡校量，去其偏頗，得其神明，施之國中，翕合無間。外之既不後於世界之思潮，內之仍弗失固有之血脈，取今復古，別立新宗，人生意義，致之深邃，則國人之自覺至，個性張，沙聚之邦，由是轉為人國。人國既建，乃始雄厲無前，屹然獨見於天下，更何有於膚淺凡庸之事物哉？

顧今者翻然思變，歷歲已多，青年之所思惟，大都歸罪惡於古之文物，甚或斥言文為蠻野，鄙思想為簡陋，風發浡起，皇皇焉欲進歐西之物而代之，而於適所言十九世紀末之思潮，乃漠然不一措意。凡所張主，惟質為多，取其質猶可也，更按其實，則又質之至偽而偏，無所可用。雖不為將來立計，僅圖救今日之阽危，而其術其心，違戾亦已甚矣。

況乎凡造言任事者，又復有假改革公名，而陰以遂其私欲者哉？今敢問號稱志士者曰，將以富有為文明歟，則猶太遺黎，性長居積，歐人之善賈者，莫與比倫，然其民之遭遇何如矣？將以路礦為文明歟，則五十年來非澳二洲，莫不興鐵路礦事，顧此二洲土著之文化何如矣？將以眾治為文明歟，則西班牙波陀牙[48]二國，立憲且久，顧其國之情狀又何如矣？若曰惟物質為文化之基也，則列機括[49]，陳糧食，遂足以雄長天下歟？曰惟多數得是非之正也，則以一人與眾禺處，其亦將木居而芧食歟[50]？此雖婦豎，必否之矣。

然歐美之強，莫不以是炫天下者，則根柢在人，而此特現象之末，本源深而難見，榮華昭而易識也。是故將生存兩間，角逐列國是務，其首在立人，人立而後凡事舉；若其道術，乃必尊個性而張精神。假不如是，槁喪且不俟夫一世。夫中國在昔，本尚物質而疾天才矣，先王之澤，日以殄絕，逮蒙外力，乃退然不可自存。而輇才小慧之徒，則又號召張皇，重殺之以物質而囿之以多數，個人之性，剝奪無餘。往者為本體自發之偏枯，今則獲以交通傳來之新疫，二患交伐，而中國之沉淪遂以益速矣。嗚呼，眷念方來，亦已焉哉！

一九〇七年作。

## 注釋

1 本篇最初發表於一九〇八年八月《河南》月刊第七號，署名迅行。

2 軒轅氏即黃帝，我國傳說中漢族的始祖、上古帝王。相傳他與九黎族的首領蚩尤作戰，擒殺蚩尤於涿鹿。

3 指在中國傳教的天主教士。西元一二九〇年（元至元二十七年），義大利教士湯若望、高未諾經印度來北京；一五八一年（明萬曆九年），利瑪竇和羅明堅至澳門，經肇慶到北京。西方天文、數學、地理等近代科學，即經由他們傳入中國。其後來者漸多，明清間主持改革曆法的德教士湯若望，即是其中最著名的一人。

4 白種人。

5 原意是校對文字正誤，這裡是比較的意思。

6 僵倒。億，同僵。

7 印度於西元一八四九年被英國侵佔；波蘭於十八世紀末被俄國、普魯士、奧地利三國瓜分。

8 通譯高盧。西元三世紀末，高盧等族聯合羅馬奴隸進攻羅馬帝國，經過長期的戰爭，使它於西元四七六年覆亡。

9 軍盔。

10 即發展工業和商業。當時一部分知識分子在民族危機和洋務運動的刺激下，提出中國應該學習西方資本主義國家的自然科學和生產技術，製造新式武器、交通工具和生產工具，建立近代工業，振興商業，和外國進行「商戰」。立憲國會，是戊戌政變後至辛亥革命之間改良主義者所主張和提倡的政治運動。這時期的改良主義者，包括康有為、梁啟超等在內，已經走上了反動的道路；他們主張君主立憲和成立歐洲資產階級式的國會，反對孫中山等主張推翻清政府的民主革命運動。

11 猶太國建於西元前十一世紀至前十世紀之間。西元前一世紀亡於羅馬，以後猶太人即散居世界各地。

12 舊時用符咒等迷信方法治病的人。

13 鑽營掠奪。

14 違逆。佛，通拂。

15 指當時楊度提出的所謂「金鐵主義」。一九〇七年一月，楊度在東京出版《中國新報》，分期連載《金鐵主義説》。金指「金錢」，即經濟；鐵指「鐵炮」，即軍事。這實際上是重複洋務派「富國強兵」的論調，與當時梁啟超的君主立憲説相呼應。

16 耶穌（約西元前四—西元三十），基督教創始人，猶太族人。現在通用的公曆，即以他的生年為紀元元年（據考證，他實際生於西元前四年）。據《新約全書》説，他在猶太各地傳教，為猶太當權者所仇視，後被捕，送交羅馬帝國駐猶太總督彼拉多，被釘死在十字架上。

17 即草根。

18 即教皇，其宮廷在義大利羅馬的梵蒂岡。

19 即主教。

20 意即變革。

21 指研究客觀事物一般的發展規律的科學，即哲學；與下文的形氣學，即具體的自然科學相對而言。

22 指十五世紀末葉發現美洲大陸。

23 英、美、法三國的革命，指一六四九年和一六八八年英國兩次資產階級革命，一七七五年美國反對英國殖民統治的獨立戰爭，一七八九年法國大革命。

24 緣督，遵循正確的標準。《莊子・養生主》：「緣督以為經」。督，中道、正道。

25 獨臂。躄，跛足。

26 尼佉（一八四四—一九〇〇），通譯尼采，德國哲學家，唯意志論和超人哲學的鼓吹者。他認為個人的權力意志是創造一切、決定一切的動力，鼓吹高踞於群眾之上的所謂「超人」，是人的生物進化的頂點，一切歷史和文化都是由他們創造的，而人民群眾則是低劣的「庸眾」。他極端仇視無產階級的社會主義革命運動，甚至連資產階級的民主也堅決反對。他的理論反映了十九世紀後半期壟斷資產階級的願望和要求，後來成為德國法西斯主義的理論根據。作者把他當作代表新生力量的進步思想家，顯然是當時的一種誤解。以後作者對尼采的看法有了改變，在一九三五年寫的《〈中國新文學大系〉小說二集序》中，稱他為「世紀末」的思想家。（見《且介亭雜文二集》）

27 通譯札拉圖斯特拉。這裡引述的話，見於尼采的主要哲學著作《札拉圖斯特拉如是說》第一部第三十六章《文明之地》（與原文略有出入）。札拉圖斯特拉，即西元前六七世紀波斯教的創立者札拉西斯特（Zoroaster）；尼采在這本書中僅是借他來宣揚自己的主張，與波斯教教義無關。

28 指十九世紀初葉以黑格爾為代表的唯心主義學派。參看本篇注42。

29 指十九世紀末葉的極端主觀唯心主義派別，如下文所介紹的以尼采、叔本華為代表的唯意志論，以斯蒂納為代表的唯我論等。

30 十分奇特的意思。《莊子·齊物論》：「是其言也，其名為弔詭。」據唐代陸德明《經典釋文》：弔，「音的，至也」；詭，「異也」。

31 斯契納爾（一八〇六－一八五六），通譯斯蒂納，德國哲學家卡斯巴爾·施米特的筆名。早期無政府主義者、唯我論者，青年黑格爾派代表之一。他認為「自我」是唯一的實在，整個世界及其歷史都是「我」的產物，反對一切外力對個人的約束。著有《唯一者及其所有物》等。魯迅認為斯蒂納是一個「先覺善鬥之士」，也是一種誤解。

32 古代奴隸中兩個等級的名稱，後泛指被奴役的人。

33 勖賓霍爾（一七八八－一八六〇）：通譯叔本華，德國哲學家，唯意志論者。他認為意志是萬物的本源。意志支配一切，同時也給人類帶來不可避免的痛苦，因為人們利己的「生活意志」在現實世界中是無法滿足的，人生只是一場災難，世界註定只能被盲目的、非理性的意志所統治。這種唯意志論後來成為法西斯主義的理論基礎。他的主要著作有《世界即意志和觀念》。

34 契開迦爾（一八一三－一八五五），通譯克爾凱郭爾，丹麥哲學家。他用極端主觀唯心主義來反對黑克爾的客觀唯心主義，認為只有人的主觀存在才是唯一的實在，真理即主觀性。著作有《人生道路的階段》等。

35 顯理·伊勃生（一八二八－一九〇六）」通譯亨利克·易卜生，挪威戲劇家。他的作品對資產階級社會的虛偽庸俗作了猛烈批判，鼓吹個性解放，認為強有力的人是孤獨的，而大多數人是庸俗、保守的。在當時挪威小市民階級佔有很大勢力，無產階級還沒有形成強大政治力量的條件下，這些思想具有反對小市民階級市儈主義的進步意義；但其強烈的個人主義世界觀和人生觀，是同無產階級的思想相衝突的。

易卜生在十九世紀歐洲文學史上有重要地位。他的作品在「五四」時期被介紹到中國，其進步的一面，在當時的反封建鬥爭和婦女解放鬥爭中曾起過積極的作用。主要作品有《玩偶之家》、《國民公敵》（即文中所説的《民敵》）等。

36 囿於狹隘的見聞。《莊子．秋水》：「井蛙不可以語與海者，拘於虛也」。虛，洞孔。

37 梭格拉第（Sokrates，西元前四六九—前三九九），通譯蘇格拉底，古希臘哲學家。他宣揚世界萬物都是神為了一定目的安排的，是保守的奴隸主貴族的思想代表，後因被控犯有反對雅典民主政治之罪判處死刑。

38 該撒（G. J. Caesar，西元前一〇〇—西元前四四），通譯凱撒，古羅馬共和國將領、政治家。西元前四十八年被任命為終身獨裁者，前四十四年被共和派領袖布魯多刺死。凱撒死後，他的好友馬卡斯．安東尼（即文中所説的安多尼）指凱撒血衣立誓為他復仇。布魯多刺殺凱撒後，逃到羅馬東方領土，召集軍隊，準備保衛共和政治；西元前四十二年被安東尼擊敗，自殺身死。這裡是根據莎士比亞的歷史劇《裘力斯．凱撒》第三幕第二場中的情節。

39 即唯意志論。

40 即諾亞方舟。參看本書〈人之歷史〉一篇注釋29。

41 即機械。

42 黑格爾（一七七〇—一八三一），德國古典哲學的主要代表之一，客觀唯心主義者。他認為精神是第一性的，世界萬物都是由「絕對觀念」所產生，英雄人物是「絕對觀念」的體現者，因此創造人類歷史的是他們。黑格爾的主要功績在於發展了辯證法的思維形式，第一次把自然的和精神的世界描寫為一個不斷運動發展的辯證過程，並力求找出它們之間的內在聯繫。主要著作有《邏輯學》、《精神現象學》和《美學》等。

43 指浪漫主義。尚古，指古典主義。

44 息孚支培黎（一六七一—一七一三），通譯沙弗斯伯利，英國哲學家，自然神論者。他主張「道德直覺論」，認為人天然具有道德感，強調個人利益和社會利益不相矛盾，二者的統一調和就是道德的基礎。他的理論是為當時專制皇權服務的。著有《德性研究論》。

45 盧騷（一七一二—一七七八），通譯盧梭，法國啟蒙思想家，「天賦人權」學說的倡導者。在哲學上，他承認感覺是認識的根源，但又強調人有「天賦的感情」和天賦的「道德觀念」，並承認自然神論者的所謂上帝的存在。主要著作有《社會契約論》、《愛彌兒》等。按盧梭的生存年代在沙弗斯伯利之後。

46 希籟（一七五九—一八〇五），通譯席勒，德國詩人、戲劇家。德國浪漫主義文學的代表作家之一。他的哲學觀點傾向於康德的唯心主義，認為支配物質的是「自由精神」，只要擺脱物質的限制，追求感覺和理性的完美的結合，人就能達到自由和理想的王國。著有劇本《強盜》、《陰謀與愛情》、《華倫斯坦》等。

47 憂慮、不滿足的意思。

48 即葡萄牙。

49 指武器。

50 禺，猴子；芧，橡實。《莊子·齊物論》有「狙公賦芧」的寓言。

# 摩羅詩力說[1]

求古源盡者將求方來之泉，將求新源。嗟我昆弟，新生之作，新泉之湧於淵深，其非遠矣。[2]——尼采

一

人有讀古國文化史者，循代而下，至於卷末，必淒以有所覺，如脫春溫而入於秋肅，勾萌絕聯[3]，枯槁在前，吾無以名，姑謂之蕭條而止。蓋人文之留遺後世者，最有力莫如心聲[4]。古民神思，接天然之閟宮，冥契萬有，與之靈會，道其能道，爰為

詩歌。其聲度時劫而入人心，不與緘口同絕；且益蔓衍，視其種人[5]。遞文事式微，則種人之運命亦盡，群生輟響，榮華收光；讀史者蕭條之感，即以怒起，而此文明史記，亦漸臨末頁矣。凡負令譽於史初，開文化之曙色，而今日轉為影國[6]者，無不如斯。

使舉國人所習聞，最適莫如天竺。天竺古有《韋陀》[7]四種，瑰麗幽夐，稱世界大文；其《摩訶波羅多》暨《羅摩衍那》二賦[8]，亦至美妙。厥後有詩人加黎陀薩（Kalidasa）[9]者出，以傳奇鳴世，間染抒情之篇；日爾曼詩宗瞿提（W. von Goethe），至崇為兩間之絕唱。降及種人失力，而文事亦共零夷，至大之聲，漸不生於彼國民之靈府，流轉異域，如亡人也。次為希伯來[10]，雖多涉信仰教誡，而文章以幽邃莊嚴勝，教宗文術，此其源泉，灌溉人心，迄今茲未艾。特在以色列族，則止耶利米（Jeremiah）[11]之聲；列王荒矣，帝怒以赫，耶路撒冷遂隳[12]，而種人之舌亦默。

當彼流離異地，雖不遽忘其宗邦，方言正信，拳拳未釋，然《哀歌》而下，無賡響矣。復次為伊蘭埃及[13]，皆中道廢弛，有如斷綆，燦爛於古，蕭瑟於今。若震旦而逸斯列，則人生大戩，無逾於此。何以故？英人加勒爾（Th. Carlyle）[14]曰，得昭明之聲，洋洋乎歌心意而生者，為國民之首義。意大利分崩矣，然實一統也，彼生但丁

（Dante Alighieri）[15]，彼有意語。大俄羅斯之札爾[16]，有兵刃炮火，政治之上，能轄大區，行大業。然奈何無聲？中或有大物，而其為大也喑。（中略）迨兵刃炮火，無不腐蝕，而但丁之聲依然。有但丁者統一，而無聲兆之俄人，終支離而已。

尼佉（Fr. Nietzsche）不惡野人，謂中有新力，言亦確鑿不可移。蓋文明之朕，固孕於蠻荒，野人狉獉[17]其形，而隱曜即伏於內。文明如華，蠻野如蕾，文明如實，蠻野如華，上征在是，希望亦在是。惟文化已止之古民不然：發展既央，隳敗隨起，況久襲古宗祖之光榮，嘗首出周圍之下國，暮氣之作，每不自知，自用而愚，汙如死海。其煌煌居歷史之首，而終匿形於卷末者，殆以此歟？俄之無聲，激響在焉。俄如孺子，而非喑人；俄如伏流，而非古井。

十九世紀前葉，果有鄂戈理（N. Gogol）[18]者起，以不可見之淚痕悲色，振其邦人，或以擬英之狹斯丕爾（W. Shakespeare），即加勒爾所讚揚崇拜者也。顧瞻人間，新聲爭起，無不以殊特雄麗之言，自振其精神而紹介其偉美於世界；若淵默而無動者，獨前舉天竺以下數古國而已。嗟夫，古民之心聲手澤，非不莊嚴，非不崇大，然呼吸不通於今，則取以供覽古之人，使摩挲詠嘆而外，更何物及其子孫？否亦僅自語其前此光榮，即以形邇來之寂寞，反不如新起之邦，縱文化未昌，而大有望於方來之足致敬也。故所謂古文明國者，悲涼之語耳，嘲諷之辭耳！

中落之冑，故家荒矣，則喋喋語人，謂厥祖在時，其為智慧武怒[19]者何似，嘗有閎宇崇樓，珠玉犬馬，尊顯勝於凡人。有聞其言，孰不騰笑？夫國民發展，功雖有在於懷古，然其懷也，思理朗然，如鑑明鏡，時時上徵，時時反顧，時時進光明之長途，時時念輝煌之舊有，故其新者日新，而其古亦不死。若不知所以然，漫誇耀以自悅，則長夜之始，即在斯時。

今試履中國之大衢，當有見軍人蹀躞而過市者，張口作軍歌，痛斥印度波蘭之奴性[20]；有漫為國歌者亦然。蓋中國今日，亦頗思歷舉前有之耿光，特未能言，則姑曰左鄰已奴，右鄰且死，擇亡國而較量之，冀自顯其佳勝。夫二國與震旦究孰劣，今姑弗言；若云頌美之什[21]，國民之聲，則天下之詠者雖多，固未見有此作法矣。詩人絕跡，事若甚微，而蕭條之感，輒以來襲。意者欲揚宗邦之真大，首在審己，亦必知人，比較既周，爰生自覺。自覺之聲發，每響必中於人心，清晰昭明，不同凡響。非然者，口舌一結，眾語俱淪，沉默之來，倍於前此。

蓋魂意方夢，何能有言？即震於外緣，強自揚厲，不惟不大，徒增欷耳。故曰國民精神發揚，與世界識見之廣博有所屬。

今且置古事不道，別求新聲於異邦，而其因即動於懷古。新聲之別，不可究詳；至力足以振人，且語之較有深趣者，實莫如摩羅[22]詩派。摩羅之言，假自天竺，此云天魔，歐人謂之撒旦[23]，人本以目裴倫（G. Byron）[24]。今則舉一切詩人中，凡立意在反抗，指歸在動作，而為世所不甚愉悅者悉入之，為傳其言行思惟，流別影響，始宗主裴倫，終以摩迦（匈加利）文士[25]。凡是群人，外狀至異，各稟自國之特色，發為光華；而要其大歸，則趣於一：大都不為順世和樂之音，動吭一呼，聞者興起，爭天拒俗，而精神復深感後世人心，綿延至於無已。雖未生以前，解脫而後，或以其聲為不足聽；若其生活兩間，居天然之掌握，輾轉而未得脫者，則使之聞之，固聲之最雄傑偉美者矣。然以語平和之民，則言者滋懼。

## 二

平和為物，不見於人間。其強謂之平和者，不過戰事方已或未始之時，外狀若寧，暗流仍伏，時劫一會，動作始矣。故觀之天然，則和風拂林，甘雨潤物，似無不以降福祉於人世，然烈火在下，出為地囪[26]，一旦僨興，萬有同坏。其風雨時作，特暫伏之現象，非能永劫安易，如亞當之故家[27]也。

人事亦然，衣食家室邦國之爭，形現既昭，已不可以諱掩；而二士室處，亦有吸呼，於是生顥氣[28]之爭，強肺者致勝。故殺機之昉，與有生偕；平和之名，等於無有。特生民之始，既以武健勇烈，抗拒戰鬥，漸進於文明矣，化定俗移，轉為新懦，知前征之至險，則爽然思歸其雌[29]，而戰場在前，復自知不可避，於是運其神思，創為理想之邦，或托之人所莫至之區，或遲之不可計年以後。

自柏拉圖（Platon）《邦國論》始，西方哲士作此念者不知幾何人。雖自古迄今，絕無此平和之朕，而延頸方來，神馳所慕之儀的，日逐而不捨，要亦人間進化之一因子歟？吾中國愛智之士，獨不與西方同，心神所注，遼遠在於唐虞，或逕入古初，遊於人獸雜居之世；謂其時萬禍不作，人安其天，不如斯世之惡濁阽危，無以生活。其說照之人類進化史實，事正背馳。

蓋古民蔓衍播遷，其為爭抗劬勞，縱不厲於今，而視今必無所減；特歷時既永，史乘無存，汗跡血腥，泯滅都盡，則追而思之，似其時為至足樂耳。儻使置身當時，與古民同其憂患，則頹唐侘傺，復遠念盤古未生，斧鑿未經之世，又事之所必有者已。故作此念者，為無希望，為無上征，為無努力，較以西方思理，猶水火然；非自殺以從古人，將終其身更無可希冀經營，致人我於所儀之主的，束手浩嘆，神質同隳焉而已。

且更為忖度其言，又將見古之思士，決不以華土為可樂，如今人所張皇；惟自知良儒無可為，乃獨圖脫屣塵埃，惝恍古國，任人群墮於蟲獸，而己身以隱逸終。思士如是，社會善之，咸謂之高蹈之人，而自云我蟲獸我蟲獸也。其不然者，乃立言辭，欲致人同歸於樸古，老子[30]之輩，蓋其梟雄。老子書五千語，要在不攖人心；以不攖人心故，則必先自致槁木之心，立無為之治；以無為之為化社會，而世即於太平。其術善也。

然奈何星氣既凝[31]，人類既出而後，無時無物，不稟殺機，進化或可停，而生物不能返本。使拂逆其前征，勢即入於苓落，世界之內，實例至多，一覽古國，悉其信證。若誠能漸致人間，使歸於禽蟲卉木原生物，復由漸即於無情[32]，則宇宙自大，有情已去，一切虛無，寧非至淨。而不幸進化如飛矢，非墮落不止，非著物不止，祈逆飛而歸弦，為理勢所無有。此人世所以可悲，而摩羅宗之為至偉也。人得是力，乃以發生，乃以蔓衍，乃以上征，乃至於人所能至之極點。

中國之治，理想在不攖，而意異於前說。有人攖人，或有人得攖者，為帝大禁，其意在保位，使子孫王千萬世，無有底止，故性解（Genius）[33]之出，必竭全力死之；有人攖我，或有能攖人者，為民大禁，其意在安生，寧蜷伏墮落而惡進取，故性解之出，亦必竭全力死之。

柏拉圖建神思之邦，謂詩人亂治，當放域外；雖國之美汙，意之高下有不同，而術實出於一。蓋詩人者，攖人心者也。凡人之心，無不有詩，如詩人作詩，詩不為詩人獨有，凡一讀其詩，心即會解者，即無不自有詩人之詩。無之何以能解？惟有而未能言，詩人為之語，則握撥一彈，心弦立應，其聲澈於靈府，令有情皆舉其首，如睹曉日，益為之美偉強力高尚發揚，而汙濁之平和，以之將破。平和之破，人道蒸也。

雖然，上極天帝，下至輿台，則不能不因此變其前時之生活；協力而夭閼之，思永保其故態，殆亦人情已。故態永存，是曰古國。惟詩究不可滅盡，則又設範以囚之。如中國之詩，舜云言志[34]；而後賢立說，乃云持人性情，三百之旨，無邪所蔽[35]。夫既言志矣，何持之云？強以無邪，即非人志。許自繇[36]於鞭策羈縻之下，殆此事乎？然厥後文章，乃果輾轉不逾此界。其頌祝主人，悅媚豪右之作，可無俟言。即或心應蟲鳥，情感林泉，發為韻語，亦多拘於無形之囹圄，不能舒兩間之真美；否則悲慨世事，感懷前賢，可有可無之作，聊行於世。倘其囁嚅之中，偶涉眷愛，而儒服之士，即交口非之。況言之至反常俗者乎？

惟靈均將逝，腦海波起，通於汨羅[37]，返顧高丘，哀其無女[38]，則抽寫哀怨，郁為奇文。茫洋在前，顧忌皆去，懟世俗之渾濁，頌己身之修能[39]，懷疑自遂古之初[40]，直至百物之瑣末，放言無憚，為前人所不敢言。然中亦多芳菲淒惻之音，而反抗挑戰，則終其篇未能見，感動後世，為力非強。劉彥和[41]所謂才高者菀其鴻裁，中巧者獵其艷辭，吟諷者銜其山川，童蒙者拾其香草。皆著意外形，不涉內質，孤偉自死，社會依然，四語之中，函深哀焉。

故偉美之聲，不震吾人之耳鼓者，亦不始於今日。大都詩人自倡，生民不耽。試稽自有文字以至今日，凡詩宗詞客，能宣彼妙音，傳其靈覺，以美善吾人之性情，崇大吾人之思理者，果幾何人？上下求索，幾無有矣。第此亦不能為彼徒罪也，人人之心，無不泐二大字曰實利，不獲則勞，既獲便睡。縱有激響，何能攖之？夫心不受攖，非槁死則縮朒耳，而況實利之念，復煔煔熱於中，且其為利，又至陋劣不足道，則馴至卑懦儉嗇，退讓畏葸，無古民之樸野，有末世之澆漓，又必然之勢矣，此亦古哲人所不及料也。

夫云將以詩移人性情，使即於誠善美偉強力敢為之域，聞者或哂其迂遠乎；而事復無形，效不顯於頃刻。使舉一密栗[42]之反證，殆莫如古國之見滅於外仇矣。凡如是者，蓋不止笞擊縻系，易於毛角[43]而已，且無有為沉痛著大之聲，攖其後人，使之興起；即間有之，受者亦不為之動，創痛少去，即復營營於治生，活身是圖，不恤汙下，外仇又至，摧敗繼之。故不爭之民，其遭遇戰事，常較好爭之民多，而畏死之民，其苓落殤亡，亦視強項敢死之民眾。

千八百有六年八月，拿坡侖大挫普魯士軍，翌年七月，普魯士乞和，為從屬之國。然其時德之民族，雖遭敗亡窘辱，而古之精神光耀，固尚保有而未隳。於是有愛倫德（E. M. Arndt）[44]者出，著《時代精神篇》（Geist der Zeit），以偉大壯麗之筆，宣獨立自繇之音，國人得之，敵愾之心大熾；已而為敵覺察，探索極嚴，乃走瑞士。

遞千八百十二年，拿坡侖挫於墨斯科之酷寒大火，逃歸巴黎，歐土遂為云擾，競舉其反抗之兵。翌年，普魯士帝威廉三世[45]乃下令召國民成軍，宣言為三事戰，曰自由正義祖國；英年之學生詩人美術家爭赴之。愛倫德亦歸，著《國民軍者何》暨《萊因為德國大川特非其界》二篇，以鼓青年之意氣。

而義勇軍中，時亦有人曰台陀開納（Theodor Körner）[46]，慨然投筆，辭維也納國立劇場詩人之職，別其父母愛者，遂執兵行；作書貽父母曰，普魯士之鷲，已以鷙擊誠心，覺德意志民族之大望矣。吾之吟詠，無不為宗邦神往。吾將捨所有福祉歡欣，為宗國戰死。

嗟夫，吾以明神之力，已得大悟。為邦人之自由與人道之善故，犧牲孰大於是？熱力無量，湧吾靈台[47]，吾起矣！後此之《豎琴長劍》（Leier und Schwert）一集，亦無不以是精神，凝為高響，展卷方誦，血脈已張。然時之懷熱誠靈悟如斯狀者，蓋非止開納一人也，舉德國青年，無不如是。開納之聲，即全德人之聲，開納之血，亦即全德人之血耳。故推而論之，敗拿坡侖者，不為國家，不為皇帝，不為兵刃，國民而已。國民皆詩，亦皆詩人之具，而德卒以不亡。

此豈篤守功利，擯斥詩歌，或抱異域之朽兵敗甲，冀自衛其衣食室家者，意料之所能至哉？然此亦僅譬詩力於米鹽，聊以震崇實之士，使知黃金黑鐵，斷不足以興國家，德法二國之外形，亦非吾邦所可活剝；示其內質，冀略有所悟解而已。此篇本意，固不在是也。

## 三

由純文學上言之，則以一切美術之本質，皆在使觀聽之人，為之興感怡悅。文章為美術之一，質當亦然，與個人暨邦國之存，無所繫屬，實利離盡，究理弗存。故其為效，益智不如史乘，誡人不如格言，致富不如工商，弋功名不如卒業之券[48]。特世有文章，而人乃以幾於具足。英人道覃（E. Dowden）[49]有言曰，美術文章之傑出於世者，觀誦而後，似無裨於人間者，往往有之。然吾人樂於觀誦，如遊巨浸，前臨渺茫，浮游波際，游泳既已，神質悉移。而彼之大海，實僅波起濤飛，絕無情愫，未始以一教訓一格言相授。顧游者之元氣體力，則為之陡增也。故文章之於人生，其為用決不次於衣食，宮室，宗教，道德。蓋緣人在兩間，必有時自覺以勤劬，有時喪我而惝恍，時必致力於善生[50]，時必並忘其善生之事而入於醇樂，時或活動於現實之區，時或神馳於理想之域；苟致力於其偏，是謂之不具足。嚴冬永留，春氣不至，生其軀殼，死其精魂，其人雖生，而人生之道失。

文章不用之用，其在斯乎？約翰穆黎[51]曰，近世文明，無不以科學為術，合理為神，功利為鵠。大勢如是，而文章之用益神。所以者何？以能涵養吾人之神思耳。涵養人之神思，即文章之職與用也。

此他麗於文章能事者，猶有特殊之用一。蓋世界大文，無不能啟人生之閟機，而直語其事實法則，為科學所不能言者。所謂閟機，即人生之誠理是已。此為誠理，微妙幽玄，不能假口於學子。如熱帶人未見冰前，為之語冰，雖喻以物理生理二學，而不知水之能凝，冰之為冷如故；惟直示以冰，使之觸之，則雖不言質力二性，而冰之為物，昭然在前，將直解無所疑沮。惟文章亦然，雖縷判條分，理密不如學術，而人生誠理，直籠其辭句中，使聞其聲者，靈府朗然，與人生即會。如熱帶人既見冰後，曩之竭研究思索而弗能喻者，今宛在矣。

昔愛諾爾特（M. Arnold）[52]氏以詩為人生評騭，亦正此意。故人若讀鄂謨（Homeros）[53]以降大文，則不徒近詩，且自與人生會，歷歷見其優勝缺陷之所存，更力自就於圓滿。此其效力，有教示意；既為教示，斯益人生；而其教復非常教，自覺勇猛發揚精進，彼實示之。凡苓落頹唐之邦，無不以不耳此教示始。

顧有據群學[54]見地以觀詩者，其為說復異：要在文章與道德之相關。謂詩有主分，曰觀念之誠。其誠奈何？則曰為詩人之思想感情，與人類普遍觀念之一致。得誠奈何？則曰在據極溥博之經驗。故所據之人群經驗愈溥博，則詩之溥博視之。所謂道德，不外人類普遍觀念所形成。故詩與道德之相關，緣蓋出於造化。詩與道德合，即為觀念之誠，生命在是，不朽在是。非如是者，必與群法僢馳[55]。以背群法故，必反人類之普遍觀念；以反普遍觀念故，必不得觀念之誠。觀念之誠失，其詩宜亡。故詩之亡也，恆以反道德故。

然詩有反道德而竟存者奈何？則曰，暫耳。無邪之說，實與此契。苟中國文事復興之有日，慮操此說以力削其萌蘗者，尚有徒也。而歐洲評騭之士，亦多抱是說以律文章。十九世紀初，世界動於法國革命之風潮，德意志西班牙意大利希臘皆興起，往之夢意，一曉而蘇；惟英國較無動。顧上下相迕，時有不平，而詩人裴倫，實生此際。其前有司各德（W. Scott）[56]輩，為文率平妥翔實，與舊之宗教道德極相容。迨有裴倫，乃超脫古範，直抒所信，其文章無不函剛健抗拒破壞挑戰之聲。平和之人，能無懼乎？於是謂之撒旦。

此言始於蘇惹（R. Southey）[57]，而眾和之；後或擴以稱修黎（P. B. Shelley）[58]以下數人，至今不廢。蘇惹亦詩人，以其言能得當時人群普遍之誠故，獲月桂冠，攻裴倫甚力。裴倫亦以惡聲報之，謂之詩商。所著有《納爾遜傳》（The Life of Lord

Nelson）今最行於世。

《舊約》記神既以七日造天地，終乃摶埴為男子，名曰亞當，已而病其寂也，復抽其肋為女子，是名夏娃，皆居伊甸。更益以鳥獸卉木；四水出焉。伊甸有樹，一曰生命，一曰知識。神禁人勿食其實；魔乃侘[59]蛇以誘夏娃，使食之，爰得生命知識。神怒，立逐人而詛蛇，蛇腹行而土食；人則既勞其生，又得其死，罰且及於子孫，無不如是。

英詩人彌耳敦（J. Milton），嘗取其事作《失樂園》（The Paradise Lost）[60]，有天神與撒旦戰事，以喻光明與黑暗之爭。撒旦為狀，復至獰厲。是詩而後，人之惡撒旦遂益深。然使震旦人士異其信仰者觀之，則亞當之居伊甸，蓋不殊於籠禽，不識不知，惟帝是悅，使無天魔之誘，人類將無由生。故世間人，當蔑弗秉有魔血，惠之及人世者，撒旦其首矣。

然為基督宗徒，則身被此名，正如中國所謂叛道，人群共棄，艱於置身，非強怒善戰豁達能思之士，不任受也。亞當夏娃既去樂園，乃舉二子，長曰亞伯，次曰凱因[61]。亞伯牧羊，凱因耕植是事，嘗出所有以獻神。神喜脂膏而惡果實，斥凱因獻不視；以是，凱因漸與亞伯爭，終殺之。神則詛凱因，使不獲地力，流於殊方。裴倫取其事作傳奇[62]，於神多所詰難。教徒皆怒，謂為瀆聖害俗，張皇靈魂有盡之詩，攻之至力。迄今日評騭之士，亦尚有以是難裴倫者。

爾時獨穆亞（Th. Moore）[63]及修黎二人，深稱其詩之雄美偉大。德詩宗瞿提，亦謂為絕世之文，在英國文章中，此為至上之作；後之勸遏克曼（J. P. Eckermann）[64]治英國語言，蓋即冀其直讀斯篇云。《約》又記凱因既流，亞當更得一子，歷歲永永，人類益繁，於是心所思惟，多涉惡事。主神乃悔，將殄之。有挪亞獨善事神，神令致亞斐木為方舟[65]，將眷屬動植，各從其類居之。遂作大雨四十晝夜，洪水氾濫，生物滅盡，而挪亞之族獨完，水退居地，復生子孫，至今日不絕。

吾人記事涉此，當覺神之能悔，為事至奇；而人之惡撒旦，其理乃無足詫。蓋既為挪亞子孫，自必力斥抗者，敬事主神，戰戰兢兢，繩其祖武[66]，冀洪水再作之日，更得密詔而自保於方舟耳。抑吾聞生學家言，有云反種[67]一事，為生物中每現異品，肖其遠先，如人所牧馬，往往出野物，類之不拉（Zebra）[68]，蓋未馴以前狀，復現於今日者。撒旦詩人之出，殆亦如是，非異事也。獨眾馬怒其不伏箱[69]，群起而交踶之，斯足憫嘆焉耳。

## 四

裴倫名喬治戈登（George Gordon），係出司堪第那比亞[70]海賊蒲隆（Burun）族。其族後居諾曼[71]，從威廉入英，遞顯理二世時，始用今字。裴倫以千七百八十八年一月二十二日生於倫敦，十二歲即為詩；長遊堪勃力俱大學[72]不成，漸決去英國，作汗漫遊，始於波陀牙，東至希臘突厥[73]及小亞細亞，歷審其天物之美，民俗之異，成《哈洛爾特遊草》（Childe Harold's Pilgrimage）[74]二卷，波譎雲詭，世為之驚絕。次作《不信者》（The Giaour）[75]暨《阿畢陀斯新婦行》（The Bride of Abydos）二篇，皆取材於突厥。前者記不信者（對回教而言）通哈山之妻，哈山投其妻於水，不信者逸去，後終歸而殺哈山，詣廟自懺；絕望之悲，溢於毫素，讀者哀之。次為女子蘇黎加愛舍林，而其父將以婚他人，女偕舍林出奔，已而被獲，舍林鬥死，女亦終盡；其言有反抗之音。

迨千八百十四年一月，賦《海賊》（The Corsair）之詩。篇中英雄曰康拉德，於世已無一切眷愛，遺一切道德，惟以強大之意志，為賊渠魁，領其從者，建大邦於海上。孤舟利劍，所向悉如其意。獨家有愛妻，他更無有；往雖有神，而康拉德早棄之，神亦已棄康拉德矣。故一劍之力，即其權利，國家之法度，社會之道德，視之蔑如。權力若具，即用行其意志，他人奈何，天帝何命，非所問也。若問定命之何如？則曰，在鞘中，一旦外輝，搣且失色而已。

然康拉德為人，初非元惡，內秉高尚純潔之想，嘗欲盡其心力，以致益於人間；比見細人蔽明，讒諂害聰，凡人營營，多猜忌中傷之性，則漸冷淡，則漸堅凝，則漸嫌厭；終乃以受自或人之怨毒，舉而報之全群，利劍輕舟，無間人神，所向無不抗戰。蓋復仇一事，獨貫注其全精神矣。一日攻塞特，敗而見囚，塞特有妃愛其勇，助之脫獄，泛舟同奔，遇從者於波上，乃大呼曰，此吾舟，此吾血色之旗也，吾運未盡於海上！然歸故家，則銀釭暗而愛妻逝矣。既而康拉德亦失去，其徒求之波間海角，蹤跡杳然，獨有以無量罪惡，繫一德義之名，永存於世界而已。

裴倫之祖約翰[76]，嘗念先人為海王，因投海軍為之帥；裴倫賦此，緣起似同；有即以海賊字裴倫者，裴倫聞之竊喜，則篇中康拉德為人，實即此詩人變相，殆無可疑已。越三月，又作賦曰《羅羅》（Lara），記其人嘗殺人不異海賊，後圖起事，敗而傷，飛矢來貫其胸，遂死。所敘自尊之夫，力抗不可避之定命，為狀慘烈，莫可比方。此他猶有所制，特非雄篇。其詩格多師司各德，而司各德由是銳意於小說，不復為詩，避裴倫也。

已而裴倫去其婦，世雖不知去之之故，然爭難之，每臨會議，嘲罵即四起，且禁其赴劇場。其友穆亞為之傳，評是事曰，世於裴倫，不異其母，忽愛忽惡，無判決也。顧窘戮天才，殆人群恆狀，滔滔皆是，寧止英倫。中國漢晉以來，凡負文名者，多受謗毀，劉彥和為之辯曰，人稟五才，修短殊用，自非上哲，難以求備，然將相以位隆特達，文士以職卑多誚，此江河所以騰湧，涓流所以寸析者[77]。東方惡習，盡此數言。然裴倫之禍，則緣起非如前陳，實反由於名盛，社會頑愚，仇敵窺伺，乘隙立起，眾則不察而妄和之；若頌高官而厄寒士者，其汙且甚於此矣。

顧裴倫由是遂不能居英，自曰，使世之評騭誠，吾在英為無值，若評騭謬，則英於我為無值矣。吾其行乎？然未已也，雖赴異邦，彼且躡我。已而終去英倫，千八百十六年十月，抵意大利。自此，裴倫之作乃益雄。

裴倫在異域所為文，有《哈洛爾特遊草》之續，《堂祥》（Don Juan）[78]之詩，及三傳奇稱最偉，無不張撒旦而抗天帝，言人所不能言。一曰《曼弗列特》（Manfred），記曼以失愛絕歡，陷於巨苦，欲忘弗能，鬼神見形問所欲，曼云欲忘，鬼神告以忘在死，則對曰，死果能令人忘耶？復衷疑而弗信也。後有魅來降曼弗列特，而曼忽以意志制苦，毅然斥之曰，汝曹決不能誘惑滅亡我。（中略）我，自壞者也。行矣，魅眾！死之手誠加我矣，然非汝手也。意蓋謂已有善惡，則褒貶賞罰，亦悉在己，神天魔龍，無以相凌，況其他乎？曼弗列特意志之強如是，裴倫亦如是。

論者或以擬瞿提之傳奇《法斯忒》（Faust）[79]云。二曰《凱因》（Cain），典據已見於前分，中有魔曰盧希飛勒[80]，導凱因登太空，為論善惡生死之故，凱因悟，遂師摩羅。比行世，大遭教徒攻擊，則作《天地》（Heaven and Earth）以報之，英雄為耶彼第，博愛而厭世，亦以詰難教宗，鳴其非理者。

夫撒旦何由昉乎？以彼教言，則亦天使之大者，徒以陡起大望，生背神心，敗而墮獄，是云魔鬼。由是言之，則魔亦神所手創者矣。已而潛入樂園，至善美安樂之伊甸，以一言而立毀，非具大能力，曷克至是？伊甸，神所保也，而魔毀之，神安得云全能？況自創惡物，又從而懲之，且更瓜蔓以懲人，其慈又安在？故凱因曰，神為不幸之因。神亦自不幸，手造破滅之不幸者，何幸福之可言？而吾父曰，神全能也。問之曰，神善，何復惡邪，則曰，惡者，就善之道爾。神之為善，誠如其言：先以凍餒，乃與之衣食；先以癘疫，乃施之救援；手造罪人，而曰吾赦汝矣。人則曰，神可頌哉，神可頌哉！營營而建伽蘭焉。盧希飛勒不然，曰吾誓之兩間，吾實有勝我之強者，而無有加於我之上位。彼勝我故，名我曰惡，若我致勝，惡且在神，善惡易位耳。此其論善惡，正異尼佉。

尼佉意謂強勝弱故，弱者乃字其所為曰惡，故惡實強之代名；此則以惡為弱之冤謚。故尼佉欲自強，而並頌強者；此則亦欲自強，而力抗強者，好惡至不同，特圖強則一而已。人謂神強，因亦至善。顧善者乃不喜華果，特嗜腥羶，凱因之獻，純潔無似，則以旋風振而落之。

人類之始，實由主神，一拂其心，即發洪水，並無罪之禽蟲卉木而殄之。人則曰，爰滅罪惡，神可頌哉！耶彼第乃曰，汝得救孺子眾！汝以為脫身狂濤，獲天幸歟？汝曹偷生，逞其食色，目擊世界之亡，而不生其惻嘆；復無勇力，敢當大波，與同胞之人，共其運命；偕厥考逃於方舟，而建都邑於世界之墓上，竟無慚耶？然人竟無慚也，方伏地讚頌，無有休止，以是之故，主神遂強。使眾生去而不之理，更何威力之能有？

人既授神以力，復假之以厄撒旦；而此種人，又即主神往所殄滅之同類。以撒旦之意觀之，其為頑愚陋劣，如何可言？將曉之歟，則音聲未宣，眾已疾走，內容何若，不省察也。將任之歟，則非撒旦之心矣，故復以權力現於世。神，一權力也；撒旦，亦一權力也。惟撒旦之力，即生於神，神力若亡，不為之代；上則以力抗天帝，下則以力制眾生，行之背馳，莫甚於此。顧其制眾生也，即以抗故。倘其眾生同抗，更何制之云？

裴倫亦然，自必居人前，而怒人之後於眾。蓋非自居人前，不能使人勿後於眾故；任人居後而自為之前，又為撒旦大恥故。故既揄揚威力，頌美強者矣，復曰，吾愛亞美利加，此自由之區，神之綠野，不被壓制之地也。由是觀之，裴倫既喜拿坡侖之毀世界，亦愛華盛頓之爭自由，既心儀海賊之橫行，亦孤援希臘之獨立，壓制反抗，兼以一人矣。雖然，自由在是，人道亦在是。

## 五

自尊至者，不平恆繼之，憤世嫉俗，發為巨震，與對蹠之徒爭衡。蓋人既獨尊，自無退讓，自無調和，意力所如，非達不已，乃以是漸與社會生衝突，乃以是漸有所厭倦於人間。若裴倫者，即其一矣。其言曰，磽确之區，吾儕奚獲耶？（中略）凡有事物，無不定以習俗至謬之衡，所謂輿論，實具大力，而輿論則以昏黑蔽全球也[81]。此其所言，與近世諸威文人伊孛生（H. Ibsen）所見合。

伊氏生於近世，憤世俗之昏迷，悲真理之匿耀，假《社會之敵》[82]以立言，使醫士斯托克曼為全書主者，死守真理，以拒庸愚，終獲群敵之謚。自既見放於地主[83]，其子復受斥於學校，而終奮鬥，不為之搖。末乃曰，吾又見真理矣。地球上至強之人，至獨立者也！其處世之道如是。顧裴倫不盡然，凡所描繪，皆稟種種思，具種種行，或以不平而厭世，遠離人群，寧與天地為儕偶，如哈洛爾特；或厭世至極，乃希滅亡，如曼弗列特；或被人天之楚毒，至於刻骨，乃咸希破壞，以復仇讎，如康拉德與盧希飛勒；或棄斥德義，蹇視淫遊，以嘲弄社會，聊快其意，如堂祥。其非然者，則尊俠尚義，扶弱者而平不平，顛仆有力之蠢愚，雖獲罪於全群無懼，即裴倫最後之時是已。彼當前時，經歷一如上述書中眾士，特未欷歔斷望，願自逖於人間，如曼弗列特之所為而已。

故懷抱不平，突突上發，則倨傲縱逸，不恤人言，破壞復仇，無所顧忌，而義俠之性，亦即伏此烈火之中，重獨立而愛自繇，苟奴隸立其前，必衷悲而疾視，衷悲所以哀其不幸，疾視所以怒其不爭，此詩人所為援希臘之獨立，而終死於其軍中者也。

蓋裴倫者，自繇主義之人耳，嘗有言曰，若為自由故，不必戰於宗邦，則當為戰於他國[84]。是時意大利適制於墺[85]，失其自由，有秘密政黨起，謀獨立，乃密與其事，以擴張自由之元氣者自任，雖狙擊密偵之徒，環繞其側，終不為廢游步馳馬之事。後秘密政黨破於墺人，企望悉已，而精神終不消。

裴倫之所督勵，力直及於後日，起馬志尼[86]，起加富爾[87]，於是意之獨立成[88]。故馬志尼曰，意大利實大有賴於裴倫。彼，起吾國者也！蓋誠言已。裴倫平時，又至有情愫於希臘，思想所趣，如磁指南。特希臘時自由悉喪，入突厥版圖，受其羈縻，不敢抗拒。詩人惋惜悲憤，往往見於篇章，懷前古之光榮，哀後人之零落，或與斥責，或加激勵，思使之攘突厥而復興，更睹往日耀燦莊嚴之希臘，如所作《不信者》暨《堂祥》二詩中，其怨憤譙責之切，與希冀之誠，無不勵然可徵信也。

比千八百二十三年，倫敦之希臘協會[89]馳書托裴倫，請援希臘之獨立。裴倫平日，至不滿於希臘今人，嘗稱之曰世襲之奴，曰自由苗裔之奴，因不即應；顧以義憤故，則終諾之，遂行。而希臘人民之墮落，乃誠如其說，勵之再振，為業至難，因羈滯於克茀洛尼亞島[90]者五月，始向密淑倫其[91]。其時海陸軍方奇困，聞裴倫至，狂喜，群集迓之，如得天使也。

次年一月，獨立政府任以總督，並授軍事及民事之全權，而希臘是時，財政大匱，兵無宿糧，大勢幾去。加以式列阿忒[92]傭兵見裴倫寬大，復多所要索，稍不滿，輒欲背去；希臘墮落之民，又誘之使窘裴倫。裴倫大憤，極詆彼國民性之陋劣；前所謂世襲之奴，乃果不可猝救如是也。而裴倫志尚不灰，自立革命之中樞，當四圍之艱險，將士內訌，則為之調和，以己為楷模，教之人道，更設法舉債，以振其窮，又定印刷之制，且堅堡壘以備戰。

內爭方烈，而突厥果攻密淑倫其，式列阿忒傭兵三百人，復乘亂占要害地。裴倫方病，聞之泰然，力平黨派之爭，使一心以面敵。特內外迫拶，神質劇勞，久之，疾乃漸革。將死，其從者持楮墨，將錄其遺言。裴倫曰否，時已過矣。不之語，已而微呼人名，終乃曰，吾言已畢。從者曰，吾不解公言。裴倫曰，吁，不解乎？嗚呼晚矣！狀若甚苦。有間，復曰，吾既以吾物暨吾康健，悉付希臘矣。今更付之吾生。他更何有？遂死，時千八百二十四年四月十八日夕六時也。

今為反念前時，則裴倫抱大望而來，將以天縱之才，致希臘復歸於往時之榮譽，自意振臂一呼，人必將靡然向之。蓋以異域之人，猶憑義憤為希臘致力，而彼邦人，縱墮落腐敗者日久，然舊澤尚存，人心未死，豈意遂無情愫於故國乎？特至今茲，則前此所圖，悉如夢跡，知自由苗裔之奴，乃果不可猝救有如此也。次日，希臘獨立政府為舉國民喪，市肆悉罷，炮臺鳴炮三十七，如裴倫壽也。

吾今為案其為作思維，索詩人一生之內閟，則所遇常抗，所向必動，貴力而尚強，尊己而好戰，其戰復不如野獸，為獨立自由人道也，此已略言之前分矣。故其平生，如狂濤如厲風，舉一切偽飾陋習，悉與蕩滌，瞻顧前後，素所不知；精神郁勃，莫可制抑，力戰而斃，亦必自救其精神；不克厥敵，戰則不止。而復率真行誠，無所諱掩，謂世之毀譽褒貶是非善惡，皆緣習俗而非誠，因悉措而不理也。蓋英倫爾時，虛偽滿於社會，以虛文縟禮為真道德，有秉自由思想而探究者，世輒謂之惡人。裴倫善抗，性又率真，夫自不可以默矣，故托凱因而言曰，惡魔者，說真理者也。遂不恤與人群敵。世之貴道德者，又即以此交非之。遏克曼亦嘗問瞿提以裴倫之文，有無教訓。瞿提對曰，裴倫之剛毅雄大，教訓即函其中；苟能知之，斯獲教訓。若夫純潔之云，道德之云，吾人何問焉。蓋知偉人者，亦惟偉人焉而已。裴倫亦嘗評朋思（R. Burns）[93]曰，斯人也，心情反張[94]，柔而剛，疏而密，精神而質，高尚而卑，有神聖者焉，有不淨者焉，互和合也。裴倫亦然，自尊而憐人之為奴，制人而援人之獨立，無懼於狂濤而大儆於乘馬，好戰崇力，遇敵無所寬假，而於累囚之苦，有同情焉。意者摩羅為性，有如此乎？且此亦不獨摩羅為然，凡為偉人，大率如是。即一切人，若去其面具，誠心以思，有純稟世所謂善性而無惡分者，果幾何人？遍觀眾生，必幾無有，則裴倫雖負摩羅之號，亦人而已，夫何詫焉。

顧其不容於英倫，終放浪顛沛而死異域者，特面具為之害耳。此即裴倫所反抗破壞，而迄今猶殺真人而未有止者也。嗟夫，虛偽之毒，有如是哉！裴倫平時，其製詩極誠，嘗曰，英人評騭，不介我心。若以我詩為愉快，任之而已。吾何能阿其所好為？吾之握管，不為婦孺庸俗，乃以吾全心全情感全意志，與多量之精神而成詩，非欲聆彼輩柔聲而作者也。夫如是，故凡一字一辭，無不即其人呼吸精神之形現，中於人心，神弦立應，其力之蔓衍於歐土，例不能別求之英詩人中；僅司各德所為說部，差足與相倫比而已。若問其力奈何？則意大利希臘二國，已如上述，可毋贅言。此他西班牙德意志諸邦，亦悉蒙其影響。次復入斯拉夫族而新其精神，流澤之長，莫可闡述。至其本國，則猶有修黎（Percy Bysshe Shelley）一人。契支（John Keats）[95]雖亦蒙摩羅詩人之名，而與裴倫別派，故不述於此。

## 六

修黎生三十年而死，其三十年悉奇蹟也，而亦即無韻之詩。時既艱危，性復狷介，世不彼愛，而彼亦不愛世，人不容彼，而彼亦不容人，客意大利之南方，終以壯齡而夭死，謂一生即悲劇之實現，蓋非誇也。

修黎者，以千七百九十二年生於英之名門，姿狀端麗，夙好靜思；比入中學，大為學友暨校師所不喜，虐遇不可堪。詩人之心，乃早萌反抗之朕兆；後作說部，以所得值饗其友八人，負狂人之名而去。次入惡斯佛大學[96]，修愛智之學，屢馳書乞教於名人。

而爾時宗教，權悉歸於冥頑之牧師，因以妨自由之崇信。修黎蹶起，著《無神論之要》一篇，略謂惟慈愛平等三，乃使世界為樂園之要素，若夫宗教，於此無功，無有可也。書成行世，校長見之大震，終逐之；其父亦驚絕，使謝罪返校，而修黎不從，因不能歸。

天地雖大，故鄉已失，於是至倫敦，時年十八，顧已孤立兩間，歡愛悉絕，不得不與社會戰矣。已而知戈德文（W. Godwin）[97]讀其著述，博愛之精神益張。次年入愛爾蘭，檄其人士，於政治宗教皆欲有所更革，顧終不成。

逮千八百十五年，其詩《阿剌斯多》（Alastor）[98]始出世，記懷抱神思之人，索求美者，遍歷不見，終死曠原，如自敘也。次年乃識裴倫於瑞士；裴倫深稱其人，謂奮迅如獅子，又善其詩，而世猶無顧之者。又次年成《伊式闌轉輪篇》（The Revolt of Islam）。凡修黎懷抱，多抒於此。篇中英雄曰羅昂，以熱誠雄辯，警其國民，鼓吹自由，擠擊壓制，顧正義終敗，而壓制於以凱還，羅昂遂為正義死。

是詩所函，有無量希望信仰，暨無窮之愛，窮追不捨，終以殞亡。蓋羅昂者，實詩人之先覺，亦即修黎之化身也。

至其傑作，尤在劇詩；尤偉者二，一曰《解放之普洛美迢斯》（Prometheus Unbound）[99]，一曰《煔希》（The Cenci）。前者事本希臘神話，意近裴倫之《凱因》。假普洛美迢為人類之精神，以愛與正義自由故，不恤艱苦，力抗壓制主者僦畢多[100]，竊火貽人，受縶於山頂，猛鷙日啄其肉，而終不降。僦畢多為之辟易；普洛美迢乃眷女子珂希亞，獲其愛而畢。

珂希亞者，理想也。《煔希》之篇，事出意大利，記女子煔希之父酷虐無道，毒虐無所弗至，玷希終殺之，與其後母兄弟，同戮於市。論者或謂之不倫。顧失常之事，不能絕於人間，即中國《春秋》[101]，修自聖人之手者，類此之事，且數數見，又多直書無所諱，吾人獨於修黎所作，乃和眾口而難之耶？上述二篇，詩人悉出以全力，嘗自言曰，吾詩為眾而作，讀者將多。又曰，此可登諸劇場者。顧詩成而後，實乃反是，社會以謂不足讀，伶人以謂不可為；修黎抗偽俗弊習以成詩，而詩亦即受偽俗弊習之夭閼，此十九棋[102]上葉精神界之戰士，所為多抱正義而駢殞者也。雖然，往時去矣，任其自去，若夫修黎之真值，則至今日而大昭。革新之潮，此其巨派，戈德文書出，初啟其端，得詩人之聲，乃益深入世人之靈府。

凡正義自由真理以至博愛希望諸說，無不化而成醇，或為羅昂，或為普洛美迢，或為伊式闌之壯士，現於人前，與舊習對立，更張破壞，無稍假借也。舊習既破，何物斯存，則惟改革之新精神而已。十九世紀機運之新，實賴有此。朋思唱於前，裴倫修黎起其後，掊擊排斥，人漸為之倉皇；而倉皇之中，即亟人生之改進。故世之嫉視破壞，加之惡名者，特見一偏而未得其全體者爾。若為案其真狀，則光明希望，實伏於中。惡物悉顛，於群何毒？破壞之云，特可發自冥頑牧師之口，而不可出諸全群者也。

若其聞之，則破壞為業，斯愈益貴矣！況修黎者，神思之人，求索而無止期，猛進而不退轉，淺人之所觀察，殊莫可得其淵深。若能真識其人，將見品性之卓，出於雲間，熱誠勃然，無可沮遏，自趁其神思而奔神思之鄉；此其為鄉，則爰有美之本體。

奧古斯丁[103]曰，吾未有愛而吾欲愛，因抱希冀以求足愛者也。惟修黎亦然，故終出人間而神行，冀自達其所崇信之境；復以妙音，喻一切未覺，使知人類蔓衍之大故，暨人生價值之所存，揚同情之精神，而張其上征渴仰之思想，使懷大希以奮進，與時劫同其無窮。世則謂之惡魔，而修黎遂以孤立；群複加以排擠，使不可久留於人間，於是壓制凱還，修黎以死，蓋宛然阿剌斯多之殞於大漠也。

雖然，其獨慰詩人之心者，則尚有天然在焉。人生不可知，社會不可恃，則對天物之不偽，遂寄之無限之溫情。一切人心，孰不如是。特緣受染有異，所感斯殊，故目睛奪於實利，則欲驅天然為之得金資；智力集於科學，則思制天然而見其法則；若至下者，乃自春徂冬，於兩間崇高偉大美妙之現象，絕無所感應於心，自墮神智於深淵，壽雖百年，而迄不知光明為何物，又爰解所謂臥天然之懷，作嬰兒之笑矣。

修黎幼時，素親天物，嘗曰，吾幼即愛山河林壑之幽寂，遊戲於斷崖絕壁之為危險，吾伴侶也。考其生平，誠如自述。方在稚齒，已盤桓於密林幽谷之中，晨瞻曉日，夕觀繁星，俯則瞰大都中人事之盛衰，或思前此壓制抗拒之陳跡；而荒城古邑，或破屋中貧人啼饑號寒之狀，亦時復歷歷入其目中。其神思之澡雪[104]，既至異於常人，則曠觀天然，自感神閟，凡萬匯之當其前，皆若有情而至可念也。故心弦之動，自與天籟合調，發為抒情之什，品悉至神，莫可方物，非狹斯丕爾暨斯賓塞[105]所作，不有足與相倫比者。

比千八百十九年春，修黎定居羅馬，次年遷畢撒[106]；裴倫亦至，此他之友多集，為其一生中至樂之時。迨二十二年七月八日，偕其友乘舟泛海，而暴風猝起，益以奔電疾雷，少頃波平，孤舟遂杳。裴倫聞信大震，遣使四出偵之，終得詩人之骸於水裔，乃葬羅馬焉。

修黎生時，久欲與生死問題以詮解，自曰，未來之事，吾意已滿於柏拉圖暨培庚之所言，吾心至定，無畏而多望，人居今日之軀殼，能力悉蔽於陰雲，惟死亡來解脫其身，則秘密始能闡發。又曰，吾無所知，亦不能證，靈府至奧之思想，不能出以言辭，而此種事，縱吾身亦莫能解爾。

嗟乎，死生之事大矣，而理至閟，置而不解，詩人未能，而解之之術，又獨有死而已。故修黎曾泛舟墜海，乃大悅呼曰，今使吾釋其秘密矣！然不死。一日浴於海，則伏而不起，友引之出，施救始甦，曰，吾恆欲探井中，人謂誠理伏焉，當我見誠，而君見我死也。然及今日，則修黎真死矣，而人生之閟，亦以真釋，特知之者，亦獨修黎已耳。

## 七

若夫斯拉夫民族，思想殊異於西歐，而裴倫之詩，亦疾進無所沮遏。俄羅斯當十九世紀初葉，文事始新，漸乃獨立，日益昭明，今則已有齊驅先覺諸邦之概，令西歐人士無不驚其美偉矣。顧夷考權輿，實本三士：曰普式庚[107]，曰來爾孟多夫[108]，曰鄂戈理。前二者以詩名世，均受影響於裴倫；惟鄂戈理以描繪社會人生之黑暗著名，與二人異趣，不屬於此焉。

普式庚（A. Pushkin）以千七百九十九年生於墨斯科，幼即為詩，初建羅曼宗於其文界，名以大揚。顧其時俄多內訌，時勢方亟，而普式庚詩多諷喻，人即借而擠之，將流鮮卑[109]，有數耆宿力為之辯，始獲免，謫居南方。其時始讀裴倫詩，深感其大，思理文形，悉受轉化，小詩亦嘗摹裴倫；尤著者有《高加索累囚行》[110]，至與《哈洛爾特遊草》相類。中記俄之絕望青年，因於異域，有少女為釋縛縱之行，青年之情意復甦，而厥後終於孤去。其《及潑希》（Gypsy）一詩亦然，及潑希者，流浪歐洲之民，以游牧為生者也。有失望於世之人曰阿勒戈，慕是中絕色，因入其族，與為婚因，顧多嫉，漸察女有他愛，終殺之。女之父不施報，特令去不與居焉。

二者為詩，雖有裴倫之色，然又至殊，凡厥中勇士，等是見放於人群，顧復不離亞歷山大時俄國社會之一質分，易於失望，速於奮興，有厭世之風，而其志至不固。普式庚於此，已不與以同情，諸凡切於報復而觀念無所勝人之失，悉指摘不為諱飾。故社會之偽善，既灼然現於人前，而及潑希之樸野純全，亦相形為之益顯。論者謂普式庚所愛，漸去裴倫式勇士而向祖國純樸之民，蓋實自斯時始也。

爾後巨制，曰《阿內庚》（Eugiene Onieguine）[111]，詩材至簡，而文特富麗，爾時俄之社會，情狀略具於斯。惟以推敲八年，所蒙之影響至不一，故性格遷流，首尾多異。厥初二章，尚受裴倫之感化，則其英雄阿內庚為性，力抗社會，斷望人間，有裴倫式英雄之概，特已不憑神思，漸近真然，與爾時其國青年之性質肖矣。厥後外緣轉變，詩人之性格亦移，於是漸離裴倫，所作日趣於獨立；而文章益妙，著述亦多。

至與裴倫分道之因，則為說亦不一：或謂裴倫絕望奮戰，意向峻絕，實與普式庚性格不相容，曩之信崇，蓋出一時之激越，迨風濤大定，自即棄置而返其初；或謂國民性之不同，當為是事之樞紐，西歐思想，絕異於俄，其去裴倫，實由天性，天性不合，則裴倫之長存自難矣。凡此二說，無不近理：特就普式庚個人論之，則其對於裴倫，僅摹外狀，迨放浪之生涯畢，乃驟返其本然，不能如來爾孟多夫，終執消極觀念而不捨也。故旋墨斯科後，立言益務平和，凡足與社會生衝突者，咸力避而不道，且多讚誦，美其國之武功。

千八百三十一年波蘭抗俄[112]，西歐諸國右波蘭，於俄多所憎惡。普式庚乃作《俄國之讒謗者》暨《波羅及諾之一周年》二篇[113]，以自明愛國。丹麥評騭家勃闌兑思（G.Brandes）[114]於是有微詞，謂惟武力之恃而狼藉人之自由，雖云愛國，顧為獸愛。特此亦不僅普式庚為然，即今之君子，日日言愛國者，於國有誠為人愛而不墜於獸愛者，亦僅見也。及晚年，與荷蘭[115]公使子覃提斯迕，終於決鬥被擊中腹，越二日而逝，時為千八百三十七年。

俄自有普式庚，文界始獨立，故文史家摯賓[116]謂真之俄國文章，實與斯人偕起也。而裴倫之摩羅思想，則又經普式庚而傳來爾孟多夫。

來爾孟多夫（M. Lermontov）生於千八百十四年，與普式庚略並世。其先來爾孟斯（T. Learmont）[117]氏，英之蘇格蘭人；故每有不平，輒云將去此冰雪警吏之地，歸其故鄉。顧性格全如俄人，妙思善感，惆悵無間，少即能綴德語成詩；後入大學被黜，乃居陸軍學校二年，出為士官，如常武士，惟自謂僅於香檳酒中，加少許詩趣而已。及為禁軍騎兵小校，始仿裴倫詩紀東方事，且至慕裴倫為人。其自記有曰，今吾讀《世冑裴倫傳》，知其生涯有同我者；而此偶然之同，乃大驚我。又曰，裴倫更有同我者一事，即嘗在蘇格蘭，有媪謂裴倫母曰，此兒必成偉人，且當再娶。而在高加索，亦有媪告吾大母，言與此同。縱不幸如裴倫，吾亦願如其說。[118]

顧來爾孟多夫為人，又近修黎。修黎所作《解放之普洛美迢》，感之甚力，於人生善惡競爭諸問，至為不寧，而詩則不之仿。初雖摹裴倫及普式庚，後亦自立。且思想復類德之哲人勖賓赫爾，知習俗之道德大原，悉當改革，因寄其意於二詩，一曰《神摩》（Demon），一曰《謨噺黎》（Mtsyri）[119]。

前者托旨於巨靈，以天堂之逐客，又為人間道德之憎者，超越凡情，因生疾惡，與天地鬥爭，苟見眾生動於凡情，則輒旋以賤視。後者一少年求自由之呼號也。有孺子焉，生長山寺，長老意已斷其情感希望，而孺子魂夢，不離故園，一夜暴風雨，乃乘長老方禱，潛遁出寺，彷徨林中者三日，自由無限，畢生莫倫。後言曰，爾時吾自覺如野獸，力與風雨電光猛虎戰也。

顧少年迷林中不能返，數日始得之，惟已以鬥豹得傷，竟以是殞。嘗語侍疾老僧曰，丘墓吾所弗懼，人言畢生憂患，將入睡眠，與之永寂，第憂與吾生別耳。……吾猶少年。……寧汝尚憶少年之夢，抑已忘前此世間憎愛耶？倘然，則此世於汝，失其美矣。汝弱且老，滅諸希望矣。少年又為述林中所見，與所覺自由之感，並及鬥豹之事曰，汝欲知吾獲自由時，何所為乎？吾生矣。老人，吾生矣。使盡吾生無此三日者，且將慘淡冥暗，逾汝暮年耳。

及普式庚鬥死，來爾孟多夫又賦詩以寄其悲[120]，末解有曰，汝儕朝人，天才自由之屠伯，今有法律以自庇，士師蓋無如汝何，第猶有尊嚴之帝在天，汝不能以金資為賂。……以汝黑血，不能滌吾詩人之血痕也。詩出，舉國傳誦，而來爾孟多夫亦由是得罪，定流鮮卑；後遇援，乃戍高加索，見其地之物色，詩益雄美。惟當少時，不滿於世者義至博大，故作《神摩》，其物猶撒旦，惡人生諸凡陋劣之行，力與之敵。如勇猛者，所遇無不庸懦，則生激怒；以天生崇美之感，而眾生擾擾，不能相知，爰起厭倦，憎恨人世也。顧後乃漸即於實，凡所不滿，已不在天地人間，退而止於一代；

後且更變，而猝死於決鬥。

決鬥之因，即肇於來爾孟多夫所為書曰《並世英雄記》[121]。人初疑書中主人，即著者自序，迨再印，乃辯言曰，英雄不為一人，實吾曹並時眾惡之象。蓋其書所述，實即當時人士之狀爾。於是有友摩爾迭諾夫[122]者，謂來爾孟多夫取其狀以入書，因與索鬥。來爾孟多夫不欲殺其友，僅舉槍射空中；顧摩爾迭諾夫則擬而射之，遂死，年只二十七。

前此二人之於裴倫，同汲其流，而復殊別。普式庚在厭世主義之外形，來爾孟多夫則直在消極之觀念。故普式庚終服帝力，入於平和，而來爾孟多夫則奮戰力拒，不稍退轉。波覃勖迭[123]氏評之曰，來爾孟多夫不能勝來追之運命，而當降伏之際，亦至猛而驕。凡所為詩，無不有強烈弗和與踔厲不平之響者，良以是耳。

來爾孟多夫亦甚愛國，顧絕異普式庚，不以武力若何，形其偉大。凡所眷愛，乃在鄉村大野，及村人之生活；且推其愛而及高加索土人。此土人者，以自由故，力敵俄國者也；來爾孟多夫雖自從軍，兩與其役，然終愛之，所作《伊思邁爾培》（Ismail-Bey）[124]一篇，即紀其事。來爾孟多夫之於拿坡侖，亦稍與裴倫異趣。

裴倫初嘗責拿坡侖對於革命思想之謬，及既敗，乃有憤於野犬之食死獅而崇之。來爾孟多夫則專責法人，謂自陷其雄士。至其自信，亦如裴倫，謂吾之良友，僅有一人，即是自己。又負雄心，期所過必留影跡。然裴倫所謂非憎人間，特去之而已，或云吾非愛人少，惟愛自然多耳等意，則不能聞之來爾孟多夫。彼之平生，常以憎人者自命，凡天物之美，足以樂英詩人者，在俄國英雄之目，則長此黯淡，濃雲疾雷而不見霽日也。蓋二國人之異，亦差可於是見之矣。

## 八

丹麥人勃闌兌思，於波蘭之羅曼派，舉密克威支（A. Mickiewicz）[125]斯洛伐支奇（J. Slowacki）[126]克拉旬斯奇（S. Krasinski）[127]三詩人。

密克威支者，俄文家普式庚同時人，以千七百九十八年生於札希亞小村之故家。村在列圖尼亞[128]，與波蘭鄰比。十八歲出就維爾那大學[129]，治言語之學，初嘗愛鄰女馬里維來蘇薩加，而馬里他去，密克威支為之不歡。後漸讀裴倫詩，又作詩曰《死人之祭》（Dziady）[130]。中數分敘列圖尼亞舊俗，每十一月二日，必置酒果於壠上，用享死者，聚村人牧者術士一人，暨眾冥鬼，中有失愛自殺之人，已經冥判，每屆是日，必更歷苦如前此；而詩止斷片未成。爾後居加夫諾（Kowno）[131]為教師；二三年返維爾那。遞千八百二十二年，捕於俄吏，居囚室十閱月，窗牖皆木製，莫辨晝夜；乃送聖彼德堡，又徙阿兌塞[132]，而其地無需教師，遂之克利米亞[133]，攬其地風物以助詠吟，後成《克利米亞詩集》[134]一卷。

已而返墨斯科，從事總督府中，著詩二種，一曰《格羅蘇那》（Grazyna）[135]，記有王子烈泰威爾，與其外父域多勒特迕，將乞外兵為援，其婦格羅蘇那知之，不能令勿叛，惟命守者，勿容日耳曼使人入諸華格羅迭克。援軍遂怒，不攻域多勒特而引軍薄烈泰威爾，格羅蘇那自擐甲，偽為王子與戰，已而王子歸，雖幸勝，而格羅蘇那中流丸，旋死。及葬，爇發炮者同置之火，烈泰威爾亦殉焉。

此篇之意，蓋在假有婦人，第以祖國之故，則雖背夫子之命，斥去援兵，欺其軍士，瀕國於險，且召戰爭，皆不為過，苟以是至高之目的，則一切事，無不可為者也。一曰《華連洛德》（Wallenrod）[136]，其詩取材古代，有英雄以敗亡之餘，謀復國仇，因偽降敵陳，漸為其長，得一舉而復之。此蓋以意大利文人摩契阿威黎（Machiavelli）[137]之意，附諸裴倫之英雄，故初視之亦第羅曼派言情之作。檢文者不喻其意，聽其付梓，密克威支名遂大起。

未幾得間，因至德國，見其文人瞿提[138]，此他猶有《佗兌支氏》（Pan Tadeusz）[139]一詩，寫蘇孛烈加暨訶什支珂二族之事，描繪物色，為世所稱。其中雖以佗兌支為主人，而其父約舍克易名出家，實其主的。初記二人熊獵，有名華伊斯奇者吹角，起自微聲，以至洪響，自榆度榆，自檞至檞，漸乃如千萬角聲，合於一角；正如密克威支所為詩，有今昔國人之聲，寄於是焉。

諸凡詩中之聲，清澈弘厲，萬感悉至，直至波蘭一角之天，悉滿歌聲，雖至今日，而影響於波蘭人之心者，力猶無限。令人憶詩中所云，聽者當華伊斯奇吹角久已，而尚疑其方吹未已也。密克威支者，蓋即生於彼歌聲反響之中，至於無盡者夫。

密克威支至崇拿坡侖，謂其實造裴倫，而裴倫之生活暨其光耀，則覺普式庚於俄國，故拿坡侖亦間接起普式庚。拿坡侖使命，蓋在解放國民，因及世界，而其一生，則為最高之詩。至於裴倫，亦極崇仰，謂裴倫所作，實出於拿坡侖，英國同代之人，雖被其天才影響，而卒莫能並大。

蓋自詩人死後，而英國文章，狀態又歸前紀矣。若在俄國，則善普式庚，二人同為斯拉夫文章首領，亦裴倫分文，逮年漸進，亦均漸趣於國粹；所異者，普式庚少時欲畔帝力，一舉不成，遂以鎩羽，且感帝意，願為之臣[140]，失其英年時之主義，而密克威支則長此保持，洎死始已也。

當二人相見時，普式庚有《銅馬》[141]一詩，密克威支則有《大彼得像》一詩為其記念。蓋千八百二十九年頃，二人嘗避雨像次，密克威支因賦詩紀所語，假普式庚為言，末解曰，馬足已虛，而帝不勒之返。彼曳其枚，行且墜碎。歷時百年，今猶未墮，是猶山泉噴水，著寒而冰，臨懸崖之側耳。顧自由日出，熏風西集，寒沍之地，因以昭蘇，則噴泉將何如，暴政將何如也？

雖然，此實密克威支之言，特托之普式庚者耳。波蘭破後[142]，二人遂不相見，普式庚有詩懷之；普式庚傷死，密克威支亦念之至切。

顧二人雖甚稔，又同本裴倫，而亦有特異者，如普式庚於晚出諸作，恆自謂少年眷愛自繇之夢，已背之而去，又謂前路已不見儀的之存，而密克威支則儀的如是，決無疑貳也。

斯洛伐支奇以千八百九年生克爾舍密涅克（Krzemieniec）[143]，少孤，育於後父；嘗入維爾那大學，性情思想如裴倫。二十一歲入華騷戶部[144]為書記；越二年，忽以事去國，不能復返。初至倫敦；已而至巴黎，成詩一卷，仿裴倫詩體。時密克威支亦來相見，未幾而迕。所作詩歌，多慘苦之音。千八百三十五年去巴黎，作東方之遊，經希臘埃及敘利亞；三十七年返意大利，道出曷爾愛列須[145]阻疫，滯留久之，作《大漠中之疫》[146]一詩。記有亞剌伯人，為言目擊四子三女，洎其婦相繼死於疫，哀情湧於毫素，讀之令人憶希臘尼阿孛（Niobe）[147]事，亡國之痛，隱然在焉。

且又不止此苦難之詩而已，凶慘之作，恆與俱起，而斯洛伐支奇為尤。凡詩詞中，靡不可見身受楚毒之印象或其見聞，最著者或根史實，如《克壘勒度克》（Król Duch）[148]中所述俄帝伊凡四世，以劍釘使者之足于地一節，蓋本諸古典者也。

波蘭詩人多寫獄中戍中刑罰之事，如密克威支作《死人之祭》第三卷中，幾盡繪己身所歷，倘讀其《契珂夫斯奇》（Cichowski）一章，或《娑波盧夫斯奇》（Sobolewski）之什，記見少年二十橇，送赴鮮卑事，不為之生憤激者蓋鮮也。而讀上述二人吟詠，又往往聞報復之聲。如《死人祭》第三篇，有囚人所歌者：其一央珂夫斯奇曰，欲我為信徒，必見耶穌馬理[149]，先懲汙吾國土之俄帝而後可。俄帝若在，無能令我呼耶穌之名。其二加羅珂夫斯奇曰，設吾當受謫放，勞役縲紲，得為俄帝作工，夫何靳耶？吾在刑中，所當力作，自語曰，願此蒼鐵，有日為帝成一斧也。吾若出獄，當迎韃靼[150]女子，語之曰，為帝生一巴棱（殺保羅一世者）[151]。吾若遷居殖民地，當為其長，盡吾隴畝，為帝植麻，以之成一蒼色巨索，織以銀絲，俾阿爾洛夫（殺彼得三世者）[152]得之，可繯俄帝頸也。末為康拉德歌曰，吾神已寂，歌在墳墓中矣。惟吾靈神，已嗅血腥，一嗷而起，有如血蝠（Vampire）[153]，欲人血也。渴血渴血，復仇復仇！仇吾屠伯！天意如是，固報矣；即不如是，亦報爾！報復詩華，蓋萃於是，使神不之直，則彼且自報之耳。

如上所言報復之事，蓋皆隱藏，出於不意，其旨在凡窘於天人之民，得用諸術，拯其父國，為聖法也。故格羅蘇那雖背其夫而拒敵，義為非謬；華連洛德亦然。苟拒異族之軍，雖用詐偽，不云非法，華連洛德偽附於敵，乃殲日爾曼軍，故土自由，而自亦懺悔而死。其意蓋以為一人苟有所圖，得當以報，則雖降敵，不為罪愆。如《阿勒普耶羅斯》（Alpujarras）[154]一詩，益可以見其意。中敘摩亞[155]之王阿勒曼若，以城方大疫，且不得不以格拉那陀地降西班牙，因夜出。西班牙人方聚飲，忽白有人乞見，來者一阿剌伯人，進而呼曰，西班牙人，吾願奉汝明神，信汝先哲，為汝奴僕！眾識之，蓋阿勒曼若也。西人長者抱之為吻禮，諸首領皆禮之。而阿勒曼若忽仆地，攫其巾大悅呼曰，吾中疫矣！蓋以彼忍辱一行，而疫亦入西班牙之軍矣。

斯洛伐支奇為詩，亦時責奸人自行詐於國，而以詐術陷敵，則甚美之，如《蘭勃羅》（Lambro）《珂爾強》（Kordjan）皆是。《蘭勃羅》為希臘人事，其人背教為盜，俾得自由以仇突厥，性至凶酷，為世所無，惟裴倫東方詩中能見之耳。珂爾強者，波蘭人謀刺俄帝尼可拉一世者也。凡是二詩，其主旨所在，皆特報復而已矣。

上二士者，以絕望故，遂於凡可禍敵，靡不許可，如格羅蘇那之行詐，如華連洛德之偽降，如阿勒曼若之種疫，如珂爾強之謀刺，皆是也。而克拉旬斯奇之見，則與此反。此主力報，彼主愛化。顧其為詩，莫不追懷絕澤，念祖國之憂患。波蘭人動於其詩，因有千八百三十年之舉；餘憶所及，而六十三年大變[156]，亦因之起矣。即在今茲，精神未忘，難亦未已也。

## 九

若匈加利當沉默蜷伏之頃，則興者有裴象飛（A. Petöfi）[157]，沽肉者子也，以千八百二十三年生於吉思珂羅（Kis-körös）。其區為匈之低地，有廣漠之普斯多（Puszta 此翻平原），道周之小旅以及村舍，種種物色，感之至深。蓋普斯多之在匈，猶俄之有斯第孛（Steppe，此亦翻平原），善能起詩人焉。

父雖賈人，而殊有學，能解臘丁文。裴象飛十歲出學於科勒多，既而至阿瑣特，治文法三年。然生有殊稟，摯愛自繇，願為俳優；天性又長於吟詠。比至舍勒美支，入高等學校三月，其父聞裴象飛與優人伍，令止讀，遂徒步至菩特沛思德[158]，入國民劇場為雜役。後為親故所得，留養之，乃始為詩詠鄰女，時方十六齡。顧親屬謂其無成，僅能為劇，遂任之去。裴象飛忽投軍為兵，雖性惡壓制而愛自由，顧亦居軍中者十八月，以病瘧罷。又入巴波大學[159]，時亦為優，生計極艱，譯英法小說自度。

千八百四十四年訪偉羅思摩諦（M. Vörösmarty）[160]，偉為梓其詩，自是遂專力於文，不復為優。此其半生之轉點，名亦陡起，眾目為匈加利之大詩人矣，次年春，其所愛之女死，因旅行北方自遣，及秋始歸。洎四十七年，乃訪詩人阿闌尼（J. Arany）[161]於薩倫多，而阿闌尼傑作《約爾提》（Joldi）適竣，讀之嘆賞，訂交焉。四十八年以始，裴象飛詩漸傾於政事，蓋知革命將興，不期而感，猶野禽之識地震也。是年三月，墺大利人革命[162]報至沛思德，裴象飛感之，作《興矣摩迦人》（Tolpra Magyar）[163]一詩，次日誦以徇眾，至解末迭句云，誓將不復為奴！則眾皆和，持至檢文之局，逐其吏而自印之，立俟其畢，各持之行。文之脫檢，實自此始。

裴象飛亦嘗自言曰，吾琴一音，吾筆一下，不為利役也。居吾心者，爰有天神，使吾歌且吟。天神非他，即自由耳[164]。顧所為文章，時多過情，或與眾忤；嘗作《致諸帝》[165]一詩，人多責之。裴彖飛自記曰，去三月十五數日而後，吾忽為眾惡之人矣，褫奪花冠，獨研深谷之中，顧吾終幸不屈也。

比國事漸急，詩人知戰爭死亡且近，極思赴之。自曰，天不生我於孤寂，將召赴戰場矣。吾今得聞角聲召戰，吾魂幾欲驟前，不及待令矣。遂投國民軍（Honvéd）中，四十九年轉隸貝謨[166]將軍麾下。貝謨者，波蘭武人，千八百三十年之役，力戰俄人者也。時軻蘇士[167]招之來，使當脫闌希勒伐尼亞[168]一面，甚愛裴彖飛，如家人父子然。裴彖飛三去其地，而不久即返，似或引之。是年七月三十一日舍倶思跋[169]之戰，遂歿於軍。

平日所謂為愛而歌，為國而死者，蓋至今日而踐矣。裴彖飛幼時，嘗治裴倫暨修黎之詩，所作率縱言自由，誕放激烈，性情亦彷彿如二人。曾自言曰，吾心如反響之森林，受一呼聲，應以百響者也。又善體物色，著之詩歌，妙絕人世，自稱為無邊自然之野花。所著長詩，有《英雄約諾斯》（Jáuos Vitéz）[170]一篇，取材於古傳，述其人悲歡畸跡。

又小說一卷曰《縊吏之繯》（A Hóhér Kötele）[171]，記以眷愛起爭，肇生孽障，提爾尼阿遂陷安陀羅奇之子於法。安陀羅奇失愛絕歡，廬其子壟上，一日得提爾尼阿，將殺之。而從者止之曰，敢問死與生之憂患孰大？曰，生哉！乃縱之使去；終誘其孫令自經，而其為繩，即昔日繯安陀羅奇子之頸者也。觀其首引耶和華[172]言，意蓋云厥祖罪愆，亦可報諸其苗裔，受施必復，且不嫌加甚焉。

至於詩人一生，亦至殊異，浪遊變易，殆無寧時。雖少逸豫者一時，而其靜亦非真靜，殆猶大海漩洑中心之靜點而已。設有孤舟，捲於旋風，當有一瞬間忽爾都寂，如風雲已息，水波不興，水色青如微笑，顧漩洑偏急，舟復入捲，乃至破沒矣。彼詩人之暫靜，蓋亦猶是焉耳。

上述諸人，其為品性言行思維，雖以種族有殊，外緣多別，因現種種狀，而實統於一宗：無不剛健不撓，抱誠守真；不取媚於群，以隨順舊俗；發為雄聲，以起其國人之新生，而大其國於天下。求之華土，孰比之哉？

夫中國之立於亞洲也，文明先進，四鄰莫之與倫，蹇視高步，因益為特別之發達；及今日雖凋苓，而猶與西歐對立，此其幸也。顧使往昔以來，不事閉關，能與世界大勢相接，思想為作，日趣於新，則今日方卓立宇內，無所愧遜於他邦，榮光儼然，可無蒼黃變革之事，又從可知爾。故一為相度其位置，稽考其邂逅，則震旦為國，得失滋不云微。得者以文化不受影響於異邦，自具特異之光采，近雖中衰，亦世稀有。失者則以孤立自是，不遇校讎，終至墮落而之實利；為時既久，精神淪亡，逮蒙新力一擊，即砉然冰泮，莫有起而與之抗。加以舊染既深，輒以習慣之目光，觀察一切，凡所然否，謬解為多，此所為呼維新既二十年，而新聲迄不起於中國也。

夫如是，則精神界之戰士貴矣。英當十八世紀時，社會習於偽，宗教安於陋，其為文章，亦摹故舊而事塗飾，不能聞真之心聲。於是哲人洛克[173]首出，力排政治宗教之積弊，唱思想言議之自由，轉輪之興，此其播種。而在文界，則有農人朋思生蘇格闌，舉全力以抗社會，宣眾生平等之音，不懼權威，不跽金帛，灑其熱血，注諸韻言；然精神界之偉人，非遂即人群之驕子，轗軻流落，終以夭亡。而裴倫修黎繼起，轉戰反抗，具如前陳。其力如巨濤，直薄舊社會之柱石。

餘波流衍，入俄則起國民詩人普式庚，至波蘭則作報復詩人密克威支，入匈加利則覺愛國詩人裴彖飛；其他宗徒，不勝具道。顧裴倫修黎，雖蒙摩羅之謚，亦第人焉而已。凡其同人，實亦不必曰摩羅宗，苟在人間，必有如是。

此蓋聆熱誠之聲而頓覺者也，此蓋同懷熱誠而互契者也。故其平生，亦甚神肖，大都執兵流血，如角劍之士，轉輾於眾之目前，使抱戰慄與愉快而觀其鏖撲。故無流血於眾之目前者，其群禍矣；雖有而眾不之視，或且進而殺之，斯其為群，乃愈益禍而不可救也！

今索諸中國，為精神界之戰士者安在？有作至誠之聲，致吾人於善美剛健者乎？有作溫煦之聲，援吾人出於荒寒者乎？家國荒矣，而賦最末哀歌，以訴天下貽後人之耶利米，且未之有也。非彼不生，即生而賊於眾，居其一或兼其二，則中國遂以蕭條。勞勞獨軀殼之事是圖，而精神日就於荒落；新潮來襲，遂以不支。

眾皆曰維新，此即自白其歷來罪惡之聲也，猶云改悔焉爾。顧既維新矣，而希望亦與偕始，吾人所待，則有介紹新文化之士人。特十餘年來，介紹無已，而究其所攜將以來歸者；乃又捨治餅餌守囹圄之術[174]而外，無他有也。則中國爾後，且永續其蕭條，而第二維新之聲，亦將再舉，蓋可准前事而無疑者矣。俄文人凱羅連珂（V. Korolenko）作《末光》[175]一書，有記老人教童子讀書於鮮卑者，曰，書中述櫻花黃鳥，而鮮卑沍寒，不有此也。翁則解之曰，此鳥即止於櫻木，引吭為好音者耳。少年乃沉思。然夫，少年處蕭條之中，即不誠聞其好音，亦當得先覺之詮解；而先覺之聲，乃又不來破中國之蕭條也。然則吾人，其亦沉思而已夫，其亦惟沉思而已夫！

一九〇七年作。

## 注釋

1 本篇最初發表於一九〇八年二月和三月《河南》月刊第二號、第三號，署名令飛。

2 尼采的這段話見於《札拉圖斯特拉如是說》第三卷第十二部分第二十五節《舊的和新的墓碑》。

3 毫無生機的意思。勾萌，草木萌芽時的幼苗；朕，先兆。

4 指語言。語出揚雄《法言・問神》：「言，心聲也；書，心畫也。」這裡指詩歌及其他文學創作。

5 指種族或民族。

6 指名存實亡或已經消失了的文明古國。

7 通譯《吠陀》，印度最古的宗教、哲學、文學的經典。約為西元前二千五百年至前五百年間的作品。內容包括頌詩、祈禱文、咒文及祭祀儀式的記載等。共分《黎俱》、《娑摩》、《耶柔》、《阿闥婆》四部分。

8 《摩訶波羅多》和《羅摩衍那》，印度古代兩大敍事詩。《摩訶波羅多》，一譯《瑪哈帕臘達》，約為西元前七世紀至前四世紀的作品，敍諸神及英雄的故事。《羅摩衍那》，一譯《臘瑪延那》，約為五世紀的作品，敍古代王子羅摩的故事。

9 加黎陀薩（約西元五世紀），通譯迦梨陀娑，印度古代詩人、戲劇家。他的詩劇《沙恭達羅》，敍述印度古代史詩《摩訶波羅多》中國王杜虛孟多和沙恭達羅戀愛的故事。一七八九年曾由瓊斯譯成英文，傳至德國，歌德讀後，於一七九一年題詩讚美：「春華瑰麗，亦揚其芬；秋實盈衍，亦蘊其珍；悠悠天隅，恢恢地輪；彼美一人，沙恭達綸。」（據蘇曼殊譯文）

10 猶太民族的又一名稱。西元前一三二〇年，其民族領袖摩西率領本族人民從埃及歸巴勒斯坦，分建猶太和以色列兩國。希伯來人的典籍《舊約全書》，包括文學作品、歷史傳說以及有關宗教的記載等，後來成為基督教《聖經》的一部分。

11 耶利米，以色列的預言家。《舊約全書》中有《耶利米書》五十二章記載他的言行；又有《耶利米哀歌》五章，哀悼猶太故都耶路撒冷的陷落，相傳也是他的作品。

12 西元前五八六年猶太王國為巴比倫所滅，耶路撒冷被毀。《舊約全書．列王紀下》說，這是由於猶太諸王不敬上帝，引起上帝震怒的結果。

13 都是古代文化發達的國家。伊蘭，即伊朗，古稱波斯。

14 加勒爾即卡萊爾。這裡所引的一段話見於他的《論英雄和英雄崇拜》第三講《作為英雄的詩人：但丁、莎士比亞》的最後一段。

15 但丁（一二六五—一三二一），義大利詩人，歐洲文藝復興時期在文學上的代表人物之一。作品多暴露封建專制和教皇統治的罪惡。他最早用義大利語言從事寫作，對義大利語文的豐富和提煉有重大貢獻。主要作品有《神曲》、《新生》。

16 通譯沙皇。

17 這裡形容遠古時代人類未開化的情景。原作榛狉，唐代柳宗元《封建論》：「草木榛榛，鹿豕狉狉。」

18 鄂戈理（Н. В. Гоголь，一八〇九—一八五二），通譯果戈里，俄國作家。作品多揭露和諷刺俄國農奴制度下黑暗、停滯、落後的社會生活。作品有劇本《欽差大臣》、長篇小說《死魂靈》等。

19 武功顯赫。怒，形容氣勢顯赫。

20 清末流行的軍歌和文人詩作中常有這樣的內容，例如張之洞所作的《軍歌》中就有這樣的句子：「請看印度國土並非小，為奴為馬不得脫籠牢。」他作的《學堂歌》中也說：「波蘭滅，印度亡，猶太遺民散四方。」

21 《詩經》中雅頌部分以十篇編為一卷，稱「什」。這裡指篇章。

22 摩羅通作魔羅，梵文māra音譯。佛教傳說中的魔鬼。

23 撒旦，希伯來文Śāṭān音譯，原意為「仇敵」。《聖經》中用作魔鬼的名稱。

24 裴倫（一七八八—一八二四），通譯拜倫，英國詩人。他曾參加義大利資產階級民主革命活動和希臘民族獨立戰爭。作品多表現對專制壓迫者的反抗和對資產階級虛偽殘酷的憎恨，充滿積極浪漫主義精神，對歐洲詩歌的發展有很大影響。主要作品有長詩《唐·璜》、詩劇《曼弗雷特》等。

25 指裴多菲。摩迦（Magyar），通譯馬加爾，匈牙利的主要民族。

26 火山。

27 指《舊約·創世記》中所說的「伊甸園」。

28 空氣。

29 退避潛伏的意思。《老子》第二十四章：「知其雄，守其雌。」

30 老子，姓李名耳，字聃，春秋時楚國人，道家學派創始人。政治上主張「無為而治」，嚮往「小國寡民」的氏族社會。著有《道德經》。

31 德國哲學家康德的「星雲説」，認為地球等天體是由星雲逐漸凝聚而成的。

32 指無生命的東西。

33 天才。這個詞來自嚴復譯述的《天演論》。

34 見《尚書·舜典》：「詩言志，歌永言，聲依永，律和聲。」

35 見於漢代人所作《詩緯含神霧》：「詩者，持也；持其性情，使不暴去也。」（《玉函山房輯佚書》）在這之前，孔丘也説過：「詩三百，一言以蔽之，曰：思無邪。」（《論語·為政》）後來南朝梁劉勰在《文心雕龍·明詩》篇中綜合地説：「詩者持也，持人性情。三百之蔽，義歸無邪。」

36 即自由。

37 屈原被楚頃襄王放逐後，因憂憤國事，投汨羅江而死。

38 屈原《離騷》：「忽反顧以流涕兮，哀高丘之無女」。高丘，據漢代王逸注，是楚國的山名。女，比喻行為高潔和自己志向相同的人。

39 「懟世俗之渾濁，頌己身之修能」見屈原《離騷》：「世溷濁而不分兮，好蔽美而嫉妒」，「紛吾既有此內美兮，又重之以修能」。修能，傑出美好的才能。王逸注：「又重有絕遠之能，與眾異也」。

40 屈原在《天問》中，對古代歷史和神話傳說提出種種疑問，開頭就說：「遂古之初，誰傳道之？」遂古，即遠古。

41 劉彥和（約四六五—約五二〇），名勰，南朝梁南東莞（今江蘇鎮江）人，文藝理論家。他所著《文心雕龍》是我國古代文學批評名著。這裡所引的四句見該書《辨騷》篇。

42 確鑿。

43 指禽獸。

44 愛倫德（一七六九—一八六〇），通譯阿恩特，德國詩人、歷史學家，著有《德意志人之歌》、《時代之精神》等。

45 威廉三世（Friedrich Wilhelm III，一七七〇—一八四〇），普魯士國王。一八〇六年普法戰爭中被拿破崙打敗。一八一二年拿破崙從莫斯科潰敗後，他又與交戰，取得勝利。一八一五年同俄、奧建立維護封建君主制度的「神聖同盟」。

46 台陀開納（一七九一—一八一三），通譯特沃多·柯爾納，德國詩人、戲劇家。一八一三年參加反抗拿破崙侵略的義勇軍，在戰爭中陣亡。他的《豎琴長劍》是一部抒發愛國熱情的詩集。

47 心。《莊子·庚桑楚》：「不可內於靈台」。

48 即畢業文憑。

49 道覃（一八四三—一九一三），通譯道登，愛爾蘭詩人、批評家。著有《文學研究》、《莎士比亞初步》等。這裡所引的話見於他的《抄本與研究》一書。

50 生計的意思。

51 約翰穆黎（J. S. Mill，一八〇六—一八七三），通譯約翰·穆勒，英國哲學家、經濟學家。著有《邏輯體系》、《政治經濟原理》、《功利主義》等。

52 愛諾爾特（一八二二—一八八八），通譯亞諾德，英國文藝批評家、詩人。著有《文學批評論集》、《吉卜賽學者》等。

53通譯荷馬，相傳是西元前九世紀古希臘行吟盲詩人，《伊利亞德》和《奧德賽》兩大史詩的作者。

54即社會學。

55背道而馳。《淮南子・說山訓》：「分流舛馳，注於東海」。

56司各德（一七七一―一八三二），英國作家。他廣泛採用歷史題材進行創作，對歐洲歷史小說的發展有一定影響。作品有《艾凡赫》、《十字軍英雄記》等。

57蘇惹（一七七四―一八四三），通譯騷塞，英國詩人、散文家。與華滋華斯（Wordsworth）、格勒律治（Coleridge）並稱「湖畔詩人」。他政治上傾向反動，創作上表現為消極浪漫主義。一八一三年曾獲得桂冠詩人的稱號。他在長詩《審判的幻影》序言中曾暗指拜倫是「惡魔派」詩人，後又要求政府禁售拜倫的作品，並在一篇答覆拜倫的文章中，公開指責拜倫是「惡魔派」首領。下文說到的《納爾遜傳》，是記述抵抗拿破崙侵略的英國海軍統帥納爾遜（一七五八―一八〇五）生平事跡的作品。

58修黎（一七九二―一八二二），通譯雪萊，英國詩人。曾參加愛爾蘭民族獨立運動。他的作品表現了對君主專制、宗教欺騙的憤怒和反抗，富有積極浪漫主義精神。作品有《伊斯蘭的起義》、《解放了的普羅米修斯》等。

59同托。

60彌爾頓的《失樂園》，是一部長篇敘事詩，歌頌撒旦對上帝權威的反抗。一六六七年出版。

61通譯該隱。據《舊約・創世記》，該隱是亞伯之兄。

62指拜倫的長篇敘事詩《該隱》，作於一八二一年。

63穆亞（一七七九―一八五二），通譯穆爾，愛爾蘭詩人。作品多反對英國政府對愛爾蘭人民的壓迫，歌頌民族獨立。著有《愛爾蘭歌曲集》等。他和拜倫有深厚友誼，一八三〇年作《拜倫傳》，其中駁斥了一些人對拜倫的詆毀。

64遏克曼（一七九二―一八五四），通譯艾克曼，德國作家。曾任歌德的私人秘書。著有《歌德談話錄》。這裡所引歌德的話，見該書中一八二三年十月二十一日的談話記錄。

65 通譯諾亞。亞斐木，通譯歌裴木。

66 追隨祖先足跡的意思。見《詩·大雅·下武》。

67 即返祖現象，指生物發展過程中出現與遠祖類似的變種或生理現象。

68 英語斑馬的音譯。

69 不服駕馭的意思。《詩·小雅·大東》：「皋彼牽牛，不可以服箱」。

70 即斯堪的那維亞半島。西元八世紀前後，在這裡定居的諾曼人經常發動海上遠征，劫掠商船和沿海地區。

71 即諾曼底，在今法國北部。一〇六六年，諾曼底封建領主威廉公爵攻克倫敦，成為英國國王，諾曼底遂屬英國。這一年，拜倫的祖先拉爾夫·杜·蒲隆隨威廉遷入英國。至一四五〇年，諾曼底劃歸法國。顯理二世，通譯亨利第二，一一五四年起為英國國王。

72 通譯劍橋大學。

73 指土耳其。

74 通譯《恰爾德·哈羅爾德遊記》，拜倫較早的一部有影響的長詩，前兩章完成於一八一〇年，後兩章完成於一八一七年。它通過哈羅爾德的經歷敘述了作者旅行東南歐的見聞，歌頌那裡人民的革命鬥爭。

75 《不信者》和下文的《阿畢陀斯新婦行》、《海賊》、《羅羅》分別通譯為《異教徒》、《阿拜多斯的新娘》、《海盜》、《萊拉》。一八一三年至一八一四年間寫成，多取材於東歐和南歐，因此和其它類似的幾首詩一起統稱《東方敍事詩》。

76 拜倫的祖父約翰（一七二三－一七八六），曾任英國海軍上將。

77 這段話見於《文心雕龍·程器》。五才（材），古人認為金、木、水、火、土是構成一切物質的基本元素，人的稟賦也決定於這五種元素。寸析，原作寸折，曲折很多的意思。

78 通譯《唐·璜》，政治諷刺長詩，拜倫的代表作。寫於一八一九年至一八二四年。它通過傳說中的西班牙貴族青年唐·璜在希臘、俄國、英國等地的種種經歷，廣泛反映了當時歐洲的社會生活，抨擊封建專制，反對外族侵略，但同時也流露出感傷情緒。

79 通譯《浮士德》，詩劇，歌德的代表作。

80 通譯魯西反。據猶太教經典《泰爾謨德》（約為西元三五〇年至五〇〇年間的作品）記載，他原是上帝的天使長，後因違抗命令，與部屬一起被趕出天國，墮入地獄，成為魔鬼。

81 拜倫的這段話見於一八二〇年十一月五日致托瑪斯·摩爾的信。

82 《社會之敵》即《文化偏至論》中的《民敵》，通譯《國民公敵》。

83 指房主。

84 拜倫的這段話見於一八二〇年十一月五日致托瑪斯·摩爾的信。原文應為：「如果一個人在國內沒有自由可爭，那麼讓他為鄰邦的自由而戰鬥吧。」

85 奧地利。

86 馬志尼（G. Mazzini，一八〇五—一八七二），義大利政治家，民族解放運動中的民主共和派領袖。他關於拜倫的評價見於所作論文《拜倫和歌德》。

87 加富爾（C. B. Cavour，一八一〇—一八六一），義大利自由貴族和資產階級君主立憲派領袖，統一的義大利王國第一任首相。

88 義大利於一八〇〇年被拿破崙征服，拿破崙失敗後，奧國通過一八一五年維也納會議，取得了義大利北部的統治權。一八二〇年至一八二一年，義大利人在「燒炭黨」的鼓動下，舉行反對奧國的起義，後被以奧國為首的「神聖同盟」所鎮壓。一八四八年，義大利再度發生要求獨立和統一的革命，最後經過一八六〇年至一八六一年的民族革命戰爭取得勝利，成立了統一的義大利王國。

89 一八二一年希臘爆發反對土耳其統治的獨立戰爭，歐洲一些國家組織了支持希臘獨立的委員會。這裡指英國支持委員會，拜倫是該會的主要成員。

90 克弗洛尼亞島（Cephalonia）通譯克法利尼亞島，希臘愛奧尼亞群島之一。拜倫於一八二三年八月三日到達這裡，次年一月五日赴米索朗基。

91 密淑倫其（Missolonghi），通譯米索朗基，希臘西部的重要城市。一八二四年拜倫曾在這裡指揮抵抗土耳其侵略者的戰鬥，後在前線染了熱病，四月十九日（按文中誤為十八日）在這裡逝世。

92 式列阿忒（Suliote），通譯蘇里沃特，當時在土耳其統治下的民族之一。拜倫在米索朗基曾收留了五百名式列阿忒族士兵。

93 朋思（一七五九－一七九六），通譯彭斯，英國詩人。出身貧苦，一生在窮困中度過。他的詩多反映蘇格蘭農民生活，表現了對統治階級的憎恨。著有長詩《農夫湯姆》、《愉快的乞丐》和數百首著名短歌。文中所引評論彭斯的話，見拜倫一八一三年十二月十三日的日記。

94 意即矛盾。

95 契支（一七九五－一八二一），通譯濟慈，英國詩人。他的作品具有民主主義精神，受到拜倫、雪萊的肯定和讚揚。但他有「純藝術」的、唯美主義的傾向，所以說與拜倫不屬一派。作品有《為和平而寫的十四行詩》、長詩《伊莎貝拉》等。

96 通譯牛津大學。

97 戈德文（一七五六－一八三六），通譯葛德文，英國作家，空想社會主義者。他反對封建制度和資本主義剝削關係，主張成立獨立的自由生產者聯盟，通過道德教育來改造社會。著有政論《政治的正義》、小說《卡萊布·威廉斯》等。

98 《阿剌斯多》和下文的《伊式闌轉輪篇》，分別通譯為《阿拉斯特》、《伊斯蘭起義》。

99 《解放之普洛美迢斯》和下文的《煔希》，分別通譯為《解放了的普羅米修斯》、《欽契》。

100 僦畢多（Jupiter），通譯朱庇特，羅馬神話中的諸神之父，即希臘神話中的宙斯。

101 《春秋》，春秋時期魯國的編年史，記載魯隱西元年至魯哀公十四年（前七二二－前四八一）二百四十二年間魯國的史實，相傳為孔丘所修。

102 即朞，本意是周年，這裡指世紀。

103 奧古斯丁（A. Augustinus，三五四－四三〇），迦太基神學者，基督教主教。著有《天主之城》、《懺悔錄》等。

104 高潔的意思。《莊子・知北遊》：「澡雪精神」。

105 斯賓塞（E. Spenser，一五五二—一五九九），英國詩人。他的作品反映了資產階級上升時期積極進取的精神，在形式上對英國詩歌的格律有很大影響，被稱為斯賓塞體。作品有長詩《仙后》等。

106 畢撒（Pisa），通譯比薩，義大利城市。

107 普式庚（А.С. Пушкин，一七九九—一八三七），通譯普希金，俄國詩人。作品多抨擊農奴制度，譴責貴族上流社會，歌頌自由與進步。主要作品有《歐根・奧涅金》、《上尉的女兒》等。

108 泰爾孟多夫（Михаил Юрьевич Лермонтов，一八一四—一八四一），通譯萊蒙托夫，俄國詩人。他的作品尖銳抨擊農奴制度的黑暗，同情人民的反抗鬥爭。著有長詩《童僧》、《惡魔》和中篇小說《當代英雄》等。

109 這裡指西伯利亞，一八二〇年沙皇亞歷山大一世因普希金寫詩諷刺當局，原想把他流放此地；後因作家卡拉姆靜、茹柯夫斯基等人為他辯護，改為流放高加索。

110 《高加索累囚行》和下文的《及潑希》，分別通譯為《高加索的俘虜》、《茨岡》，都是普希金在高加索流放期間（一八二〇—一八二四）所寫的長詩。

111 《阿內庚》通譯《歐根・奧涅金》，長篇敘事詩，普希金的代表作，寫於一八二三年至一八三一年間。

112 一八三〇年十一月，波蘭軍隊反抗沙皇的命令，拒絕開往比利時鎮壓革命，並舉行武裝起義，在人民支持下解放華沙，宣布廢除沙皇尼古拉一世的統治，成立新政府。但起義成果被貴族和富豪所篡奪，最後失敗，華沙復為沙俄軍隊占領。

113 《俄國之讒謗者》和《波羅及諾之一周年》，分別通譯為《給俄羅斯之讒謗者》、《波羅金諾紀念日》，都寫於一八三一年。當時沙皇俄國向外擴張，到處鎮壓革命，引起被侵略國家人民的反抗。普希金這兩首詩都有為沙皇侵略行為辯護的傾向。按波羅金諾是莫斯科西郊的一個市鎮。一八一二年八月二十六日俄軍在這裡擊敗拿破崙軍隊，一八三一年沙皇軍隊占領華沙，也是八月二十六日，因此，普希金以《波羅金諾紀念日》為題。

114 勃蘭兑思（一八四二—一九二七），通譯勃蘭兑斯，丹麥文學批評家，激進民主主義者。著有《十九世紀歐洲文學主潮》、《歌德研究》等。他對普希金這兩首詩的批評意見，見於《俄國印象記》。

115 即荷蘭。

116 芘賓（一八三三—一九〇四），通譯佩平，俄國文學史家，著有《俄羅斯文學史》等。

117 來爾孟斯（約一二二〇—一二九七），蘇格蘭詩人。

118 萊蒙托夫的這兩段話，見於他一八三〇年寫的《自傳札記》。《世冑拜倫傳》，即穆爾所著《拜倫傳》。

119 《神摩》和《謨嚌黎》，分別通譯為《惡魔》、《童僧》。

120 指《詩人之死》。這首詩揭露了沙俄當局殺害普希金的陰謀，發表後引起熱烈的反響，萊蒙托夫因此被拘捕，流放到高加索。下文的末解，即最末一節，指萊蒙托夫為《詩人之死》補寫的最後十六行詩；士師，指法官。

121 《並世英雄記》通譯《當代英雄》，寫成於一八四〇年，由五篇獨立的故事連綴而成。

122 摩爾迭諾夫，俄國軍官。他在官廳的陰謀主使下，於一八四一年七月在高加索畢替哥斯克城的決鬥中，將萊蒙托夫殺害。

123 波覃勩迭（F. M.Bodenstedt，一八一九—一八九二），通譯波登斯德特，德國作家。他翻譯過普希金、萊蒙托夫等俄國作家的作品。

124 《伊思邁爾培》通譯《伊斯馬伊爾．拜》，長篇敍事詩，寫於一八三二年。內容是描寫高加索人民為爭取民族解放、反對沙皇專制統治的戰爭。

125 密克威支（一七九八—一八五五），通譯密茨凱維支，波蘭詩人、革命家。他畢生為反抗沙皇統治，爭取波蘭獨立而奮鬥。著有《青春頌》和長篇敍事詩《塔杜施先生》、詩劇《先人祭》等。

126 斯洛伐支奇（一八〇九—一八四九），通譯斯洛伐茨基，波蘭詩人。他的作品多反映波蘭人民對民族獨立的強烈願望，一八三〇年波蘭起義時曾發表詩歌《頌歌》、《自由頌》等以鼓舞鬥志。主要作品有詩劇《珂爾強》等。

127 克拉旬斯奇（一八一二—一八五九），波蘭詩人。主要作品有《非神的喜劇》、《未來的讚歌》等。

128 通譯立陶宛。

129 在今立陶宛境內維爾紐斯城。

130 《死人之祭》，通譯《先人祭》，詩劇，密茨凱維支的代表作之一。寫成於一八二三年至一八三二年間。它歌頌了農民反抗地主壓迫的復仇精神，表現了波蘭人民對沙皇專制的強烈抗議，號召為爭取祖國獨立而獻身。

131 立陶宛城市。密茨凱維支曾在這裡度過四年中學教師生活。

132 通譯敖德薩，在今烏克蘭共和國南部。

133 即克里米亞半島，在蘇聯西南部黑海與亞速海之間，有許多風景區。

134 《克利米亞詩集》即《克里米亞十四行詩》，共十八首，寫於一八二五年至一八二六年間。

135 《格羅蘇那》，通譯《格拉席娜》，長篇敘事詩，一八二三年寫於立陶宛。

136 《華連洛德》，通譯全名是《康拉德·華倫洛德》，長篇敘事詩，寫於一八二七年至一八二八年間，取材於古代立陶宛反抗普魯士侵略的故事。

137 摩契阿威黎（一四六九—一五二七），通譯馬基雅維里，義大利作家、政治家。他是君主專制政體的擁護者，主張統治者為了達到政治目的可以不擇手段。著有《君主》等書。密茨凱維支在《華倫洛德》一詩的開端，引用了《君主》第十八章的一段話：「因此，你得知道，取勝有兩個方法：一定要又是狐狸，又是獅子。」

138 密茨凱維支於一八二九年八月十七日到達德國魏瑪，參加八月二十六日舉行的歌德八十壽辰慶祝會，和歌德晤談。

139 《佗兑支氏》通譯《塔杜施先生》，長篇敘事詩，密茨凱維支的代表作。寫於一八三二年至一八三四年。它以一八一二年拿破崙進攻俄國為背景，通過發生在立陶宛偏僻村莊的一個小貴族的故事，反映了波蘭人民爭取民族獨立的鬥爭。華伊斯奇（Wojski），波蘭語，大管家的意思。

140 普希金於一八三一年秋到沙皇政府外交部任職，一八三四年又被任命為宮廷近侍。

141《銅馬》今譯《青銅騎士》，寫於一八三三年。下文的《大彼得像》，今譯《彼得大帝的紀念碑》，寫於一八三二年。

142 指一八三〇年波蘭十一月起義失敗，次年八月沙皇軍隊占領華沙，進行大屠殺，並再次將波蘭併入俄國版圖。

143 克爾舍密涅克通譯克列梅涅茨，在今蘇聯烏克蘭的特爾諾波爾省。

144 即華沙。戶部，掌管土地、戶籍及財政收支等事務的官署。

145 曷爾愛列須（El Arish），通譯埃爾·阿里什，埃及的海口。

146《大漠中之疫》今譯《瘟疫病人的父親》。

147 尼阿孛又譯尼俄柏，希臘神話中忒拜城的王后。因為她輕蔑太陽神阿波羅的母親而誇耀自己有七個兒子和七個女兒，阿波羅和他的妹妹月神阿耳忒彌斯就將她的子女全部殺死。

148《克壘勒度克》波蘭語，意譯為《精神之王》，是一部有愛國主義思想的哲理詩。按：詩中並無這裡所說伊凡四世的情節。

149 通譯瑪利亞，基督教傳說中耶穌的母親。

150 這裡指居住中亞細亞一帶的蒙古族後裔。

151 沙皇保羅一世的寵臣。他於一八〇一年三月謀殺了保羅一世。

152 俄國貴族首領。在一七六二年發生的宮廷政變中，他指使人暗殺了沙皇彼得三世。

153 又譯吸血鬼。舊時歐洲民間傳說：罪人和作惡者死後的靈魂，能於夜間離開墳墓，化為蝙蝠，吸吮生人的血。

154《阿勒普耶羅斯》和下文的《闌勃羅》、《珂爾強》，分別通譯為《阿爾普雅拉斯》、《朗勃羅》、《柯爾迪安》。《柯爾迪安》是大型詩劇，斯洛伐茨基的代表作。寫於一八三四年。

155 摩亞（Moor）通譯摩爾，非洲北部民族。曾於一二三八年到西南歐的伊比利亞半島建立格拉那陀王國，一四九二年為西班牙所滅。阿勒曼若是格拉那陀王國的最後一個國王。

156 指一八六三年波蘭一月起義。這次起義成立了臨時民族政府，發布解放農奴的宣言和法令。一八六五年因被沙皇鎮壓而失敗。

157 裴彖飛（一八二三—一八四九），通譯裴多菲，匈牙利革命家，詩人。他積極參加了一八四八年三月十五日布達佩斯的起義，反抗奧地利統治；次年在與協助奧國侵略的沙皇軍隊的戰鬥中犧牲。他的作品多諷刺社會的醜惡，描述被壓迫人民的痛苦生活，鼓舞人民起來為爭取自由而鬥爭。著有長詩《使徒》、《勇敢的約翰》、政治詩《民族之歌》等。

158 通譯布達佩斯。

159 應為中學，匈牙利西部巴波城的一所著名學校。

160 偉羅思摩諦（一八〇〇—一八五五），今譯魏勒斯馬爾提，匈牙利詩人。著有《號召》、《查蘭的出走》等。他曾介紹裴多菲的第一部詩集給國家叢書社出版。

161 阿闌尼（一八一七—一八八二），通譯奧洛尼，匈牙利詩人。曾參加一八四八年匈牙利革命。主要作品《多爾第》三部曲（即文中所說的《約爾提》）寫成於一八四六年。

薩倫多，匈牙利東部的一個農村。

162 一八四八年三月十三日，奧地利首都維也納發生武裝起義，奧皇被迫免去首相梅特涅的職務，同意召開國民會議，制訂憲法，但並未解決重大社會問題。

163 《興矣摩迦人》指《民族之歌》。「興矣摩迦人」是該詩的首句，今譯「起來，匈牙利人！」此詩寫於一八四八年三月十三日維也納武裝起義的當天。

164 裴多菲的這段話，見於一八四八年四月十九日的日記，譯文如下：

「也許在世界上，有許多更加美麗、莊嚴的七弦琴和鵝毛筆，但比我那潔白的鵝毛筆更好的，卻絕不會有。我的七弦琴任何一個聲音，我的鵝毛筆任何一個筆觸，從來沒有把它用來圖利。我所寫的，都是我的心靈的主宰要我寫的，而心靈的主宰——就是自由之神！」（《裴多菲全集》第五卷《日記抄》）

165 《致諸帝》今譯《給國王們》，寫於一八四八年三月二十七日至三十日之間。在這首詩裡，裴多菲預言全世界暴君的統治即將覆滅。下引裴多菲的話，見於一八四八年三月十七日的日記。

166 貝謨（J. Bem，一七九五—一八五〇）通譯貝姆，波蘭將軍。一八三〇年十一月波蘭起義領導人之一，失敗後流亡國外，參加了一八四八年維也納武裝起義和一八四九年匈牙利民族解放戰爭。

167 軻蘇士（L. Kossuth，一八〇二—一八九四），通譯科蘇特，一八四八年匈牙利革命的主要領導者。他組織軍隊，於一八四九年四月擊敗奧軍，宣布匈牙利獨立，成立共和國，出任新國家元首。失敗後出亡，死於義大利。

168 脫闌希勒伐尼亞（Transilvania）通譯特蘭西瓦尼亞，當時在匈牙利東南部，今屬羅馬尼亞。

169 舍俱思跋，通譯瑟克什堡，一八四九年夏沙皇尼古拉一世派出十多萬軍隊援助奧地利，貝姆所部在這裡受挫，裴多菲即在此役中犧牲。

170 《英雄約諾斯》通譯《勇敢的約翰》，長篇敘事詩，寫於一八四四年。

171 《縊史之繯》通譯《絞吏之繩》，寫於一八四六年。

172 希伯來人對上帝的稱呼。

173 洛克（J. Locke，一六三二—一七〇四），英國哲學家。他認為知識起源於感覺，後天經驗是認識的源泉，反對天賦觀念論和君權神授說。著有《人類理解力論》、《政府論》等。

174 指當時留學生從日文翻譯的關於家政和警察學一類的書。

175 凱羅連珂（Korolenko，一八五三—一九二一），通譯柯羅連科，俄國作家。一八八〇年因參加革命運動被捕，流放西伯利亞六年。寫過不少關於流放地的中篇和短篇小說。著有小說集《西伯利亞故事》和文學回憶錄《我的同時代人的故事》等。《末光》是《西伯利亞故事》中的一篇，中譯本題為《最後的光芒》（韋素園譯）。

# 寫在《墳》後面

在聽到我的雜文已經印成一半的消息的時候，我曾經寫了幾行題記，寄往北京去。當時想到便寫，寫完便寄，到現在還不滿二十天，早已記不清說了些什麼了。今夜周圍是這麼寂靜，屋後面的山腳下騰起野燒的微光；南普陀寺[1]還在做牽絲傀儡戲，時時傳來鑼鼓聲，每一間隔中，就更加顯得寂靜。電燈自然是輝煌著，但不知怎地忽有淡淡的哀愁來襲擊我的心，我似乎有些後悔印行我的雜文了。我很奇怪我的後悔；這在我是不大遇到的，到如今，我還沒有深知道所謂悔者究竟是怎麼一回事。但這心情也隨即逝去，雜文當然仍在印行，只為想驅逐自己目下的哀愁，我還要說幾句話。

記得先已說過：這不過是我的生活中的一點陳跡。如果我的過往，也可以算作生活，那麼，也就可以說，我也曾工作過了。但我並無噴泉一般的思想，偉大華美的文章，既沒有主義要宣傳，也不想發起一種什麼運動。不過我曾經嘗得，失望無論大小，是一種苦味，所以幾年以來，有人希望我動動筆的，只要意見不很相反，我的力量能夠支撐，就總要勉力寫幾句東西，給來者一些極微末的歡喜。

人生多苦辛，而人們有時卻極容易得到安慰，又何必惜一點筆墨，給多嘗些孤獨的悲哀呢？於是除小說雜感之外，逐漸又有了長長短短的雜文十多篇。其間自然也有為賣錢而作的。這回就都混在一處。我的生命的一部分，就這樣地用去了，也就是做了這樣的工作。然而我至今終於不明白我一向是在做什麼。比方作土工的罷，做著做著，而不明白是在築台呢還在掘坑。所知道的是即使是築台，也無非要將自己從那上面跌下來或者顯示老死；倘是掘坑，那就當然不過是埋掉自己。總之：逝去，逝去，一切一切，和光陰一同早逝去，在逝去，要逝去了。——不過如此，但也為我所十分甘願的。

然而這大約也不過是一句話。當呼吸還在時，只要是自己的，我有時卻也喜歡將陳跡收存起來，明知不值一文，總不能絕無眷戀，集雜文而名之曰《墳》，究竟還是一種取巧的掩飾。劉伶[2]喝得酒氣熏天，使人荷鍤跟在後面，道：死便埋我。雖然自以為放達，其實是只能騙騙極端老實人的。

所以這書的印行，在自己就是這麼一回事。至於對別人，記得在先也已說過，還有願使偏愛我的文字的主顧得到一點喜歡；憎惡我的文字的東西得到一點嘔吐，——我自己知道，我並不大度，那些東西因我的文字而嘔吐，我也很高興的。別的就什麼意思也沒有了。倘若硬要說出好處來，那麼，其中所介紹的幾個詩人的事，或者還不妨一看；論「費厄潑賴」這一篇，也許可供參考罷，因為這雖然不是我的血所寫，卻是見了我的同輩和比我年幼的青年們的血而寫的。

偏愛我的作品的讀者，有時批評說，我的文字是說真話的。這其實是過譽，那原因就因為他偏愛。我自然不想太欺騙人，但也未嘗將心裡的話照樣說盡，大約只要看得可以交卷就算完。我的確時時解剖別人，然而更多的是更無情面地解剖我自己，發表一點，酷愛溫暖的人物已經覺得冷酷了，如果全露出我的血肉來，末路正不知要到怎樣。

我有時也想就此驅除旁人，到那時還不唾棄我的，即使是梟蛇鬼怪，也是我的朋友，這才真是我的朋友。倘使並這個也沒有，則就是我一個人也行。但現在我並不。因為，我還沒有這樣勇敢，那原因就是我還想生活，在這社會裡。還有一種小緣故，先前也曾屢次聲明，就是偏要使所謂正人君子也者之流多不舒服幾天，所以自己便特地留幾片鐵甲在身上，站著，給他們的世界上多有一點缺陷，到我自己厭倦了，要脫掉了的時候為止。

倘說為別人引路，那就更不容易了，因為連我自己還不明白應當怎麼走。中國大概很有些青年的「前輩」和「導師」罷，但那不是我，我也不相信他們。我只很確切地知道一個終點，就是：墳。然而這是大家都知道的，無須誰指引。問題是在從此到那的道路。那當然不只一條，我可正不知那一條好，雖然至今有時也還在尋求。在尋求中，我就怕我未熟的果實偏偏毒死了偏愛我的果實的人，而憎恨我的東西如所謂正人君子也者偏偏都矍鑠，所以我說話常不免含糊，中止，心裡想：對於偏愛我的讀者的贈獻，或者最好倒不如是一個「無所有」。

我的譯著的印本，最初，印一次是一千，後來加五百，近時是二千至四千，每一增加，我自然是願意的，因為能賺錢，但也伴著哀愁，怕於讀者有害，因此作文就時常更謹慎，更躊躇。有人以為我信筆寫來，直抒胸臆，其實是不盡然的，我的顧忌並不少。我自己早知道畢竟不是什麼戰士了，而且也不能算前驅，就有這麼多的顧忌和回憶。還記得三四年前，有一個學生來買我的書，從衣袋裡掏出錢來放在我手裡，那錢上還帶著體溫。這體溫便烙印了我的心，至今要寫文字時，還常使我怕毒害了這類的青年，遲疑不敢下筆。我毫無顧忌地說話的日子，恐怕要未必有了罷。但也偶爾想，其實倒還是毫無顧忌地說話，對得起這樣的青年。但至今也還沒有決心這樣做。

今天所要說的話也不過是這些，然而比較的卻可以算得真實。此外，還有一點餘文。

記得初提倡白話的時候，是得到各方面劇烈的攻擊的。後來白話漸漸通行了，勢不可遏，有些人便一轉而引為自己之功，美其名曰「新文化運動」。又有些人便主張白話不妨作通俗之用；又有些人卻道白話要做得好，仍須看古書。前一類早已二次轉舵，又反過來嘲罵「新文化」了；後二類是不得已的調和派，只希圖多留幾天僵屍，到現在還不少。我曾在雜感上掊擊過的。

新近看見一種上海出版的期刊[3]，也說起要做好白話須讀好古文，而舉例為證的人名中，其一卻是我。這實在使我打了一個寒噤。別人我不論，若是自己，則曾經看過許多舊書，是的確的，為了教書，至今也還在看。因此耳濡目染，影響到所做的白話上，常不免流露出它的字句，體格來。但自己卻正苦於背了這些古老的鬼魂，擺脫不開，時常感到一種使人氣悶的沉重。就是思想上，也何嘗不中些莊周韓非[4]的毒，時而很隨便，時而很峻急。

孔孟的書我讀得最早，最熟，然而倒似乎和我不相干。大半也因為懶惰罷，往往自己寬解，以為一切事物，在轉變中，是總有多少中間物的。動植之間，無脊椎和脊椎動物之間，都有中間物；或者簡直可以說，在進化的鏈子上，一切都是中間物。當開首改革文章的時候，有幾個不三不四的作者，是當然的，只能這樣，也需要這樣。他的任務，是在有些警覺之後，喊出一種新聲；又因為從舊壘中來，情形看得較為分明，反戈一擊，易制強敵的死命。但仍應該和光陰偕逝，逐漸消亡，至多不過是橋梁中的一木一石，並非什麼前途的目標，範本。跟著起來便該不同了，倘非天縱之聖，積習當然也不能頓然蕩除，但總得更有新氣象。以文字論，就不必更在舊書裡討生活，卻將活人的唇舌做為源泉，使文章更加接近語言，更加有生氣。至於對於現在人民的語言的窮乏欠缺，如何救濟，使他豐富起來，那也是一個很大的問題，或者也須在舊文中取得若干資料，以供使役，但這並不在我現在所要說的範圍以內，姑且不論。

我以為我倘十分努力，大概也還能夠博采口語，來改革我的文章。但因為懶而且忙，至今沒有做。我常疑心這和讀了古書很有些關係，因為我覺得古人寫在書上的可惡思想，我的心裡也常有，能否忽而奮勉，是毫無把握的。我常常詛咒我的這思想，也希望不再見於後來的青年。去年我主張青年少讀，或者簡直不讀中國書[5]，乃是用許多苦痛換來的真話，決不是聊且快意，或什麼玩笑，憤激之辭。

古人說，不讀書便成愚人，那自然也不錯的。然而世界卻正由愚人造成，聰明人決不能支持世界，尤其是中國的聰明人。現在呢，思想上且不說，便是文辭，許多青年作者又在古文，詩詞中摘些好看而難懂的字面，作為變戲法的手巾，來裝潢自己的作品了。我不知這和勸讀古文說可有相關，但正在復古，也就是新文藝的試行自殺，是顯而易見的。

不幸我的古文和白話合成的雜集，又恰在此時出版了，也許又要給讀者若干毒害。只是在自己，卻還不能毅然決然將他毀滅，還想借此暫時看看逝去的生活的餘痕。惟願偏愛我的作品的讀者也不過將這當作一種紀念，知道這小小的丘隴中，無非埋著曾經和過的軀殼。待再經若干歲月，又當化為煙埃，並紀念也從人間消去，而我的事也就完畢了。上午也正在看古文，記起了幾句陸士衡的弔曹孟德文[6]，便拉來給我的這一篇作結——

既睎古以遺累，信簡禮而薄葬。
彼裘紱於何有，貽塵謗於後王。
嗟大戀之所存，故雖哲而不忘。
覽遺籍以慷慨，獻茲文而凄傷！

一九二六，一一，一一，夜。魯迅。

## 注釋

1 南普陀寺，在廈門大學附近。該寺建於唐代開元年間，原名普照寺。

2 劉伶，字伯倫，晉代沛國（今安徽宿縣）人。《晉書·劉伶傳》中說，他「常乘鹿車，攜一壺酒，使人荷鍤而隨之，曰：死便埋我。」

3 指當時上海開明書店出版的《一般》月刊。關於「做好白話須讀好古文」的議論，見該刊一九二六年十一月第一卷第三號所載明石（朱光潛）《雨天的書》一文，其中說：「想做好白話文，讀若干上品的文言文或且十分必要。現在白話文作者當推胡適之、吳稚暉、周作人、魯迅諸先生，而這幾位先生的白話文都有得力於古文的處所（他們自己也許不承認）。」

4 莊周（約西元前三六九—前二八六），戰國時宋國人，道家學派代表人物之一，著作有《莊子》一書。韓非（西元前二八〇—前二三三），戰國末期韓國人，先秦法家學派代表人物之一，著作有《韓非子》一書。

5 見《青年必讀書》，發表在一九二五年二月二十一日《京報副刊》，後收入《華蓋集》。

6 陸機（二六一—三〇三），字士衡，吳郡華亭（今上海松江）人，晉代文學家。他的弔曹孟德（曹操）文，題為《弔魏武帝文》，是他在晉朝王室的藏書閣中看到了曹操的《遺令》而作的。曹操在《遺令》中說，他死後不要照古代的繁禮厚葬，葬禮應該簡單些；遺物中的裘（皮衣）紱（印綬）不要分，妓樂仍留在銅雀台按時上祭作樂。陸機這篇弔文，對曹操臨死時仍然眷戀這些表示了一種感慨。

# 魯迅雜文精選：1

# 墳【經典新版】

作者：魯迅
發行人：陳曉林
出版所：風雲時代出版股份有限公司
地址：10576台北市民生東路五段178號7樓之3
電話：(02) 2756-0949
傳真：(02) 2765-3799
執行主編：朱墨菲
美術設計：吳宗潔
行銷企劃：林安莉
業務總監：張瑋鳳

初版日期：2021年3月
ISBN：978-986-352-953-8

風雲書網：http://www.eastbooks.com.tw
官方部落格：http://eastbooks.pixnet.net/blog
Facebook：http://www.facebook.com/h7560949
E-mail：h7560949@ms15.hinet.net
劃撥帳號：12043291
戶名：風雲時代出版股份有限公司

風雲發行所：33373桃園市龜山區公西村2鄰復興街304巷96號
電話：(03) 318-1378
傳真：(03) 318-1378
法律顧問：永然法律事務所 李永然律師
北辰著作權事務所 蕭雄淋律師

行政院新聞局局版台業字第3595號 營利事業統一編號22759935


**定價：320元**



國家圖書館出版品預行編目資料

墳 / 魯迅著. -- 初版. -- 臺北市：風雲時代出版股份有限公司, 2021.02 面； 公分. -- (魯迅雜文精選；1)

ISBN 978-986-352-953-8 (平裝)

855 109020760